CHARON-VERLAG
Grimme KG

SCHLAG ZEILEN Black Label

Illustrationen: Michaela Sommer (Caryad)
Umschlaggestaltung: SZ-Design Linke & Scheu
Druck und Bindung: rgg GmbH u. Co. Verlagsges. Braunschweig
Printed in Germany 1997
ISBN 3-931406-05-9

Frau Schümers ZERSTÖRUNG

Britta Herz

SCHLAG ZEILEN Black Label

Vorwort

Was ist Pornographie? – Nach momentan geltender Definition etwas, das ohne literarischen Anspruch mit starrem Blick auf banale Triebabfuhr zu Papier und unters Volk gebracht wird, nach dem griechischen Ursprung des Wortes etwas, das Huren (Pórnē) schreiben (gráphein).
Erschien den alten Griechen also erotische Literatur nur von Frauen schreibbar, so wie das christliche Abendland hartnäckig abstreitet, daß Frauen dazu überhaupt in der Lage seien?
Sei's drum, das vorliegende Buch ist von einer Frau geschrieben, von einer Frau illustriert, und es hat zweifellos eindeutig sexuellen Charakter. Wie die ›Geschichte der O‹, über deren Autorenschaft lange gestritten wurde, ist es für den Geliebten geschrieben, entwirft ein erotisches Szenario, das sich wenig um das gesellschaftlich akzeptierte Bild von Sexualität – gar weiblicher Sexualität – schert. Britta Herz benutzt den größten anzunehmenden Unfall im Leben einer Frau, die Vergewaltigung, nicht, um altbekannten dümmlichen Thesen der Männer-Welt Vorschub zu leisten, sondern um ihre Protagonistin gehörig aus der Bahn zu werfen, ihr gesamtes Leben und Fühlen neu zu ordnen.
Die Frau ist dabei nicht länger nur Opfer, sie bestimmt den Verlauf aktiv mit, treibt die Entwicklung und Verwandlung selbst voran. Auch die Haupttäter sind Frauen, Männer tauchen eigentlich nur als machtlose Zuschauer oder Erfüllungsgehilfen auf.
Ein Frauenbuch also? Nein, aber ein erotischer Roman aus genuin weiblicher Sicht, ohne feierlich vorangetragene Botschaft, aber mit dem Ziel zu erzählen – und zu erregen,

ohne auf gesellschaftliche Konventionen Rücksicht nehmen zu müssen. John Milton schreibt, daß für den verdorbenen Magen nur ein geringer oder gar kein Unterschied zwischen gesunder und ungesunder Nahrung besteht und daß die verderbte Seele auch aus den besten Büchern Schlechtes herauslesen wird.
Und so bleibt es der Leserin, dem Leser anheimgestellt, sich zu empören oder zu erfreuen, das Buch zu hassen oder zu lieben, das im übrigen bleibt, was es ist: engagiert und ehrlich.

Sina Aline Geißler

Für Ulli,
dem ich alles verdanke

INHALT

I. Kapitel,

das die Beobachtungen einer Motorradfahrerin wiedergibt

Mensch, ich hab' die Schnauze voll, du gehst mir auf'n Keks mit deinem Genöhle! Im Beach, meinst du, ist jetzt sowieso tote Hose, Milestone am Samstag, ist einfach zum Kotzen – na, und hier paßt dir nun wieder der Sound nicht, was? Mensch kapier doch, ich hab' einfach kein' Bock, zu deiner Bude zu fahren! Da kannst du mir noch so oft erzählen, deine Alten wär'n heut nicht da, es ist mir scheißegal, klar?«

Zornig schlug sich die zierliche Frau eine lange, leuchtend mahagonifarbene Strähne über die nackte Schulter. Soweit man im bunten, flackernden Kneipenlicht erkennen konnte, war sie sehr sorgfältig geschminkt; ein hauchfeiner Lidstrich zog sich über den Wimpern entlang und schwang hoch bis ans Ende des Brauenbogens, eine makellose weinrote Linie umrahmte ihre vollen, lachsfarbenen Lippen.

»Also was?«

Als der Bursche neben ihr, der stickigen, verrauchten Luft zum Trotz in Motorradwams und -hose gekleidet, nur unschlüssig die Achseln zuckte und fortfuhr, seinen Schlüsselbund zu bekneten, schnaubte die Rothaarige wütend und rief »Ey, Theo, noch'n Bier!« über die Theke, wo der Wirt leise schnaufend Biergläser spülte, zwei Stück in jeder Hand. Selten einmal fand er dabei Zeit, das bleiche Spültuch, das unter seinem Gürtel klemmte, hervorzuziehen und sich Stirn und Nacken zu wischen, so sehr nahm ihn seine Tätigkeit in Anspruch, und auch Biggis Bestellung sollte ungehört verhallen.

»Verdammt!« knurrte da die schlanke Frau – bei näherem Hinsehen kam unter ihrem kunstvollen Make-up ein zartes Jungmädchen-Gesicht zum Vorschein – und begann, ungeduldig auf den Tresen zu trommeln. »Hey, du kannst meins haben, ich hol mir'n neues«, bot ihr auch schon ihr Begleiter an, aus dessen Miene ehrliche Besorgnis sprach, und schob sein Bierglas, halbvoll mit angetrocknetem Schaumrand, vor sie hin.

Das Mädchen fuhr herum.

»Verpiß dich!«

Rings umher hoben sich die Köpfe.
»Hast du gehört? Es kotzt mich an, wie du mir hinterherläufst! Ist wohl die einzige Anmache, die so'n Weichei wie du drauf hat, was? Echt ätzend ...« Ihr Blick flog über die Umstehenden: hellwache Blicke, gereckte Hälse.
»Aber ...« Der Rotblonde war erschreckt zurückgewichen.
»Halt bloß die Klappe!« zischte sie ihm zu. »Ich kapier nicht, wie so'n Langweiler wie du auf die Idee kommen konnte, ich würd' auf ihn abfahren ... Hör zu! Ich sag dir was: Noch vor'n paar Tagen, da war ich mit dem *Jabman* unterwegs, alles klar?! Versteht sich von selbst, daß ich mich da um Typen wie dich einen Dreck schere, okay?« Von irgendwo her war ein Bierglas gekommen, das plötzlich vor ihr stand. Sie nahm einen tiefen Schluck, wischte sich mit dem Handrücken den Schaum von den Lippen, als wähnte sie sich völlig unbeobachtet.
Der Rotblonde murmelte etwas, das niemanden zu interessieren schien, und verschwand in der Menge.

Zugegeben, schon bald war es Biggi wieder leid, allein am Tresen zu stehen, und wie dankbar war sie da, Jeannys grazile Gestalt (todschick das Minikleid, sündhaft knapp die Corsage), am Rande der Tanzfläche zu erspähen, die ihr soeben verstohlen zuwinkte, oder halt – vielmehr schien sie sie heranwinken zu wollen. Biggi ließ frohgemut das halbvolle Bierglas auf der Theke zurück und schlenderte zu ihr hin, sah sie zur Begrüßung lächeln – die schillernd blau-violetten Lider mit den unglaublich langen Wimpern halboffen, die Mundwinkel zu einem matten Lächeln geformt –, wollte schon die Lippen zu einem fröhlichen »Hey!« öffnen – und sah Jeannys Schmunzeln mit einem Schlag ersterben. Bleich sah ihre Freundin plötzlich aus, todernst, und nun kräuselte sie auch noch schnippisch die Lippen.
»Los, komm mit raus«, befahl sie knapp, und Biggi folgte ihr wie ein Hündchen, das eine Tracht Prügel erwartet; hinaus in das verschlafene Gäßchen, das nach rechts, durch das

»Heidentor«, mitten ins Herz der kleinen Stadt führte, verwaist bis auf ein paar nächtliche Schaufensterpuppen.
Jeanny bog nach links in die Gasse ein. Sie passierten zwei untersetzte Soldaten, die glasigen Blickes vorm Eingang des »Foxy« lehnten, schritten über ein Gitter, aus dem frischer, warmer Pizzaduft drang, immer weiter, bis in die neue Einkaufspassage jenseits der »West-Trasse«, wo ein einsamer Bus der Linie 3 auf späte Fahrgäste wartete.
Im Dunkel der Passage blieb Jeanny abrupt stehen, nahm am Boden neben dem Türstopper Platz, und Biggi tat es ihr gleich. Unbehaglich war ihr zumute, und bangen Herzens betrachtete sie die Pappfigur gleich gegenüber, die, blond in himmelblauem Angora und flach an die Scheibe eines Kaffeegeschäfts gedrückt, tapfer feixend eine Tasse Kaffee offerierte.
»Also, hör zu.« Jeanny sah sich noch ein letztes Mal gehetzt um, dann seufzte sie tief. »Das war echt Scheiße.« In der leeren Passage hallten die Worte wider wie in einem Rittersaal. »Okay, war keine Absicht von dir. Aber du, da fragt nachher kein Aas mehr nach, ob das Absicht war.«
Das Feixen der Papp-Blondine verhieß Mitwisserschaft, ja, unverhohlene Schadenfreude.
»Aber es weiß doch niemand, daß ...«, wandte Biggi mit dünner Stimme ein, und sofort dröhnte ein höhnisches Lachen durch die Stille.
»Meine Fresse, bist du naiv! Was glaubst du, wer sich um diese Zeit im Starlight rumtreibt, hm? Du brauchst nicht meinen, das sind nur Bekiffte, die eh nichts mehr mitkriegen! Hey, ich sag dir was: Kann sein, daß du jetzt knietief inner Scheiße hockst, Honey! Quatschst da von Jabman und so, nur um diesen ... Affen zu beeindrucken ... Mensch, du weißt genau, daß die Bullen hinter Jabby her sind. Stell dir vor, die halbe Kneipe hat dir zugehört, haste das nicht kapiert?«
Biggi schwieg, starrte nachdenklich die lange Flucht der schimmernden Schaufensterscheiben entlang, die weit draußen auf der neonüberfluteten Straße endete. »Und wenn schon«, murmelte sie leise. »Wird schon schiefgehen ...

Und Jabman wird schon nicht sauer sein, *so* schlimm ist er auch wieder nicht.«
»Bitte?!« rief Jeanny aus. »Was soll das heißen, so schlimm ist er auch wieder nicht? Der Jabman is'n Arsch! Weiß doch jeder.«
Kühl und gelassen – denn mit eben dieser Reaktion hatte sie gerechnet – fuhr Biggi fort: »Ist er nich'. Der Jabby geht noch. Ich muß es wissen, war ja lange genug mit dem Dicken unterwegs ... Wenn einer ein Arsch ist, dann seine Tussi, glaub mir. Ich war selber mal dabei, wo die die Sau rausgelassen hat.«
»Willst du mich verarschen? Die Heike?!«
»Ach Quatsch, das mit der Heike läuft doch schon ewig nicht mehr! Ne, so 'ne Blondine, Grace-Jones-Schnitt, echtes Mega-Weib. Heißt ...« – Die Rothaarige biß sich auf die Lippe und erntete einen langen, bettelnden Blick.
»Geh, Biggi-Maus ...«, raunte Jeanny zärtlich. »Sach schon, von mir hört keiner was ...«
»Nee.« Das Mädchen strich sich die Haare aus der Stirn, faltete die Fingerspitzen und legte den Kopf schief. »Haste mal 'ne Zigarette?«
Binnen Sekunden hatte Jeanny eine Zigarettenschachtel gefunden und geöffnet, und schon flammte ein beflissenes Feuerzeug auf. Biggi nahm einen tiefen Zug und blies den Rauch mit hochgerecktem Kinn wieder aus. »Is' ja auch egal, wie sie heißt, ne?« Sie hörte ihre Freundin laut vernehmlich schnauben und fuhr fort: »Na, jedenfalls, es war an einem Freitag. Ich war mit Pitt unterwegs ...«
Jeanny horchte auf. »Genau – was ist eigentlich mit Pitt und dir?«
»Schluß gemacht.«
»Ach.«
»Ich.«
»Hm.«
»Gell, das ist Scheiße. Sonst wär' ich heut abend ja nie im Starlight gewesen! Aber so is' mir die Decke auf'n Kopf gefallen, und mit Pitt's Leuten raus, kannste dir ja vorstel-

len, kommt nicht inne Tüte. Auch wenn der im Moment grad in Mallorca ist – sowieso 'ne Unverschämtheit: Da fährt der Arsch gleich mal als erstes in Urlaub, macht der nur, um mir eins auszuwischen ...«

»Bin ich sicher. – Und wo seit ihr hingefahren, damals mit dem Jabman?«

»Och, so inner Gegend rum ... Hatten uns noch nicht entschieden, ich meine, wie das halt so ist, an 'nem Samstag: Ganze Stadt mit Kiddies und Touries zu, Milestone macht *Techno* ... Na, und da hat Pitt – ausgerechnet der! – eine coole Idee gehabt: nach Bitburg kurven, den Hühner-Freak besuchen. Weißt schon, der Spinner mit dem Federvieh, den hat der Boß doch sowieso auf'm Kieker, seit der bei den Beastys diesen blöden Spruch gelandet hat ...«

»Und da seid ihr nach Bitburg gefahren?«

Biggi schüttelte den Kopf. »Ne, nur Richtung Bitburg. Losgefahren sind wir von uns aus, Filsch, klar, und war'n schon fast in Kürenz, da hält der Paule auf einmal an. Dachte schon, dem seine Kiste spinnt mal wieder, und war stocksauer: Wenn Paule mit von'er Partie ist, läuft unter drei Stops auf fünfzig Kilometer nichts. Da hatte ich mich aber getäuscht ... Wir natürlich auch Stop, klar, und da hat er uns gesagt, ihm wär da eine Super-Idee gekommen: So zum Aufwärmen könnten wir doch 'n bißchen über die Uni heizen. Der Paule war nämlich früher mal Auslieferer für die Uni, nicht lang, sagt er, weil er so 'nen beschissenen Chef gehabt hat, und der konnt' es nicht ab, daß der Paule ihn einmal ›Krawattenäffchen‹ genannt hat ... – Sach ma, kennst du die Uni eigentlich?«

»Nö.«

»Na, ist bei Tag auch ziemlich ätzend, denk ich mir. Aber zum Rumheizen das einzig Wahre, total geil ... Überall so kleine Betonhubbel, manchmal auch mit Dach drüber, da kriegst du Super-Jumps hin, sag ich dir, und so Pflanztröge, mit bunten Gittern drumrum – und erst die Parkdecks ... Ey, Pitts Maschine hat gedröhnt wie Tier.«

»Nu' gib nich' so an, Biggi – dem Pitt seine hat auch mal bessere Tage gesehen!«

Die Rothaarige schnappte entrüstet nach Luft, preßte dann aber unverrichteter Dinge die Lippen zusammen und knurrte: »Okay, okay, da is' was dran ... Na, wir also immer volle Pulle durch das Parkdeck geheizt. Erst oben, dann meint Paule, unten wär's noch viel geiler, von wegen dem Sound. Wir also runter – na, und da war *sie* dann. Kam gerade die Tür vom Treppenhaus raus, wollte zu ihrem Auto, logisch. Die hat uns schon von weitem kommen sehen, wegen der ganzen Scheinwerfer, und leise war'n wir ja nun auch nicht grade! Blöde Ziege, die hätte doch in aller Ruhe zurück ins Treppenhaus gehen können und erst mal abwarten. Wir wär'n schon nicht ewig um ihre Karre rum gekurvt. Halt, da fällt mir ein, vielleicht hat sie auch Schiß gehabt, wir würden ihre Kiste knuppen – obwohl, auch dann, was will sie denn schon zu Fuß gegen sechs Motorräder ausrichten, ne?«
Jeannys Augen weiteten sich vor Neugierde. »Wie sah die denn aus?«
»Och, wie so'n Akademiker eben aussieht. Na, 'ne Studentin war's nicht, so viel ließ sich sagen. Hat dunkle Haare gehabt, vielleicht schwarz, ungefähr bis hier«, die Frau hielt die Handkante auf halbe Halslänge, »Pagenkopf. Mit pillegeradem Pony. Und 'ner Brille.«
»Nickelbrille?« Jeanny begann zu grinsen.
»Ne, so'n Styling-Ding, aus Horn und ziemlich dunkel, hier so hochgezogen«, Biggi deutete auf ihre Schläfen, »ach ja, und total ohne Schminke, logo.«
»Und – wie alt?«
Die Rothaarige wiegte den Kopf. »Hm ... tja ... Ab 'nem gewissen Alter sehen die ja alle gleich aus – ich würde sagen, so um die fünfunddreißig. Aber das schärfste überhaupt waren die Klamotten: Als Jacke ein, na ... wie soll ich sagen ... so 'ne Art Blazer, mit Karos drauf und Lederknöpfen, alle zugeknöpft, das ist mir komischerweise gleich aufgefallen. Da drunter Schlabber-Jeans mit Bundfalten« – Jeanny feixte übers ganze Gesicht – »weiße Tennissocken und College-Schuhe, mit kleinen Quasten dran, du weißt schon ...«

»Himmel, du kuckst dir die Leute vielleicht genau an! Tennissocken – ich meine, find' ich zwar zum Kotzen, aber das würde ich nie auf den ersten Blick sehen!«
»Na, ›auf den ersten Blick‹ ist auch übertrieben, aber dazu komm ich doch erst. Also, sie stand da. Hatte einen Lederkoffer in der Hand und hat uns eine Zeit lang zugeguckt. Ganz still, so als ob sie unsere Fahrerei richtig interessieren würde. Und echt, der Jabman hat da ein paar Lifts vom Stapel gelassen, da blieb dir die Spucke weg, einfach Klasse! Na, und dann ist sie quer durch die Tiefgarage marschiert, gell, auf die andere Seite, wo ein paar Autos standen. Wir immer inner Mitte rum.«
»So richtig voll in euch rein?«
»Ne, wir waren ein bißchen mehr am Eingang, meistens jedenfalls. Aber es ist auch schon 'mal jemand weiter rein gefahren, weiß ich, um Anlauf zu nehmen oder so. Aber alles in allem hätt' sie locker an uns vorbei gekonnt. Na, und dann ist es passiert ...«
Die Frau machte eine Pause, um Jeanny ein bißchen auf die Folter zu spannen, die aufgeregt ihre Knöchel rieb.
»Es fing damit an, daß der Jabman urplötzlich einen großen Bogen gefahren ist, immer um die Frau rum. Die ist stehengeblieben, klar, hat ihm was zugerufen, aber bei dem Krach konnte man das nicht verstehen. Ich wußt' nicht so richtig, was ich tun sollte, aber die anderen haben sofort geschaltet und sich hinter den Boß geklemmt. ›Scheiße, jetzt kriegt sie die Panik und rennt vor 'ne Maschine‹, hab ich noch gedacht. Also, ich an der ihrer Stelle hätte Fersengeld gegeben. Die Kreise waren ja noch ziemlich groß, zumindest am Anfang. War aber nicht, die hat nur geglotzt. Logo, was jetzt kommen mußte. Nach 'ner Weile hatte der Boß die Schnauze voll von dem Spiel, war auch echt langweilig, die Tussi hat wirklich gar nichts gemacht, nicht mal sich die Ohren zugehalten – obwohl es natürlich tierisch laut war – oder sich 'n bißchen mitgedreht, um uns besser im Blick zu haben. Außerdem konnte man nicht mehr enger um sie rumfahren, unmöglich. Da hat der Boß eben Halt gemacht

und Motor aus, und wir auch, Scheinwerfer voll Stoff drauf auf das Brillengesicht.
›Hey‹, hat der Boß gesagt, und dann ›Alles klar?‹
›Ich denke schon‹, hat sie ihm geantwortet. Ey, das hättest du hören müssen, so ganz cool, ne, richtig hochnäsig, und ist einfach weitergegangen. Das heißt, sie *wollte* weitergehen. Der Boß hat sie natürlich nicht gelassen, ruft ihr ein: ›Hey, hiergeblieben, Zuckerpuppe!‹ zu. Also, spätestens jetzt hätt' ich mir in die Hosen gemacht vor Angst. Da hat sie sich rumgedreht, guckt ihn so von oben nach unten an und meint: ›Bitte?‹ Na, und dann kam Leben in die Szene. Ich war ganz baff, wie schnell der Jabman von seiner Maschine runter kann, mit seinem Wanst, und – schwupp – hatte er die Lady an 'en Haaren gepackt. Paule, blöd wie er ist, wirft sofort wieder den Motor an, warum, weiß keine Sau. Jedenfalls habe ich allein deswegen nicht verstanden, was der Boß der Alten ins Ohr gesagt hat, da dreht er sich rum und schreit dem Paule ›Mach das Ding aus!‹ zu. Der pariert. Das muß ordentlich geziept haben in den Haaren, die hat ganz schön das Gesicht verzogen, und wo ich schon dachte, jetzt fängt die gleich an zu flennen, da schnauzt sie den Boß an: ›Lassen Sie mich los!‹ – aber hallo, voll mit Schmackes, richtig sauer – wette, so hat schon ewig keiner mehr mit dem Dicken geredet! Der hat nur gelacht, klar. Na, und da sagt die doch glatt ›Wichser‹ zu ihm. Ich dachte, ich hör' nicht recht. Nicht nur, daß die so Worte drauf hat, vor allem ... *zu dem Jabman!* Mensch, sag doch selber, die kannse doch nicht mehr der Reihe nach gehabt haben!«
Jeanny schluckte. »Meine Fresse! Wie kann man aber auch nur so blöd sein ... Also, ich hätt' da vielleicht rumgewinselt, gell, was von meinen sieben Kinderchen gelabert oder 'n paar Kröten locker gemacht ...«
»Genau.« Wort für Wort sorgfältig betonend, fuhr Biggi fort: »Der Boß hat ein Messer. Ein richtiges Killerteil, zum Ausklappen, riesig groß. Und plötzlich hat die das Ding an der Gurgel gehabt. Mit der Klinge hat er ihr so'n bißchen in die Haut gepokelt, wie im Krimi. Ich dachte, mich trifft der

Schlag. Du, mir ging so die Muffe, ich wollte nur noch heim zu meinen Alten. Na, von da ab hat man nichts mehr von ihr gehört, kann man verstehen. Hat nur noch geschluckt und ängstlich geguckt. ›So, jetzt bist du dran‹, hat der Jabman geknurrt, dem Paule zugenickt und – hopp – haben sie die Tussi mit dem Rücken über'n Kühler geworfen, der Koffer ist in hohem Bogen durch die Luft geflogen, und der Paule hat ihr die Hände festgehalten, der Boß sich so davor gestellt, daß sie die Beine gespreizt halten mußte. Du, das war alles super einstudiert! Ich meine, woher hätte der Paule denn sonst gewußt, was er zu tun hat? Der hat voll Dreck am Stecken, das haben die bestimmt nicht zum ersten Mal gemacht.«
»Ne, ach was«, winkte Jeanny ab. »Weiß doch jeder, sag ich doch. Die ganze Bande, alles Dreckskerle. Also, ich wär' lieber mit der Kelly-Family unterwegs als mit dem seinen Leuten, ehrlich!«
Sie stockte. »Hm – Sag mal, der Pitt, ich meine, was hat der denn gemacht?«
Das Mädchen biß sich auf die Unterlippe. »Och, na ... nichts. Wie ich, so rumgesessen und zugeguckt. Weil, gleich wurd's auch echt spannend. Da hat der Jabman eine absolut geile Nummer abgezogen, besser als im Kino: Erst der Alten Knopf für Knopf von 'ner Jacke abgesäbelt – keinen Mucks hat die gemacht –, dann Jacke aus und hat ihr so über'n Titten die Bluse aufgeschlitzt, piek rein und ratsch – fertig. Okay, wir hab'n ihn 'n bißchen angefeuert. Gell, ich mein', da ist doch nichts bei, davon stirbt man ja nicht« fügte sie hastig hinzu. »Bißchen Spaß muß sein, ne. Außer dem Jabman seiner neuen Tussi, der ging das alles so ziemlich am Arsch vorbei. Hat eine gepafft, gar nicht richtig hingeguckt. Fand ich irgendwie undankbar, ne.«
Jeanny starrte die Frau fasziniert an. »Und ...? Dicke Möpse, was?«
»Nur mitter Ruhe. Erst hat er die Bluse runtergerissen, war sowieso im Arsch, und da drunter kam dieses ... Gerät ans Licht, ne. Die Dröhne, sag ich dir! Voll die starren Körbchen,

und – fleischfarben! Bis weit über'n Hintern, Träger wie die Unterhemden von meinem Alten. Wir hab'n uns nicht mehr eingekriegt! Also, der Boß war echt im Element: ›Wow ... Ey, ich brech ab, das ist ja affengeil!‹ und dann hat er gefragt, wo sie das Teil her hat. Mann, die war vielleicht cool ... ›Kolb, Brotstraße‹, hat sie gemeint, aber dabei isse so richtig knatschrot im Gesicht geworden, hab' ich gesehen. Danach hat der Boß das Monster aufgeschlitzt, logo. Na, und mit den Titten liegste schon richtig ... Super Möpse, bevor meine so aussehen würden, hätt' ich 'ne Figur wie 'ne Litfaßsäule. Das Leben ist unfair, was ... Den Boß haben die Dinger echt angeturnt, glaub' ich, der hat auf einmal so komisch geschnauft, hat sich irgendwie ekelig angehört. Von da an ging's auch irgendwie schneller: Reißt ihr die Hose runter, drückt die Schenkel weiter auseinander und fängt wie verrückt an zu lachen. Aber, nu' mal ehrlich, das war auch vom Feinsten: 'ne weiße Unterhose, fast bis zum Nabel, da drüber 'ne Strumpfhose, hellgrau. Da gab's kein Halten mehr, ist ja klar! Fetzt die Strumpfhose runter und das weiße Ding, der Paule hatte der Alten längst die Hand auf den Mund gehalten. Da auf einmal bin ich wahnsinnig erschrocken. Du, ich kann dir nicht sagen, was ich mir gedacht hab' vorher, aber ... irgendwie hab' ich damit nicht gerechnet. Da fummelt der Boß auch schon an seiner eigenen Hose rum, und ich denk nur noch ›Scheiße, jetzt wird sie durchgefickt.‹«

»Tja, naiv wie'n Mondkalb, meine Worte«, ließ Jeanny gehässig vernehmen. Das Mädchen schien sie gar nicht gehört zu haben, murmelte mit hängendem Kopf: »Und, na, der Pitt halt immer feste angefeuert. Und ich, ich weiß nicht ... Sie hat mit dem Kopf geschlagen, aber Paule ist ja stark wie'n junger Stier, und die Beine konnt' sie eh nicht bewegen, muß ganz schön die Panik gehabt haben ... Aber soll ich dir jetzt mal was sagen: Komischerweise fand ich das alles ganz okay. Genau, ich weiß noch, wie ich gedacht hab': ›Soll die doch froh sein, daß sie wenigstens einmal im Leben anständig gevögelt wird‹, und da hab' ich halt mitgeschrien.«

Sie wischte sich verwirrt über die Stirn und fuhr mit fester Stimme fort: »Na, is' ja auch egal. Bevor der Jabman nämlich was machen konnte, kam seine Tussi dazwischen. Hat immer noch dagehockt und gepafft und auf einmal ruft sie von hinten: ›Das reicht, Mann!‹ Wir haben uns alle umgedreht. ›Ey, Dicker, die soll dir einen lutschen, verstanden?‹

›Die spinnt ja‹, hab' ich gedacht, ›das gibt Zoff, klar‹, schon voll schadenfroh, aber von wegen: Der Boß stutzt, ne, reißt sich so'n Moment am Riemen und macht zwei Schritte nach hinten. Kein Wort gesacht, echt, und der Paule zerrt die Frau wieder runter. Boah, ich hab' gedacht, ich kotz' gleich! Ich meine, dem Jabman sein Ding – ey, kann man sich ja wohl denken, was das heißt ...« Auf Jeannys ratlosen Blick hin fuhr sie fort: »Na, tachaus, tachein die gleiche Bux, so 'ne Siffjeans mit 'nem ollen Farbbild drauf von ›Midnight Madness‹.«

»Midnight Madness?! Die gibt's doch schon ewig nicht mehr. ... War doch ... '81, wo Fred Fitchew the Older abgesprungen ist, oder?«

»Sach ich doch, voll der alte Pißlappen! Und genau das hab' ich da auch plötzlich gedacht, daß dem sein Stengel voll nach alter Pisse riecht und – Scheiße, da kommt's mir schon wieder gleich hoch – auch schmeckt! Und nu' sach ich dir mal was: Die Alte hat genau das gleiche gedacht. Das weiß ich. Weil, grad wo der Boß seinen Ständer ausgepackt hat und der Paul will die Alte draufstupsen, da fängt die voll das Husten und Würgen an. Die hat's gerochen, sag ich dir ... Der Paul hat sie im Genick gepackt und mit dem Gesicht auf den Pimmel gestoßen, und dann ist weiter nichts passiert. Ich hab ja nicht viel sehen können, die hatte mir den Rücken zugedreht, verstehste, aber gelutscht hat die jedenfalls nicht. Und Paul schreit ›Maul auf, sonst stech ich dich ab!‹ Das war ernst gemeint, das hat man gehört. ›Mir stinkt's‹, hab ich gedacht, ›ich hau ab.‹ Kam natürlich nicht dazu, so ganz alleine, das hätt' niemand gebracht. Die Type hat versucht, den Kopf zu schütteln, ich hab immer mehr Schiß gekriegt. Ja, und dann ist dem Boß seine Tussi abgestiegen und kam so herangeschlendert. Gelangweilt, die Hände innen Taschen, hat nur noch gefehlt, daß sie einen Kaugummi knatscht, aber so was würd' die Lilly nie machen, is' klar.«

»*Die Lilly?!*« echote es durch die leere Passage.

Die Frau biß sich erschrocken auf die Unterlippe und warf Jeanny einen geradezu flehenden Blick zu.

»Och Mensch, nun guck doch nicht so bedröppelt. Auf mich kannste dich doch verlassen, Biggi ... Ich schweige wie ein Grab, Ehrensache.« Wie um einen Bund zu besiegeln, bot ihr Jeanny eine weitere Zigarette an.

»Ja, hm ... Lilly halt. ›Ne, so nicht‹, hat sie gesagt. Der Paul hat die andere auf der Stelle losgelassen. Wir waren total gespannt, und ich hab' schon gedacht, jetzt macht die Lilly alles kaputt, und das mit dem Lutschen kriegen wir nie zu sehen, schade. Aber dann hat sie sich vor der anderen aufgebaut – Mist, du kennst sie ja gar nicht. Na, wie soll ich sagen, die ist um die Schultern so breit wie'n Typ, ne, und ich bin mir nicht sicher, ob ihr Busen echt ist. Obwohl, vielleicht doch, so was soll's ja geben, der Hintern ist nämlich genau so'n Prachtstück. Zieht aber auch voll die Show ab mit ihren fetten Backen, wackel hier und wackel da, und der Pitt ist stolz wie'n Stück Dreck, weil er sie nach Winnys Fete mal bumsen durfte. Hat er mir gesagt, wo wir noch zusammen waren, das Schwein. Wenn du mich fragst, die wird sich noch wundern ... Der Boß hat früher oder später die Schnauze voll von der. – Aber, is' ja egal. ›Schwer von Kapee, was?‹ hat sie zu der anderen gesagt. Kann man wohl sagen, hab ich gedacht, sich mit Paule samt Messer im Rücken noch so anzustellen, echt bekloppt. ›Hör mir mal zu, du Schlampe. Das da‹ – und dabei hat sie auf dem Boß seinen Latz gezeigt – ›ist 'n Prachtständer.‹ – dann hat sie die Frau im Genick gepackt und den Kopf ganz weit zurückgebogen. ›Bevor man so was in den Mund nehmen darf, sagt man was ...?‹ Die Type hat kaum mehr 'nen Ton hervorgebracht, quetscht ganz mühselig ein ›Bitte‹ raus. Da

haben alle gelacht. Zugegeben, war'n guter Gag. Damit wär's aber dann auch genug gewesen, ne. Aber wie die Lilly so ist – ich sag dir ja, die läßt sich keine Show entgehen –, biegt sie der anderen den Kopf immer weiter, meint ›lauter!‹ Die beiden haben voll im Scheinwerferlicht gestanden, ich hab gedacht, die bricht ihr gleich das Genick, so kriegt kein Schwein 'n Wort raus, aber irgendwie hat die andere es geschafft, einen richtigen Satz zu sagen, und zwar ›Bitte, laß mich deinen Schwanz lutschen.‹ Da war ich baff! Aber die Lilly war noch nicht fertig. ›Brav ... Und nochmal, zur Übung.‹ Da hat sie es sogar ein zweites Mal gesagt, irgendwie richtig ... na, zitterig, gell, aber auch wie 'ne richtige Bitte. Also Hut ab, in so 'ner Lage noch schauspielen können, das find' ich schon toll.«

»Vielleicht macht sie ja was in der Richtung«, wandt Jeanny ein.

»Ne, die bestimmt nicht. Sah eher so aus, als ob sie in 'ner Bücherei arbeiten würde, oder besser, wie 'ne richtige Frau Professor. Wo sie so brav war, hätt' man sie ja in Ruhe lassen können, ne. Aber nix da, dann mußt' sie dem Boß einen lutschen ... Neh, ist mir schlecht geworden! Gott-sei-Dank war's bald vorbei. Hat natürlich alles abbekommen, die Arme. Aber anstatt zu kotzen – ich bin mir sicher, ich an der ihrer Stelle ... – hat sie den Mund gewischt und die Lippen geleckt, und das war's dann. Den Rest fand ich echt unnötig. Ich meine, die war am Ende, hat gezittert wie Tier, hat man an den Schultern sehen können. Aber die Lilly ... Echt, ich kapier's nicht. Scheiße, warum haben wir aber auch nichts dagegen gemacht? Wie wir weggefahren sind, hat die Olle uns nachgestarrt, saß am Boden. Wette, die hat sich die Nummernschilder aufgeschrieben, danach! Das gibt Stunk, sag ich dir, da stecken wir alle mit drin, es ist zum Kotzen ...«

»Au wei«, bemerkte Jeanny. »Echt Scheiße. Und – was ist dann passiert?«

»Ich sag dir ja, die hat am ganzen Leib gezittert. Natürlich konnt' kein Schwein wissen, was die Lilly vorhatte. Stößt die andere einfach nach vorne aufs Pflaster, mit voller Gewalt – und das will bei der Lilly was heißen. Man hat's richtig flatschen gehört, wie die auf den Händen gelandet ist. Dann hat sie ihr mit der Hand über'n Hintern gestrichen, und meint ziemlich laut ›Geil, der Akademikerarsch.‹ Du, ich bin mir sicher, der Hintern hat kein'n Fatz Sonne abgekriegt, den ganzen Sommer lang noch nicht. Weiß wie Käse, echt schade bei so 'ner Form. So sieht meiner nicht mal im Winter aus.«

»Pinky ihrer, der war früher genau so. Wir waren ja zusammen an 'er Ruwer, die Pinky und ich. Mensch, hat es die erwischt, gleich am ersten Tag: Der Arsch rot wie 'ne Tomate, und so 'ne dicke Blasen auf'm Rücken. Sogar Schüttelfrost hat die gehabt, deswegen mußten wir dann ja auch früher heim. Macht echt kein' Spaß, du, da leideste richtig mit, bei so was.«

Biggi nickte verständnisvoll. »Schon ätzend, versteh' ich. Na, sagt die Lilly eben ›geil, der Akademikerarsch‹, und – wapp – hat sie der anderen auf den Hintern geklatscht. Echt nicht zu unterschätzen, der Sound in so 'nem Parkdeck. Wir voll am Lachen – aber ich, wenn ich ehrlich bin, mir ist das irgendwie gleich gegen 'n Strich gegangen, muß ich jetzt doch mal sagen. Ich mein', nur damit du keinen falschen Eindruck von mir kriegst, ne. Scheiß Großmaul, hab' ich gedacht, grad wo der Pitt das ja so *wahnsinnig* lustig fand. Na, was hätt' ich denn aber schon machen sollen, die andere war mittlerweile echt down, hat nich' mal mehr gezittert. Und dann konnt' ich schon wieder nichts sehen, weil sich die Lilly so nach vorne gebeugt hat. Verdammt, was fummelt die denn da rum, hab ich noch gedacht, da ist doch gar nichts, nur Backen, und da hör' ich die Type aufschreien. Mensch, wenn die Lilly ihr jetzt innen Hintern gekniffen hat, dann wird's aber echt albern, hab' ich da gedacht – komische Idee, zugegeben. Aber ich hätt' halt zu gerne gewußt, was die Lilly gemacht hat, weil irgendwie hat sich das eher erschrocken angehört, wie die Olle so geschrieen hat. Wie ich zu den

anderen rüberguck, hab'n die anscheinend alle Mann mehr geschnallt als ich: Der Boß zum Beispiel, steht da vor seiner Maschine und grient vor sich hin, fett und zufrieden, kein bißchen überrascht oder so. Ich hab' noch grad überlegt, ob ich den Pitt mal fragen soll, weil der hatte sich mittlerweile 'ne Zigarette angezündet, oder ob lieber nicht – Pitt kann echt ätzend werden, wenn ihm was nicht paßt –, da seh ich, daß die Alte an 'en Haaren rumgezerrt wird und die Lilly ihr den Finger vors Gesicht hält. Die hat nich' mal geflennt, die Type, voll tapfer. ›Ey, dein geiler Akademikerarsch hat meinen Finger zugesaut, is' dir das klar?‹ hat die Lilly gesagt, und mir ist sauschlecht geworden, noch viel mehr als vorhin. Mensch, das ist doch abartig, ich steck' doch nicht 'nem andern den Finger hinten rein – du, das könnt' ich überhaupt nicht, ehrlich!«
Jeanny schluckte und schüttelte stumm den Kopf.
»Aber die Härte kommt ja erst noch. ›Und was machen wir da?‹ hat sie mit so fieser Stimme gefragt und hält der anderen immer noch den Finger hin. Ich hab' nur Bahnhof kapiert. Auch die Type hat nichts geschnallt, aber die Lilly hat so gemacht, als ob ihr das nicht auffallen würde. Also, ich meine, so als ob die andere sich querstellen wollte, ne. ›Mach schon, du Klugscheißer‹, schreit sie und reißt die andere so fest an 'en Haaren, daß die brüllt, und da steckt ihr die Lilly den Finger in den Mund. Sagt ›Ablecken!‹ – du, mir ist es hochgekommen! Die hat mir echt leid getan, ich schwör's dir. Stell' dir das doch mal vor, wo die doch sowieso schon fix und fertig war ... Ich hab' den Kopf weggedreht, ich konnt' mir das echt nicht mehr ansehen, verstehste? Der Pitt hat mir dann später erzählt, die Type hätt' es voll gebracht, mit dem Lecken, ganz im Ernst. – Is' mir scheißegal, du, ich hab' die Schnauze gestrichen voll! Für mich ist die Sache klar, ne: Früher oder später gibt das Stunk, aber gewaltig – und nur wegen dieser blöden, aufgeblasenen Kuh von Lilly! Ey, ich hab' so 'ne Stinkwut auf die ...!«
»Na super«, gab Jeanny bitter zurück. »War ja dann wohl doppelt clever, daß du heut so mit deinen Connections zu

Jabman rumgedröhnt hast. Wart's ab, eines Tages steh'n bei dir die Bullen vor der Tür, das sach ich dir. Wie bei Schimmi, mit Handschellen und Durchsuchungsbefehl. Ne, ne ... Mitgefangen, mitgehangen, werden die sagen – ey Biggi-Maus, is' ja gut, das is' doch noch lang kein Grund zum Flennen ...«

2. Kapitel,

in dem wir Frau Schümer zum ersten Mal in die Universität begleiten

Wer um um halb eins die Mensa der ›Arno-Brandner-Universität‹ besucht, braucht starke Nerven und robuste Stimmbänder, um sich mit seinem Tischnachbarn unterhalten zu können, und entsprechend schrill hallte die Stimme Sabine Stegers, Studentin der Biologie im vierten Fachsemester, durch den hohen, weißgekalkten Raum: »Nun guck sich einer *diese* Portion an! Doppelt so groß wie meine, mit viel mehr Käse! Echt typisch für diese Mensa-Frauen: Männer kriegen einfach mehr ab, und das, obwohl ich vor Hunger fast umkomme. Und gerade heute, wo es Tortellini gibt! Letztens zum Beispiel, da war ich mit dem Günther essen – Günther aus der Morphologie, den kennst du doch auch –, und da war Vollwert-Tag ...« – »Du kannst was von mir abhaben«, unterbrach ihr Begleiter, ein dunkelbrauner Krauskopf, gütig lächelnd ihren Redefluß, »heute ist nämlich mein Glückstag.«
»Nee, laß mal, ich muß ohnehin auf meine Figur achten, hab' in der letzten Woche fast zweieinhalb Kilo zugenommen. Petra versucht ja immer, mir einzureden, daran wäre meine Schilddrüse schuld, ich sei auch sonst so ... hyperaktiv, meint sie, und daß ich unbedingt zum Arzt gehen müsse. Wenn du mich fragst, das ist der schiere Neid. Ich meine, wenn ich eine Figur wie die Petra hätte – sollen wir nach oben gehen?« Ohne die Antwort abzuwarten, stieg sie die ersten Stufen hoch, und ihr Begleiter folgte ihr kopfschüttelnd in die obere Etage.
Beim Nachtisch fand der junge Mann endlich Gelegenheit, auf das Thema seiner Wahl zurückzukommen. »Wie ich schon sagte, heute ist mein Glückstag«, hob er unverdrossen von neuem an.
»Ach ja? Neue Mutanten isoliert, oder was?«
»Nein, viel besser! Ich habe heute *einmal*, ein einziges Mal, besser Bescheid gewußt als die Marion. Daß ich das noch erleben durfte!«
»Die Marion ...?«
»Na, Dr. *Marion* Schümer, natürlich.«
»Dutzt du die etwa?«

»Um Himmels Willen!« rief der Kraushaarige aus. »Nein, für mich ist sie immer noch die *Frau Dr. Schümer* ... Aber trotzdem, das heute war die Härte – ich weiß gar nicht, was mit der Schümer los war ... Also, paß auf: Wir hatten Montagsseminar, von viertel vor elf bis viertel nach zwölf. Na, und heute war so ein Mädel mit dem Referat an der Reihe, das sich für eine Doktorarbeit bei dem Kamphauser bewerben will. Übrigens ein ganz nettes Ding, die Kleine, hat ihre Sache wirklich gut gemacht. Lockerer Vortrag, nicht zu hastig, Thema ›Elektronentransportketten unter anaeroben Bedingungen‹. Hat sich wirklich Mühe gegeben bei dem Referat, prima recherchiert. Hat vom Schießpulver erzählt und von Beeten in Salpeterhütten – hättest du gewußt, daß die mit Urin und Blut begossen wurden, als organische Elektronendonatoren? War jedenfalls sehr unterhaltsam. Nur die Schümer, die war heute irgendwie ... hart drauf. Ist regelrecht zusammengezuckt, als von dem Urin die Rede war. Hat richtig nach Worten gesucht und schließlich geschimpft, solche populärwissenschaftlichen Mätzchen könne man sich sparen – damit ist sie mitten in die Einleitung geplatzt!
»In die Einleitung? Das ist fies. Da kommt man doch total durcheinander ...«
»Es geht ja noch weiter: Als die Kleine nämlich ins Stocken kam, hat die Schümer nachgehakt: Ob sie ihr denn sagen könne, was man in diesem Zusammenhang unter Co-Oxidation versteht. Das wußte die natürlich nicht, klar ... Und da lief die Schümer erst zu voller Form auf, nagelt das arme kleine Ding auf Thiobacillus fest. Das war die reine Böswilligkeit, da bin ich mir sicher. Wie es aussähe mit der Substratkettenphosphorylierung von Thiobacillus deni ...«
– »Hilfe!« wurde er lachend unterbrochen. »Volker, ich verstehe nur noch Bahnhof! Wenn Sie sich bitte daran erinnern möchten, Herr Doktor, daß Sie es mit einer einfachen Studentin zu tun haben, die nicht den blassesten Schimmer von assimilatorischen Reduktoren hat ... Bin ja grade mal froh, wenn ich die Aufnahmeklausur für Mikrobiologie geschafft habe!«

»Na gut, ist ja auch nicht so wichtig«, fuhr Volker mürrisch fort. »Worauf ich hinaus wollte, ist folgendes: Weißt du, daß der Wild und die Schümer nach jedem Referat ein paar Fragen stellen, ist bei uns so üblich. Aber daß die Schümer dabei so ... eklig wird, das hat's noch nie gegeben! Gut, mit Feuereifer bei der Sache war sie schon immer, und gewitzt genug, daß ihr kein Fehler entgeht, ist sie auch. Nur hatte ich bisher den Eindruck, sie betrachte die Referate eher als lästige Pflicht. Man hört sie sich halt an und wartet darauf, daß man sich wieder um den Stoff kümmern kann. Ein paar Korrekturen brachte die Schümer natürlich immer an, dazu ist sie geradezu verpflichtet, aber ich hatte dabei nie den Eindruck, daß sie den Vortragenden blamieren wollte – ehrlich gesagt, ich glaube nicht einmal, daß die Schümer sich schon einmal überlegt hat, daß die Referenten Menschen aus Fleisch und Blut sind, mit Lampenfieber und allem, was dazugehört ...«
»Na ja, stimmt ja auch nicht immer, das mit den Menschen aus Fleisch und Blut«, spöttelte Sabine. »Hast du nicht selbst gesagt, letzte Woche hat Emil Engel das Referat gehalten?«
»Hör mir mit Emil auf!« stöhnte Volker. »Emil Engel – der hölzerne Bengel ... Und jetzt ist auch noch sein Zeitvertrag erneuert worden, um weitere vier Jahre.«
»Erneuert?!«
»Tja. Die große Ausnahme. Wenn du mich fragst, da hat die Schümer die Hände im Spiel: Der Emil war schon immer ihr Lieblingskind. Ja, Glück muß man haben, nicht so wie unsereins ... Aber wie sagt man so schön«, fuhr Volker mit neckischem Grinsen fort, »Pech in der Forschung, Glück ...«
»Ach, apropos Glück. Wieso soll eigentlich heute dein Glückstag sein? Ich meine die Sache mit der Schümer ...«
»Mensch ja, das hätte ich um ein Haar vergessen! Also, paß auf: Es ist mir doch wahrhaftig gelungen, der unfehlbaren Frau Doktor Schümer ein Ding zu verpassen: Vor nicht mal zwei Wochen hatte mir die Schümer höchstpersönlich berichtet, sie sei in ›Current Genetics‹ auf einen Forschungsbericht gestoßen über das Verhalten von Mutanten ohne Oxoglu-

tarat-Dehydrogenase. Die Schümer war damals wirklich begeistert von dem Artikel, hat mir gut zwanzig Minuten lang davon erzählt, wir haben schon über mögliche Testversuche nachgedacht ... Na, und dann heute so was: ›Soviel mir bekannt ist, liegen auf diesem Gebiet bisher keine Ergebnisse vor‹, hat sie gesagt, wortwörtlich. Ich dachte, ich höre nicht recht. Sonst hat sie die neuesten Resultate aus Melbourne oder Tokio fast auswendig im Kopf – und dann das! Das konnte doch nur eins heißen, daß sie den Artikel schlichtweg *vergessen* hatte ... Ehrlich gesagt, einen kurzen Moment lang hatte ich regelrecht Hemmungen, sie zu korrigieren – ist das nicht bescheuert? Ist doch schließlich Sinn einer Veröffentlichung, daß jeder von ihr erfährt. Aber als ich es dann ausgesprochen hatte, da hat es mich irgendwie höllisch gefreut. Die Schümer ist richtig erschrocken, das habe ich genau gesehen, war auf einmal ganz blaß und hatte es sehr eilig, das Thema zu wechseln, hah!«
»Au weia!« rutschte es Sabine heraus. »Warum hast du das gemacht? Wenn dich die Schümer jetzt auf dem Kieker hat, kannst du dich warm anziehen!«

Über die alte Treppe vor Haus Nummer 206 in der Kaiser-Wilhelm-Straße, deren Sandstein-Geländer ausgewaschene Blumenranken zierten, war man in Mieterkreisen geteilter Meinung: Doktor Bauer aus dem Erdgeschoß war sie, weil unfallträchtig, ein Dorn im Auge, bei Frau Wibert, Alleinerziehende, nicht minder verhaßt, blockierte sie doch den Kinderwagen und war zudem noch schwer zu reinigen. Das junge Pärchen wiederum, das unterm Dach wohnte, pflegte jeden ihrer Besucher mit stolzschwellender Brust auf die ›Jugendstil-Treppe‹ hinzuweisen. Keinen einzigen Kommentar hatte man bislang von Heinz Eberlein gehört, der seit dem Tod seiner Frau seine Tage vor dem Fernseher verbrachte, und ebenfalls keinen von Frau Dr. Marion Schümer.
Frau Schümer war die Treppe vor ihrem Haus schlichtweg gleichgültig. Sie liebte an ihrem Heim vor allem den Aufzug

und den hauseigenen Garagenhof – obwohl es natürlich eine Menge anderer Dinge gab, auf die sie, ohne es zu wissen, kaum mehr hätte verzichten mögen: Die großzügig verspiegelte Bar in der Eingangsdiele gehörte dazu (die im Schnitt, das hatte Frau Schümer errechnet, sieben Mal im Monat genutzt wurde, nämlich anläßlich der zwei bis vier Besuche ihrer Englischlehrerin sowie der genau vier Besuche von Thomas Hahn) oder das schwarze Ledersofa in dem geräumigen Wohnzimmer, von dem aus man den Rand des Stadtparks erblicken konnte.
Auf besagtem Möbelstück saß Frau Schümer am Abend des 14.7. um 18.12 h, hatte ein blau-weiß-gestreiftes Handtuch um die frisch gewaschenen Haare gewickelt und starrte den schwarzen, stummen Fernsehschirm an. Zwölf Minuten nach sechs, das war eine unsäglich Zeit, um auf dem Sofa zu sitzen, und eben damit waren ihre Gedanken beschäftigt. Daß sie nun untätig in ihrer Wohnung hockte, anstatt, wie sie es sich heute morgen vorgenommen hatte, ihre Proteinanalyse zu Ende zu führen, war ganz allein Schuld ihrer Assistentin, und dieses Wissen ließ Frau Schümer schäumen vor Ärger. Schlimmer aber noch als ihr erzwungener Müßiggang – wie sollte sie arbeiten, wenn ihre Assistentin sich mit den Worten »ich habe noch vom Mai vier Stunden über« bereits um 14.50 h auf den Heimweg nach Erang machte, wo sie Mann und Kinder erwarteten? Sollte sie, Frau Dr. Schümer, die Kolben etwa selbst spülen, die Nährlösung eigenhändig nachfüllen? – war die Gewißheit, daß Bettina im Recht war. Laut Arbeitsvertrag konnte sie Überstunden binnen von drei Monaten geltend machen, es sei denn, Frau Schümer hatte sich in der vergangenen Kalenderwoche ihrer Mitarbeit versichert. Und auch was den Zustand ihres Arbeitsplatzes anging, stellte die Laborleiterin nicht ohne Grimm fest, bestand kein Anlaß zum Tadel: Der Labortisch glänzte wie frisch gewachst, auf dem Regal an der Wand reihten sich die Schraubdeckel-Gläser, Flaschen und Kolben, fein säuberlich sortiert und pedantisch beschriftet nach Inhalt, Menge und Datum des

Sterilisierens. Reagenzgläser, Pipetten in allen nur erdenklichen Größen, noch dampfend frisch vom Autoklavieren, steril wie in einem Operationssaal – keine Frage, mit der Arbeit von Bettina Sölter sollte Frau Schümer voll und ganz zufrieden sein. Wie sie überhaupt mit dem ganzen bisherigen Tag zufrieden sein sollte, anstatt die ein, zwei unbedeutenden Störungen vor Augen zu führen, die ihr – wohl aus Fahrigkeit – unterlaufen waren. So hatte sie sich zum Beispiel heute morgen, als sie, wie immer um Punkt acht Uhr, das ›Institut für angewandte Mikrobiologie und Molekularbiologie‹ betreten hatte, entsetzlich erschreckt: Neben der Pforte war ihr Blick auf den Fahrradständer gefallen, vor dem, nebst Klapprädern und Mountainbikes, ein Motorrad gestanden hatte. Sie erinnerte sich genau, wie ihre Hand, nach dem Knopf des Aufzugs ausgestreckt, gezittert hatte wie Espenlaub, und rollte derweil die Fernsehzeitschrift zu einem stabilen Rohr zusammen.
Doch halt – war sie nicht gerade im Begriff, einen weiteren Fehler zu machen? Genau, sie hatte sich wieder einmal mit *dem Zwischenfall* beschäftigt ... Frau Schümer seufzte. Wie anstrengend es doch war, ihren Plan nicht aus den Augen zu verlieren! Letzte Nacht nämlich, in der Frau Schümer keinen Schlaf finden konnte, hatte sich die Laborleiterin eine Strategie überlegt. Eine gute Strategie, oh ja, die sich auf das herausragendste ihrer Talente stützte – ihrer Fähigkeit nämlich, kühl zu analysieren und vernünftig zu handeln.
Schon immer hatte es Frau Schümer verwundert, wie viele ihrer Mitmenschen nicht das kleinste Interesse daran zu hegen schienen, sich ihrer Begabungen bewußt zu werden. Sie selbst indes war sich ihrer Qualitäten in vollem Umfang bewußt und, mehr noch, sie wußte sie optimal zu nutzen. Zugegeben, der erste Schritt, die Wahrnehmung der eigenen Stärken, wurde ihr vom Schicksal leicht gemacht, viel zu offensichtlich war ihre Begabung, um übersehen zu werden. Die Mühelosigkeit, mit der sie den Überblick bewahrte über den Arbeitsstand eines jeden Mitarbeiters, über die neuesten Ergebnisse in Oxford und in Siegen, in Seattle und

in Konstanz, mit der ihre eigenen Forschungen einen entscheidenden Schritt zum wissenschaftlichen Fortschritt beitrugen – all dies war Frau Schümer Beweis genug: Was sie zu Rang und Namen hatte kommen lassen, waren brillianter Scharfsinn, bedingungsloser Pragmatismus und vor allem – strengste Selbstdisziplin.
Viele sagen, wer es in der Wissenschaft zu etwas bringen wolle, dessen ungeteilte Aufmerksamkeit müsse dem Betriebsklima gelten oder den Marktlücken, den Resultaten der Konkurrenz, den Sponsoren. »Alles blanker Unsinn!« hatte Frau Schümer noch vor wenigen Tagen ihrem Bekannten Thomas erklärt, »der einzige, den man keinen Moment lang aus den Augen lassen darf, ist man selbst. Wenn man sich selbst im Griff hat, gelingt auch der Rest! Ich weiß, es ist nur zu menschlich, sich ablenken, zerstreuen zu wollen. Aber muß es deshalb auch gleich *richtig* sein? Nehmen wir die Proteinanalyse: Zwischen acht und zehn Stunden braucht man, um den Versuch aufzubauen, da geht es einfach nicht an, um acht Uhr nach Hause zu fahren, weil man man ein bißchen müde ist! Da heißt es weitermessen, und wenn es bis elf dauert, was sonst? Schließlich ist man an den Messungen interessiert, nicht am Ausruhen – sonst ist es wirklich besser, man fängt erst gar nicht mit dem Forschen an ...«
»Aber wo bleibt die Spontanität, Marion, und, äh ... die Gefühle?« hatte Thomas ein wenig später, sichtlich verunsichert, nachgehakt.
»Die Gefühle, die Gefühle ... Die gibt es eben. Ich käme nie auf die Idee, meine Gefühle leugnen zu wollen, damit steht man sich nur selbst im Weg. Besser, man nimmt sie zur Kenntnis, um sie als einen von vielen Faktoren mit einzuberechnen. Dann muß man nur noch darauf achten, daß man sie nicht überbewertet – dazu tendiert man nämlich nur allzu oft!«
»Klar, weil die Emotionen viel direkter sind als äußere Wahrnehmungen«, hatte Thomas ihr eifrig beigepflichtet.
»Nein, mein Lieber!« hatte Frau Schümer hierauf energisch widersprochen. »Weil sie davon leben, daß man sie ernst

nimmt, und weil sie verschwinden, sobald man sie ignoriert. Das ist wie mit einem Säugling, der brüllt, damit man ihn nicht vergißt ... Willst du mal meine Theorie hören?«
Ein resigniertes Nicken war die Antwort gewesen.
»Die Art von Müdigkeit, die von zu niedrigem Blutdruck herrührt, ist haargenau identisch mit der Mattheit, die einer Depression vorausgeht. Es kommt ganz darauf an, wie man damit umspringt: Trink Kaffee und mach deine Arbeit, und es ist in einer halben Stunde vorbei, nimm es als ein Seelenleiden und gib dich ihm hin – und du wirst es auf ein halbes Jahr nicht mehr los!«

Je länger sie in diesem Augenblick, da sie auf dem Sofa saß (die Wohnzimmeruhr zeigte bereits 18.32 h), über diese Dinge nachdachte, um so mehr kam Frau Schümer zu der Überzeugung, daß ihr Plan von letzter Nacht aufgegangen war. Nach reiflicher Überlegung (derlei Erfahrungen waren ihr mehr als unvertraut, und entsprechend schwer war es gewesen, sie einzuordnen) hatte sie beschlossen, ihre Begegnung mit den ... Rowdies als *Irritation* zu definieren. Ja, sie war irritiert gewesen, geradezu aufgewühlt, es hatte keinen Sinn, das leugnen zu wollen – allein, mit dieser Erkenntnis mußte es genug sein. Im Prinzip, so sagte sich Frau Schümer, war das Ganze einem Alptraum vergleichbar: Ist man einmal aufgewacht, dann kann man sich zwar noch an jedes Detail erinnern, aber es berührt einen nicht mehr. – Und wodurch wacht man auf? Dadurch, daß man sich die Gegenwart der Realität beweist, und sei es in Form einer kalten Dusche.
So hatte sie denn Pläne geschmiedet für den kommenden Tag: Vormittags Zellaufschluß, Extraktion und Analyse, ungefähr bis 18 Uhr (die beiden belegten Brote zur Mittagszeit ersetzten nun schon seit Jahren den Mensabesuch), zwischendrin eifrige Teilnahme am Seminar – insbesondere an der Diskussion – , auf dem Heimweg tanken und Mineralwasser kaufen, das sie eigenhändig die Wohnung hochschleppen würde, anstatt sich wie gewöhnlich

von ›Getränke Herresthal‹ beliefern zu lassen (harte körperliche Arbeit war immer noch die beste Ablenkung!), daheim Abwasch, Nachrichtensendung und das vierzehntägige Telefonat mit ihrer Schwester erledigen, um acht Uhr Kino mit Thomas, danach noch auf einen Milchkaffee in den Neumond – und nach alledem würde sie schlafen wie ein Stein.
Bis jetzt, so stellte Frau Schümer nun schon zum wiederholten Mal nicht ohne Stolz fest, war sie ihrer Strategie treu geblieben, und derweil verging die Zeit wie im Fluge. 18.51 h zeigte jetzt schon die Uhr, und die Laborleiterin lehnte sich zufrieden zurück. Zugegeben, der Zwischenfall während des Seminars hätte nicht sein müssen. Das Mädchen verfügte ohne Zweifel über ein fundiertes Grundwissen, der Vortrag war interessant und anschaulich – wenn nur diese Haare nicht gewesen wären ... mahagonifarbene, lange Haare – eine Rarität, sollte man meinen. Und doch, zufällig hatte eine dieser ... Motorradfahrer genau die gleiche Haarfarbe gehabt! (Wenn das Haar auch merklich länger als das der Biologin gewesen war – »fast hüftlang« stand auf dem Notizblock vermerkt, der als Unterlage für Frau Schümers Aussage bei der Polizei dienen würde.) Reiner Zufall, sicher. An anderen Tagen wäre ihr dergleichen überhaupt nicht aufgefallen, Kleider und Frisuren interessierten sie ohnehin wenig – wenn da nicht die Sache mit den Salpeterhütten dazugekommen wäre: »Gedüngt werden die Beete mit Blut oder *Urin*.« Und genau bei Wort war es passiert: Mit entsetzlicher Intensität hatte sie sich daran erinnert, wie der ... Penis dieses Mannes geschmeckt hatte, und gleichzeitig waren ihr die rotbraunen Haare der Referentin aufgefallen. Sie hatte eine Weile gebraucht, um sich wieder auf den Vortrag konzentrieren zu können, und danach war ihr eine Schwachstelle nach der anderen aufgefallen – das hatte sie einfach nicht stillschweigend hinnehmen können! Wütend dachte sie daran zurück, wie Volker, der neben ihr saß, versucht hatte, die Kleine in Schutz zu nehmen. Er würde es nie zu etwas bringen, dieser Casanova, ihm fehlte ganz ein-

fach der nötige Schneid! Da lobte sie sich Emil: zuverlässig, mit Leib und Seele dabei, ein vorbildlicher Mitarbeiter – wie schön, daß ihr Plan aufgegangen war und Emils Vertrag verlängert wurde. Eines Tages, wenn das Projekt weiter so gut voranschritt, könnte man ihn vielleicht sogar zum ... – Frau Schümer zuckte zusammen. Hatte da nicht eben 18.51 h gestanden, auf dem Zifferblatt ...? Genau! 18.54 h zeigte die Uhr mittlerweile, unbarmherzig. Zu spät für den Anruf bei ihrer Schwester, die jeden Freitag pünktlich um viertel vor sieben zum Badminton fuhr. Wie hatte das passieren können? Wo sie doch heute viel früher als vorgesehen nach Hause gekommen war! Sie hätte eben von Anfang an ihre Pflicht verrichten sollen, anstatt die Hände in den Schoß zu legen! Na gut, diese Panne sollte ihr eine Lehre sein!

Frau Schümer erhob sich – und erbleichte vor Schreck: Sie hatte über alldem ihre nassen Haare vergessen! Was war nur über sie gekommen, stundenlang mit einem klammen Turban auf dem Kopf herumzuhocken, statt, wie immer nach dem Waschen, die Haare zu frottieren und anschließend mit der Rundbürste in Form zu föhnen? Ein Blick in den Badezimmerspiegel zeigte, daß ihr Haar schon fast getrocknet war. Einen Moment lang erwog sie, es wieder anzufeuchten und dann wie gewohnt zu föhnen, aber das würde eine gute halbe Stunde dauern, und schließlich wollte sie noch den Abwasch machen, sich umziehen, die Nachrichten schauen ... Überhaupt blieben ihr nur noch fünf Minuten Zeit bis zu den Nachrichten, nein, mittlerweile nur noch vier. Da gab's nur eins: Haare über Kopf geföhnt, so heiß wie möglich, und später, wenn die Sendung zu Ende war, mit Kämmchen, Klemmen und notfalls auch Lockenstab in Form gebracht.

Pünktlich um sieben saß Frau Schümer vor dem Fernsehgerät. Unfaßbar, was für Grauenstaten in der Welt passierten: Erdbeben, Flugzeugabstürze, Bürgerkriege, Gewaltverbrechen ... Frau Schümer blinzelte. »Wie die Kripo Frankfurt heute berichtet, ist die Rate der sogenannten

›Gelegenheitsverbrechen‹ im letzten Jahr von 9 auf 13,5 Prozent angestiegen. Dieser Zuwachs betrifft insbesondere die kleinen und mittelgroßen Städte. Es handelte sich hierbei um scheinbar spontane Übergriffe von Cliquen und Banden, deren bevorzugte Opfer alte Menschen und Frauen sind ...« hörte sie den Nachrichtensprecher sagen, und bevor sie es verhindern konnte, hatte ihre Hand die Fernbedienung betätigt. Dann doch lieber abwaschen ... Doch schon kamen ihr die ersten Bedenken. War sie da nicht im Begriff, vor den *Ereignissen* davonzulaufen? Wollte sie sich nicht lieber dem Erlebten stellen, die einzig richtigen Schlußfolgerungen ziehen ...? Nach einem Augenblick des Zauderns stand die Laborleiterin entschlossen auf. Ja, sie würde den Polizeitermin in ihren Terminkalender übernehmen, ein für allemal!

Schon hielt sie ihr Notizbuch in den Händen – ein Werbegeschenk, erstaunlich dick und in schwarzes Leder gebunden, Linie für Linie mit kräftigen, sauberen Buchstaben bedeckt –, blätterte angespannt darin umher, auf der Suche nach dem geeigneten Zeitpunkt für ihre Aussage – doch eben die erwies sich als ungeahnt mühselig. Wach, ja hellhörig mußten die Polizisten sein, sollte ihr Bericht die erwünschte Wirkung entfalten, nicht von den Mühen des Tages gezeichnet oder aber lustlos, wie es die Wochenendschicht ist – zu ärgerlich, daß Frau Schümer versäumt hatte, gleich am Abend des 13.7. auf die Wache zu gehen! Dann nämlich hätte sie noch einen Notfall geltend machen können und sich somit das Interesse der Beamten gesichtert. Doch als sie an jenem Donnerstag nach Hause gekommen war, hatte ihr der Sinn danach gestanden, sich heiß und gründlich abzuduschen, ein Nudelgericht aufzutauen und sich dann, in eine Decke gewickelt, auf dem Sofa zu entspannen. Wie sie so dagelegen hatte, nach Körpermilch duftend und mit einem Gefühl angenehmer Sättigung, war sie zu dem Schluß gekommen, daß es sich bei ihr mitnichten mehr um einen Notfall handelte (und nur ein solcher hätte zu so später Stunde noch einen Besuch auf der Wache gerechtfertigt) – denn sie fühlte sich kein bißchen bedrängt oder verängstigt –, und daß es sicher sinnvoller sei, die Aussage auf morgen (also den heutigen Tag) zu verschieben. Doch auch heute war sie daran gehindert worden, gar zu straff hatte sie den Tagesablauf geplant, und nun hatte längst das Wochenende begonnen. So mußte sie sich also schweren Herzens bis Montag gedulden.

Unter Montag, der 17.7. war zu lesen: *$8^{\circ\circ}$ h – $12^{\circ\circ}$ h: Alanin-Nachweis* (das mußte noch in den Schnellhefter übertragen werden!) und vier Zeilen später: *$16^{\circ\circ}$ h – $17^{\circ\circ}$ h: Stadt*. Darunter stand, ein wenig eingerückt: *Schuster/Horten/Werkstatt* (richtig, die Abgassonderuntersuchung!) gefolgt von *Vergaser, Luftschutzfilter* sowie *20.15 h: Fachhochschule/Irminenfreihof* und *Diavortrag: Nepal*. Demnach, so stellte die Laborleiterin resigniert fest, blieb ihr auch Montag keine Zeit, ihre Aussage abzulegen. Und der Dienstag kam schon gar nicht in Frage: *$9^{\circ\circ}$h – $18^{\circ\circ}$h : Biotec-Kongress* stand da geschrieben, und *19.30h: Jutta/Stadtbad*. Tja, da war nichts zu machen – dann eben Mittwoch! Hier gab es nur eine einzige Eintragung: *$10^{\circ\circ}$h : Bettina*. Frau Schümer stutzte. Bettina? Dann fiel es ihr wieder ein: Schon vor Wochen hatten sie diesen Termin vereinbart, Bettina wollte sich in die Verteilungs-Chromatographie einweisen lassen. Warum auch nicht? Es mußte ja nicht ausgerechnet am 19.7. geschehen, nicht wahr ... Schließlich wurde Frau Schümer nicht dafür bezahlt, ihre Mitarbeiter weiterzubilden! Da würde Bettina eben warten müssen – so weit kam es noch, daß sie sich von ihrer Assistentin den Zeitplan diktieren ließ! Und schon strich sie den Eintrag aus und ersetzte ihn durch den Vermerk *POLIZEI*, klappte das Notizbuch zu und steckte es wieder weg. Ja, sie hatte allen Grund, mit sich zufrieden zu sein, bei diesem schrecklichen Wirrwarr einen kühlen Kopf zu bewahren ...

Nun mußte sie sich aber wirklich um den Abwasch kümmern. Ein Blick in die Küche – oh jeh, ein stattlicher Stapel von kleinen Tellern, daneben ein nicht ganz so großer Stapel Holzbrettchen. Und doch – auch dies war, wenn man es recht betrachtete, ein Grund zum Stolz: Das da war das

Geschirr von einer Woche, ohne Zweifel würde es in nicht mehr als zwanzig Minuten bis auf die letzte Gabel gespült sein. Ein Frühstücksbrettchen, ein Teller für das Abendbrot – wie gut, daß sie nicht kochen mußte ... Wenn es einem erspart blieb, sich den Lebensunterhalt als Hausfrau verdienen zu müssen, gab es, angesichts von Mikrowelle und Tiefkühlkost, nun wirklich keinen Grund für diese Zeitverschwendung!
Frau Schümer hatte soeben die Gläser im Spülschaum versenkt, als das Telefon klingelte.

»Hallo-oh ...!« flötet es ihr aus dem Hörer entgegen: Thomas Hahn, wie immer blendender Laune.
Frau Schümer hielt inne. Mittlerweile zeigte die Uhr 19.10, jetzt durfte sie sich keinesfalls auf ein langes Telefonat einlassen: »Hallo, Thomas. Und? Schon fertig?«
»Aber sicher. Wo denkst du hin, den ganzen Tag habe ich mich auf unsere Verabredung gefreut ...« (Na gut, das war nett. Ob es nicht ein bißchen unhöflich war, ausgerechnet jetzt zu erwähnen, daß sie selbst noch allerhand zu verrichten hatte? Ach was – war schließlich nicht gelogen ...) »Ich will dich nicht aufhalten, Marion, bestimmt mußt du dich noch schminken und umziehen und so weiter. Ist doch immer dasselbe mit euch Frauen.«
»Ich, schminken ... Alter Charmeur« huschte es Frau Schümer durch den Sinn und ließ sie, zunehmend besänftigt, entgegnen: »Ach was, das geht schon hin mit der Zeit, beim Capitol kriegt man doch bis zur letzten Minute einen Parkplatz. Karten hast du?«
»Na klar!«
»Fein. Ach, Moment ... Bevor ich's vergesse ... Wie hast du gesagt, heißt der Film?«
»Die verlorenen Söhne. Hab die Vorschau gesehen, letzten Donnerstag. Waschechter Grusler, sieh dich vor – nur gut, daß du einen Beschützer dabei hast, was?« (Grusler? Das klang vielversprechend!) »Geht um eine Bande von Vampiren ...« fuhr Thomas fort, »in einer amerikanischen

Kleinstadt. Zwei Jungen, Brüder, sind da neu hingezogen, und die Vampire, die sich als Rocker tarnen ...«

»Vergiß es!«

Über die Feindseligkeit in ihrer Stimme war sie selbst erschrocken. Es dauerte eine ganze Weile, bis Thomas ein »Aber ...« hervorbrachte. Frau Schümer schluckte.

»Es ... ist, weil ... Mir ist nicht gut. Ich meine, ein Thriller ... das wär' heute nicht das Rechte, denke ich mir ...« Was für ein blödsinniges Gestammel! Und überhaupt, was war eben bloß in sie gefahren ...? Launisch war sie geworden, nein, hysterisch – oh, wie sie hysterische Menschen haßte!

»Och ... – Na ja, das kenn' ich. Viel Streß im Labor, Ärger mit den Kollegen ... Ich verstehe.« Diese Worte trafen Frau Schümer wie ein Peitschenhieb, und sie hörte sich in den Hörer fauchen: »Einen Dreck verstehst du! Ich will heute abend meine Ruhe haben, mehr nicht, klar?«

Der Laborleiterin brach kalter Schweiß aus, verzweifelt strich sie sich durch die Haare: Trocken wie Stroh und zerstruppt, genau, die sollten ja noch in Form gebracht werden ... Was ging hier vor sich? Wie übel ihr plötzlich war – oh Gott, warum hatte sie sich nicht ein bißchen besser unter Kontrolle?

Frau Schümer klammerte sich verzweifelt an den Telefontisch. Warum sagte Thomas jetzt nichts? Hatte das alles mitbekommen, diesen ... Anfall, und brachte kein Wort heraus. Unglaublich ... Fast könnte man glauben, er würde ihre Verlegenheit in vollen Zügen genießen – ja genau, das war es! Er wollte Zeit schinden, die peinliche Lage noch ein bißchen in die Länge ziehen ... Er war ihr so zuwider, dieser Mensch!

»Ähem. Klar, ich ... Ich wollte sagen, du hast Recht. Leg dich erst mal hin, mach dir einen gemütlichen Abend, ruh dich aus. Wir telefonieren miteinander ... Ich ruf dich morgen mittag an, einverstanden?«

Frau Schümer konnte sich nur mit größter Mühe ein mattes »ja« abringen. Und endlich, endlich legte er auf. Sie setzte sich auf den Sessel neben der Kommode und fuhr sich über die Stirn. Irgend etwas war ihr über den Kopf gewachsen ... Sie hatte sich überschätzt, genauer gesagt, ihre Fähigkeit zum Selbstbetrug unterschätzt. Es war schlichtweg falsch gewesen, der Höflichkeit halber auf eine Konversation einzugehen, obwohl sie derart unter Zeitdruck gestanden hatte. Sie hatte keine Lust zum Plaudern gehabt, von Anfang an nicht, sie wollte endlich ihre Arbeit zu Ende machen, wollte selbst entscheiden, wann die Zeit für eine Entspannung gekommen war. Kein Wunder also, daß sie so überreizt reagiert hatte. Die Lehre für die Zukunft? »Tut mir leid, ich habe im Moment keine Zeit!« würde sie sagen, das nächste Mal, und sowohl ihr als auch ihrem Gegenüber würde einiger Ärger erspart bleiben.

Nun gut, dieses Thema war erledigt.

Frau Schümer erhob sich. Dort in der Diele standen die Schuhe sorgsam aneinander gereiht – rasch schlüpfte sie in ihre Collegeschuhe und zog ihren beigen Parka über. Das Spülwasser war jetzt ohnehin kalt, ihre Schwester noch immer außer Haus, und zum Fernsehschauen war es noch zu früh. Unter diesen Umständen hielt Frau Schümer einen kleinen Spaziergang für durchaus angebracht – zum Beispiel zum Café Neumond –, und sie machte sich frischen Mutes auf den Weg.

Zwischenspiel,

das eine aufschlußreiche Szene in einer Bar schildert

Im Café Neumond fühlte sich die Laborleiterin wohl. Sie mochte die blinkenden Chromgeländer und all die zierlichen Bildchen, die runden, marmornen Tischplatten, die riesigen Plastik-Palmen und den Schein der rosigen Glühbirnen, hinter trapezförmigen Spiegelglasscheiben kaschiert, der sich mild und warm über die türkisfarbenen Tapeten ergoß. Ja, sie genoß es, sich in einer vertrauten, gepflegten Atmosphäre zu wissen – auch wenn der einzig freie Sitzplatz ein Barhocker vor der Theke war.

Frau Schümer bestellte einen Milchkaffee – wie immer –, überflog jedoch aus reinem Interesse die Getränkekarte aus schwarz-weißem Hochglanzpapier. Was es alles gab: Lumumba, Grüne Witwe, Rabbit's Revenge, Towarisco, Manhattan Latin Style ... Milchkaffee? Wie langweilig! Sie winkte über die Theke nach der Bedienung: »Hm ... In dem Towarisco, was ist da drin?«

Der Mann, ein kleiner Italiener mit gelglänzenden Locken, ließ die Zähne blitzen. »Da muß die Signorina sich überraschen lassen, eh?«

Frau Schümer nickte ihm zu. »Gut. Dann einen Towarisco anstelle des Milchkaffees.«

Der Drink ließ auf sich warten. Frau Schümer trommelte leise auf das lackierte Thekenholz: Es war in der Tat ein wenig ungemütlich, hier mitten vor dem Tresen. Aus der Ecke dort hinten zum Beispiel starrte schon die ganze Zeit ein Junge mit rötlichem Stoppelbart und einer Baseballmütze herüber. Frau Schümer seufzte erleichtert, als er endlich den Blick senkte. Schließlich war sie doch nur deshalb hierher gekommen war, um in aller Ruhe einen Kaffee zu trinken – einen Towarisco, korrigierte sie sich, denn gerade wurde ein Whiskyglas vor sie hin gestellt, auf dessen Zuckerrand eine Zitronenscheibe steckte.

»Attenzione signorina, multo ... langsam«, doch die Warnung des Obers kam zu spät, schon hatte sie den ganzen Mund voll von einer bitteren, brennend scharfen Flüssigkeit. »Zuckerrand ...! Das hat dieser Ober extra gemacht, um mich hinters Licht zu führen – na, der wird sich wundern!« Frau

Schümer schluckte tapfer und warf dem Kellner ein triumphierendes Lächeln zu, gerade rechtzeitig, bevor ihr Blick von Tränen verschleiert wurde. Eine angenehme Wärme duchflutete ihre Brust, ein Kribbeln lief – Fliegenfüßchen gleich – über Busen, Schulterkugel und in die Armbeugen hinein. Just in diesem Augenblick fiel der Wissenschaftlerin ein Nickelbrillenträger auf, mit schütteren dunkelblonden Haaren und einer graugrünen Strickjacke, der sich den Anschein gab, einer molligen Blondine zuzuhören. Doch Frau Schümer ließ sich nicht täuschen. Sie beobachtete ihn zwei weitere, tiefe Schlucke lang, dann war sie sich ihrer Sache sicher: Dieser Mensch hatte ein Auge auf sie geworfen! Der Blick, den er ihr gerade eben zugeworfen hatte, das Gesicht zu einem Lachen verzerrt, hatte einfach zu lange gedauert ...
Sie nippte gedankenverloren weiter, beobachtete den nicht abreißen wollenden Strom von Gästen, die sich lärmend und einander zuwinkend durch den Filzvorhang in die Stube zwängten. Merkwürdig, wie lebhaft es auf einmal hier war – kein Ort, um sich bei einem Gläschen ... (Towarisco, hatte der Kellner gesagt, oder?) zu entspannen. Tja, eigentlich sollte sie sich wohl besser auf den Heimweg machen ... Und wieder klappte der Vorhang auf, es schallte »Arnd, Arnd, hier rüber!« aus dem entlegensten Winkel des Cafés, und prompt quetschte sich die Gruppe ausgelassener Abiturienten an den Bistrostühlchen vorbei in Richtung Toiletten, riß unterwegs Trenchcoats und Umhängetäschchen von den Lehnen und trampelte achtlos über Pulliärmel hinweg.
Frau Schümer begann, das Treiben amüsant zu finden. Da, der entrüstete Blick eines rotwangigen Jünglings, den die Störung mitten im Zungenkuß ereilt hatte ... Ach was, zum Teufel mit der Entspannung, dazu hatte sie noch Gelegenheit genug, wenn sie alleine vor dem Fernseher saß! Der Nickelbrillenträger grinste ihr zu, und Frau Schümer bewunderte insgeheim die Eleganz, mit der er seine Begleiterin mit lässig dazwischengeworfenen Bemerkungen bei Laune hielt, während in Wahrheit seine gebannte Aufmerksamkeit einzig *ihr* galt, Dr. Marion Schümer.

Noch drei weitere Schlucke, und der Laborleiterin fiel auf, daß die Blicke plötzlich nicht mehr ihr Gesicht trafen. Irgend eine andere Stelle ihres Körpers schien das Interesse ihres Beobachters geweckt zu haben. Frau Schümer runzelte die Stirn. Was nur? Parka, Streifenbluse, Kordhose, rekapitulierte sie verstohlen, und Kollegeschuhe. Da wandte er sich wieder an die Blondine, erzielte ein gackelndes Lachen, warf von neuem einen Blick in Richtung Tresen ... Diesmal hatte Frau Schümer aufgepaßt. Das hatte eindeutig auf ihren Halsausschnitt gezielt – oder besser: auf einen Punkt eine Handbreit darunter ... Sie warf den Kopf in den Nacken und leerte schwungvoller als nötig das Glas. Das schmierige Grinsen des Obers entging ihr nicht, und prompt begannen ihre Wangen zu glühen – ob er sich wohl über sie lustig machte? Wenn ja, warum? Dann wußte sie es: Seit Jahren trank sie, wann immer sie den Neumond besuchte, Milchkaffee, riesige Schalen der süßen hellbraunen Brühe, und nun, da sie aus reiner Neugierde einen Drink bestellt hatte, glaubte er wohl, sie sei beschwipst – von dem einen Gläschen ...! Na denn: Gutgelaunt lüpfte sie das Glas und rief dem Ober »noch einen« zu. Tja, da hatte er guten Grund, verdutzt dreinzuschauen ... Ganz nebenbei glitt ihr Blick über den Ausschnitt ihrer Bluse. Rostrote Streifen zierten den weißen Stoff, immer abwechselnd zwei breite und ein schmaler, nach oben hin folgte ein spitzer, weißer Kragen, und ... – die Wissenschaftlerin zuckte unwillkürlich zusammen: Nicht nur ein Knopf war geöffnet, sondern derer drei! Zu dumm aber auch – wieso war ihr das nicht früher aufgefallen, merkwürdig deplaziert der frisch gestärkte Kragen herunterhing? Auf die Hitzewelle folgte eine Gänsehaut (dann hatte dieser Mann also die ganze Zeit über zwischen ihre Brüste gestarrt? Mitten auf die dünnhäutige, schweißfeuchte Rinne also?!), und im Zuge dieser Gänsehaut krampften sich die Nippel zusammen. Frau Schümer biß sich auf die Unterlippe. Tja, dann ... Flucht nach vorne. Wie zufällig schaute der Mann zum Tresen herüber, streifte mit Blicken den einen Punkt – darauf hatte Frau Schümer gewartet: Sie packte sich mit weit

gespreizten Fingern auf den Busen, ließ die Finger langsam zusammenrutschen – wie zufällig strich ihr Handgelenk dabei den rechten Nippel, rieb den Stoff zwischen den Fingerspitzen. Den Blick auf eine unbenannte Stelle zwischen Türvorhang und Wand gerichtet, tastete sie sich die Knopfleiste entlang taillenwärts, bis sie den vierten, satinbespannten Knopf unter ihren Fingern fühlte, ihn langsam, bedächtig in das Knopfloch schob ... Oh, sie wußte genau, daß der Mann fasziniert jede Bewegung ihrer schlanken Finger verfolgte, daß der Kellner mit halboffenen Lippen, die Hand mit dem Spültuch im Bierglas erstarrt, es ihm gleich tat! Diese wohlige Gewißheit ließ Frau Schümer beim Tasten nach dem nächsten Knopf das Handgelenk hochknicken, bis es schmerzte, ließ ihre Finger mit festem Druck über den Stoff rutschen, krallengleich sich zusammenkrümmen, verstohlen die weiche Haut kneifen ... So, Zeit für die Pointe: Energisch gruben sich die Nägel in das empfindliche Fleisch, ließen Frau Schümer einen jähen Schmerz fühlen, angesichts dessen sie nicht mehr länger unbeteiligt bleiben konnte. Sie hörte sich tief einatmen, zögerte einen Moment lang – ach was, ein bißchen Erregung zur Schau stellen, das könnte der Darbietung doch nur dienlich sein, oder? Schon schloß sie die Augen und warf den Kopf in den Nacken, schwor, sich diesen Moment des Triumphes zu merken, da sie ihr vor Begierde fieberndes Publikum ganz in der Hand gehabt hatte, und sich – jetzt! – entschlossen hatte, dem Spiel ein Ende zu setzen. Sie hob den Kopf, ihre Finger knöpften die Bluse zu, flink und lässig, als sei nichts gewesen. Vorbei, meine Herren, tja ... Mit einer Mischung aus Stolz und Schadensfreude schlug sie die Augen auf.
Der Mann war soeben damit beschäftigt, seiner Begleiterin in den Poncho zu helfen. Frau Schümer schluckte.
»Towarisco ist umsonst, für signorina, eh?« hörte sie den Kellner sagen, als er den zweiten Drink vor sie hin stellte. Sie blitzte ihn wütend an, schob wortlos einen zerknitterten Zwanzigmarkschein über die Theke und zwängte sich durch die Menschenmenge nach draußen.

Die Nachtluft empfing sie, kalt und übelerregend frisch. Tief ein- und ausatmen, ein paar eilige Schritte in Richtung Hauptmarkt, zum nächsten Taxistand ... Dennoch, der Blick in einen Schaufensterspiegel machte ihr Mut: Hocherhobenen Hauptes schritt sie einher, kein bißchen unsicher auf den Beinen – und doch war da etwas Ungewohntes. Die Wissenschaftlerin stutzte. Richtig, die strubbeligen Haare waren für diesen ... verkommenen Eindruck verantwortlich. Frau Schümer schaute überrascht genauer hin. Die Person ihr gegenüber besaß ebenmäßige Gesichtszüge, eine schmale Nase, hohe Wangenknochen und Lippen, deren ungeschminkter Zustand einer Beleidigung für Mutter Natur gleichkam – wenn nur das eigenwillige Horngestell auf der Nase nicht gewesen wäre. Unter dem starren Büstenhalter verbargen sich wunderbar weiche, schwingende Brüste, die Feinkordhose tat ihr Bestes, um – Bundfalte für Bundfalte – von der satten Rundung der Pobacken abzulenken.
Frau Schümer kam zu dem Schluß, daß sie mit ihrer Haartracht voll und ganz zufrieden war – Rundbürste in den Müll, gleich morgen, und damit basta!

3. Kapitel,

das Frau Schümers bemerkenswerte Aufzeichnungen enthält

Bericht: Der Verlauf meiner Erkundung am 16.7.

Zusammenfassung:
Trotz einiger unvorhergesehener Zwischenfälle führte die Unternehmung zu einem zufriedenstellenden Ergebnis. Mir ist es gelungen, *sie* aufzustöbern, und ich habe die letzten, wichtigsten Informationen über *sie* erhalten. Meiner Aussage bei der Polizei steht nichts mehr im Weg.

Ausgangssituation:
– *Klima:* Es war ein feuchtschwüler Tag, mein Thermometer zeigte 25 Grad Celcius.
– *körperliche/seelische Verfassung:* Ich hatte zwei arbeitsfreie Tage hinter mir, mit keiner anderen Beschäftigung als der möglichst genauen Planung meiner Erkundungstat und einigen Hausarbeiten. Ich war wohlauf und guter Dinge.
– *Der Grund für meine Erkundung:* Beim Durchsehen der Aufzeichnungen war mir aufgefallen, daß ich mir nur ein einziges KFZ-Kennzeichen notiert hatte. Wenn man bedenkt, daß dieses eine Motorrad (von dem ich im übrigen nicht einmal die Herstellermarke kannte) ein geliehenes Fahrzeug sein konnte, so würde dies allein als Hinweis zur Festnahme der Täter höchstwahrscheinlich nicht genügen.
– *Kleidung:* Meine Kleidung war unauffällig: ein grauer Baumwollpullover, dunkelblaue Leinenhosen, flache Schnürschuhe. Bei dem Zwischenfall am 13.7. war mir aufgefallen, daß sich die Täter durch bestimmte Kleidungsstücke zu Gewalttaten und unflätigen Bemerkungen angestachelt fühlten, hierzu zählen insbesondere Feinstrumpfhosen und handelsübliche Miederwäsche. Deshalb hatte ich (entgegen meiner Gepflogenheiten) auf das Anlegen von Büstenhalter und Miederhose verzichtet. Gewisse Irritationen durch das ungewohnte Tragegefühl habe ich stillschweigend in Kauf genommen. Um ganz sicherzugehen, hatte ich zudem meine Strumpfhose durch Feinstricksöckchen ersetzt.

– *Ausrüstung:* Auf das Mitnehmen von Waffen hatte ich aus Gründen der Sicherheit verzichtet, vor allem um im Konfliktfall eine Provokation der Täter zu vermeiden. Zudem hätte ein Messer jederzeit gegen mich selbst eingesetzt werden können, ein Verteidigungsspray kam im Falle von mehreren Gegnern nicht ein Frage. Schußwaffen oder einen Schutzhund besitze ich nicht.
– *Ausgangsort:* Bushaltestelle ›Im Käulchen‹, für einen Motoradfahrer mit einer Durchschnittsgeschwindigkeit von 100 km/h 12 Minuten vom Tatort des 13.7., dem Universitätsgelände, entfernt. Der Ausgangsort befindet sich an einer Hauptverkehrsstraße, der B62, die eine der bedeutendsten Verbindungen zwischen der Innenstadt und den umliegenden Dörfern darstellt.
– *Tageszeit:* Aus meinen Aufzeichnung vom 13.7. geht als Zeitpunkt des Tatbeginns 19.50 h hervor. Das bedeutet, die Täter könnten um 19.38 h die besagte Bushaltestelle passiert haben (s.o.). Da ich ferner beschlossen hatte, mit einem Toleranzbereich von 30 min zu arbeiten, war ich pünktlich um 18.08 h am Ausgangsort meiner Erkundung.

Der Ablauf der Erkundung:
Ich hielt mich – wie übrigens auch am Samstag, dem 15.7. – zu der o.g. Zeit am Ausgangsort auf, den ich mit dem Stadtbus der Linie 12 erreicht hatte.
Es war, wegen der zentralen Lage des Ausgangsorts (s.o.) zu erwarten gewesen, daß in der angegebenen Zeit eine Vielzahl von Motorradfahrern die Strecke passieren würden. Da ich mich, wie bereits erwähnt, nur mehr an ein einziges Kraftrad erinnern konnte, namentlich an dessen Farbe und KFZ-Zeichen, war ich natürlich bei *jeder* Gruppe von vier bis fünf Fahrzeugen auf der Hut. Es war im Sinne meiner Unternehmung, daß die Täter auf mich aufmerksam werden würden, demnach stellte ich mich so dicht wie möglich an den Straßenrand. Um das Wiedererkennen zu erleichtern, trug ich zudem meine Arbeitsbrille und hatte die Haare in gleicher Weise wie am Donnerstag, dem 13.7. frisiert.

Das von mir identifizierte Fahrzeug war das vorletzte in einer Reihe von vier Motorrädern, ich erkannte es anhand seiner rot-blauen Streifen am Kühler (vgl. Aufzeichnungen) wieder. Die ersten fünfzig Meter nach Passieren der Bushaltestelle blieb die Fahrtgeschwindigkeit der Täter unverändert. Ich hielt meine Unternehmung bereits für gescheitert und wollte mich auf den Heimweg machen, als ich das vorderste Motorrad zurückfallen sah, woraufhin auch die anderen das Tempo drosselten und schließlich anhielten, offenbar, um sich zu beratschlagen. Das bedeutete, sie hatten mich entdeckt! Ich bin immer noch überrascht über die Wucht der Gefühle, die sich bei mir einstellten, in dem Augenblick, als mir klarwurde, daß *es* nun beginnen würde. Mein Hals war plötzlich wie zugeschnürt, und es fiel mir schwer – so heftige Körpergefühle bedrängten mich –, an überhaupt etwas zu denken. Doch ich atmete tief durch, unterdrückte den aufwallenden Ekel (denn um diesen handelte es sich ja wohl) und ging im Geiste noch einmal rasch alle Einzelheiten meines Planes durch: Ich wollte mir nicht nur die restlichen KFZ-Zeichen merken, sondern vor allem die Täter zur Rede stellen. Dieser Punkt war mir wesentlich, denn es stand zu befürchten, daß im Falle einer Verhaftung (und die würde anhand meiner detaillierten Beobachtungen ein Kinderspiel sein) Bußgelder oder eine Inhaftierung auf Bewährung die einzigen Strafen wären, mit denen meine Peiniger zu rechnen hätten – angesichts der mir zugefügten Qualen und Demütigungen ein mehr als unbefriedigendes Strafmaß! So verlangte es mich danach, meinen intellektuellen Vorsprung gegenüber diesen Rohlingen wenigstens ein einziges Mal ausspielen zu können – im Zeugenstand würde ich sehr sachlich bleiben müssen, um meiner Aussage die nötige Schärfe zu verleihen. Ich hatte mir die Sätze daheim in aller Ruhe zurechtgelegt und ebenso die Reihenfolge, in der ich die unterschiedlichen Punkte anführen wollte, und war mir sicher, sie selbst im Traum zu beherrschen.
Als ich die Scheinwerfer der zurückkommenden Motorräder auf mich gerichtet sah, wurde das Gefühl der Nervosität fast

unerträglich. Zur Beruhigung erinnerte ich mich an den Sinn meiner Unternehmung, die anstehende Verhaftung.
Der untersetzte Mann mit dem Farbdruck auf der Jeans (vgl. Aufzeichnungen) scheint, wie bereits am 13.7. vermutet, der Anführer zu sein. Er war es, der als erster das Wort an mich richtete. »Ey, die Unisau! Ich werd' nicht mehr!« bemerkte er, wobei er mich von oben bis unten musterte. In grober Verkennung der Lage grinste er dabei und schien ein Gefühl der Vorfreude zu empfinden. Wieder befielen mich ungeheure Konzentrationsschwierigkeiten, als mir klarwurde, daß es diesen Menschen womöglich gefallen hatte, mir so gemein zuzusetzen. Ich fragte mich, ob sie womöglich genauso oft an mich gedacht hatten, wie ich an sie ... In meine Überlegungen platzte die barsche Stimme: »Gib mal das Nasenfahrrad 'rüber! Ohne siehst du viel besser aus, du Brillenschlange.« Anstatt auf diese Beleidigung einzugehen, nutzte ich die kurze Zeit vor dem Überreichen der Brille, um die Anwesenden mit den Peinigern aus meiner Erinnerung zu vergleichen: Der Tätowierte (vgl. Aufzeichnungen), die Frau mit den Lackstiefeln, sowie drei weitere Personen, die beiden anderen Männer und die Kleine mit dem Nietengürtel – demnach fehlte dieses Mal nur das Mädchen mit den mahagonifarbenen Haaren.
Meine Sehbehinderung ist nicht sehr ausgeprägt. Ich nahm die Brille ab, klappte sie zusammen und überreichte sie dem Untersetzten, aber auch ohne meine Sehhilfe konnte ich in seinen Zügen eine Stimmung lesen, die ich – auch jetzt noch – Begeisterung nennen würde. Offenbar hatte ich tatsächlich einen gewissen Eindruck auf die Bande hinterlassen.
»Na Puppe, haste uns vermißt?« fragte der Mann sodann. Ich hatte eigentlich nicht vor, auf diese Frage einzugehen, aber zu meiner Überraschung schaltete er den Motor ab, grinste und brüllte mich an: »Na los, mach's Maul auf!« Angesichts dieser Aggressivität hielt ich es für angebracht, auf seinen kleinen Scherz zu reagieren und nickte – schließlich wollte ich sie doch bei Laune halten, zumindest bis zum Beginn meines Racheplanes!

»Geil ... Weiß'te was? Du darfst mitkommen.« Alle anderen taten mit Pfiffen und Ausrufen ihre Zustimmung kund – ein Beweis mehr für seine Rolle als Anführer. (Anmerkung: alle mit Ausnahme der Frau. Die musterte mich die ganze Zeit hindurch stumm und sehr aufmerksam. Aus irgendeinem Grund waren mir ihre Blicke besonders unheimlich, und ich hätte mir gewünscht, daß auch sie mir einmal zugelächelt hätte – in dieser Lage ein aberwitziger Wunsch, den ich sofort und rigoros unterdrückte.)

Auf das Angebot mitzukommen hatte ich gehofft, ja, ich war geradezu darauf angewiesen, wenn die von mir geplanten, mahnenden Worte etwas bei diesem brutalen Volk ausrichten sollten: Auf der B62 waren Scharen von Pendlern unterwegs, und selbst die brillianteste Rhetorik verfehlt ihre Wirkung, wenn die Sätze zur Hälfte im Verkehrslärm untergehen.

So stieg ich also auf – hinter dem Anführer, so daß ich bedauerlicherweise kein einziges weiteres KFZ-Zeichen identifizieren konnte. Ich achtete streng darauf, mich an dem Metallgestänge der Sitzlehne festzuhalten, um nicht durch kurze Berührungen mit Rücken oder Gesäß des Fahrers den Eindruck zu erwecken, mir sei in irgendeiner Weise an körperlichen Kontakten gelegen. Während unserer Fahrt studierte ich die Aufschriften seiner *Kutte* (so nennt man die Jacke des Rockers), in der Hoffnung, auf sachdienliche Hinweise zu stoßen, etwa auf den Namen eines Motorradclubs. Diese Beschäftigung erwies sich zudem als geeignet, um mich von dem ungewohnten Tragegefühl meiner Leinenhose, dem Direktkontakt von Stoff und Schambereich (s. o.), abzulenken.

Unsere Fahrt führte in den Stadtbezirk ›Thiergarten‹. Ungeschickterweise hatten die Täter es versäumt, mir die Augen zu verbinden, so daß ich mittlerweile sogar über ihren geheimen Treffpunkt unterrichtet bin: Es ist ein schwer zugängliches, baufälliges Holzgebäude, das ich zufälligerweise schon seit längerem kannte (bei einem Spaziergang hatte mir meine Freundin Nadine erzählt, es

handele sich um eine ehemalige Reithalle). Auch verzichteten die Täter auf Umwege und folgten geradewegs der B62 bis Olewig, bogen bei ›Weingut Nelles‹ nach links ab in die Mainzer Straße und nach 100 m wiederum nach links in einen Asphaltweg, der ausdrücklich nur für landwirtschaftliche Fahrzeuge zugelassen ist.
Es verdient vielleicht einer Erwähnung, daß der Weg zur Reithalle an einer Kuhweide vorbeiführt, denn auf diese Detail werde ich später noch zu sprechen kommen. Das Dach der Halle ist größtenteils eingestürzt, der Boden mit Gerümpel und Unrat aller Art (ich erinnere mich an alte Matratzen, zerbrochene Ziegel, Autoreifen, Schaumstoffballen, die Trommel einer Waschmaschine sowie leere Bier- und Branntweinflaschen) bedeckt.
Als alle Beteiligten abgestiegen waren, sah ich den Zeitpunkt gekommen, mit meinem Angriff zu beginnen. Als Basis für meine Rede hatte ich die *Ja-aber-Technik* gewählt, also den einfühlsamen Einsatz meiner überlegenen Rhetorik: Die Stärke meiner Gegner lag ausschließlich in der Anwendung von Fäkalausdrücken, und diese ist nur dann sinnvoll, wenn man an die Wortkraft vulgärer Wendungen glaubt. Dies trifft für mich nicht zu – allein, ich wollte es meine Gegner nicht spüren lassen: Verunsichert, bei ihren Wurzeln gepackt, wären sie sonst aggressiv geworden, hätten sich durch eine Steigerung der Kraftausdrücke zu retten gesucht, und dadurch die Form der Auseinandersetzung immer mehr von der sachlichen Argumentation entfernt, dem Gebiet, auf dem meine Stärken liegen.
»Ausziehen!« sagte der Mann zu mir, ganz nebenbei, während er seine Maschine aufbockte, und ich blieb meiner Strategie treu: Genau, warum sollte ich den zu erwartenden rhetorischen Sieg nicht durch Taten einleiten? Mehr noch: Während ich vorgab, ihm zu gehorchen, konnte ich stillschweigend einen zweiten Trumpf ausspielen: Zweifelsohne beabsichtigte er, sich auch dieses Mal über meine Strumpfhose, meine Miederwäsche zu mokieren.

Noch beim Auskleiden empfand ich eine tiefe Genugtuung beim Gedanken an sein verdutztes Gesicht, angesichts des Fehlens jeglicher Unterwäsche. Die stille Freude über meinen anstehenden Triumph beschwingte mich derart, daß ich die Kleider unwillkürlich so geziert vom Leib strich wie eine geschulte Striptänzerin, eine Fähigkeit, die ich noch nie zuvor bei mir entdeckt hatte.
Lautes Pfeifen war die Antwort, und der Anführer rief begeistert: »Meine Fresse, af-fen-geil!« Besser hätte es nicht kommen können! Ich wußte rein optisch zu gefallen. Ein beruhigender, ja, ein angenehmer Gedanke. Für einen Moment vergaß ich ganz – ich gebe es zu – den Zweck meiner Anwesenheit, hob die Hände über den Kopf und drehte mich langsam im Kreis. Lautes Gejohle war die Folge. Offenbar war es mir gelungen, jedwedes Mißtrauen, das unter den Motoradfahrern geherrscht haben mochte, einstweilen zu zerstreuen. Meine Unternehmung lief gut ...
»Konnte noch besser in Szene gesetzt sein«, hörte ich da die Frau sagen. Ich war überrascht, doch ich war nicht die einzige:
»Häh?«
»Ey Lilly, spinnst du?«
»Nee. Ich weiß schon, wovon ich rede!« Sie trat vor mich hin, stellte sich spreizbeinig und stemmte die Arme in die Hüften. Ich ließ mich durch dieses Imponiergehabe nicht beeindrucken. Auge in Auge mit meiner Peinigerin, das war die Ausgangssituation für meinen ersten Schachzug!
»Hör zu, du Schlampe«, begann sie, »du weißt doch, wie eine Hure aussieht.« Dabei starrte sie unverhohlen auf meine Brüste und gab sich nicht die Mühe, eine gewisse Anerkennung, die in ihrem Blick lag, zu unterdrücken. Sie hob den Kopf, grinste und sah mir in die Augen. Jetzt gleich auf die anstehende Verhaftung zu sprechen zu kommen, erschien mir als ein zu abrupter Themawechsel, schließlich ist auch ein Streitgespräch ein Dialog:
Ich nickte.
»Und, hat die nicht normalerweise Reizwäsche an?«

Ich nickte ein zweites Mal, was zu vertreten ist, da ja die Frau namens Lilly recht hatte: Die Prostituierten in Film und Fernsehen fallen in der Tat durch sehr freizügige Dessous auf.
»Na dann.« Sie suchte offenbar nach einer verstärkenden Geste und zog unter ihrer Kutte (s. o.) eine Gerte hervor. Da ich früher eine passionierte Reiterin war, erkannte ich sogleich, daß es sich um eine Sprunggerte handelte, deren breitflächiger Schlag durch ein dünnes Lederriemchen ersetzt worden war, eine im Pferdesport unübliche Modifikation.
»Eine geile Akademikersau, ne« – sie ließ grinsend die Gerte wippen – »ist die nicht womöglich noch viel schärfer als eine Hure?«
Was immer mir dieser Satz besagen wollte – es handelte sich hier eindeutig um eine Form des Imponiergebarens. Sie war die Frau des Anführers, und wollte ich nicht eben diese ihre Position in Frage stellen und sie somit vorschnell gegen mich aufbringen, so mußte ich ihr beipflichten.
Ich nickte ein drittes Mal.
Heute ist mir klar, daß dies ein Fehler war. Allem Anschein nach hatte sie die Absicht gehabt, mich zu provozieren und war nun durch meine Nachgiebigkeit aufs Äußerte erzürnt. (Ganz gewiß hatte sie damit gerechnet, daß ich ihrer Behauptung widersprechen würde, und sei es auch nur durch ein kühles »das kann ich mir nicht vorstellen«.) Mag man meine Reaktion als einen Anflug von Feigheit deuten, in der Tat ließ der Anblick der Gerte in ihrer Hand einen Augenblick lang jede Rachelust verfliegen und stimmte mich geradezu weichherzig. Ja, eine gewisse, nie gekannte Weichheit durchströmte meinen Körper – ein Gefühl, das mir in dieser Form noch nicht begegnet war. Da die Stimmung, in die ich mich plötzlich versetzt fühlte, keineswegs schiere Angst war, sondern ein Gemisch von Gefühlen, zu dem u.a. auch eine gewisse Erwartung zählte, will ich meinen Zustand als den der Tapferkeit bezeichnen.

Und tapfer galt es nun, die Folgen meiner Unbedachtheit zu ertragen. Stumm und ohne zu murren erduldete ich, daß sie mich im Nacken packte und mit dem Gesicht über den Boden wischte, über irgend etwas Glitschiges – zertretenes Obst? – und mir zuraunte: »Hast du mich verstanden?!«
Ich war mir meiner Sache sicherer denn je. Meine Gegner waren wie Tiere, triebhaft, unbeherrscht: Ich würde nicht eher in Ruhe mit ihnen reden können, bis sie sich abreagiert hatten – ich antwortete ihr mit »Ja«, den Mund voller Dreck, aber doch so laut, daß es jeder gehört haben mußte, und hoffte inständig, daß sie nun endlich zufrieden war.
Aber meine Peinigerin hatte Gefallen an dem kleinen Spiel gefunden: »Okay. Und wie sagt man?« Sie versetzte mir, wie zum Spaß, einen Gertenstreich aufs Gesäß, so daß ich automatisch zusammenzuckte und – vor Schreck – zu zittern begann. Meiner Erregung zum Trotz rechnete ich mir aus, welche Worte sie wahrscheinlich von mir hören wollte, und sagte: »Es tut mir leid, daß ich Sie enttäuscht habe.«
»Und was noch ...?«
Der folgende Hieb fiel fester, und entsprechend heftiger zitterte ich, versagte es mir aber, mit den Fingern nach den brennenden Striemen zu tasten. »Ich gelobe Besserung«, lautete zweifelsohne die richtige Antwort. Das Sprechen war mir schwer gefallen, darum war ich froh, als sie endlich von mir abließ und mir befahl niederzuknien.
Doch nach wenigen Minuten – meine Peiniger hatten sich mittlerweile Zigaretten angezündet und plauderten – geschah etwas, womit ich nicht gerechnet hatte: Mir kamen die ersten Zweifel an meiner geplanten Vorgehensweise. Ob es wirklich sinnvoll war, als erstes die Verhaftung herbeizuführen? Wer weiß, welche ungezügelten Aggressionen die Erwähnung der *Bullen* bei diesen Leuten hervorrufen würde ... Ich malte mir aus, wie die großgewachsene Person namens Lilly mit der Gerte auf mich einschlagen würde, bis das Blut spritzte, und der Gedanke lenkte mich derart ab, daß ich – im nachhinein ist es mir unbegreiflich! – ganz

vergaß, das Gespräch zu belauschen. Statt dessen malte ich mir den Gebrauch der Gerte gegen meinen schutzlosen Körper immer plastischer aus, stellte mir Körperzonen vor, die sich mit Striemen bedeckten. Ich denke, ich beschäftigte mich so stark mit dem Gedanken der Züchtigung, um mich innerlich zu wappnen. Wer weiß, welch interessante Informationen mir durch diese Abirrung entgangen sind – die Namen meiner Peiniger, die detaillierte Planung zukünftiger Schandtaten ...
Ich kam zu dem Schluß, Punkt eins gegen Punkt zwei auszutauschen, um kein Risiko einzugehen und erst einmal klarzustellen, daß ich vier Semester Jura studiert und derweil manch nützliche Bekanntschaft geschlossen habe.
So vergingen weitere zehn Minuten, in denen nichts geschah und ich lediglich darauf wartete, daß sie endgültig das Interesse an mir verlieren würden. Dann hörte ich, wie die Frau mit der Gerte in meine Richtung sagte: »Du hast so einen hübschen Arsch. Wackel doch mal damit, dem Dicken ist langweilig.«
Das erste Gefühl, das mich überkam, war natürliche heftige Ablehnung, Empörung. Aber ich bin kein Mensch, der sich gedankenlos seinen Affekten hingibt, ich nicht! Ich erinnerte mich an meinen Plan des scheinbaren Gehorsams und begann tapfer, mit dem Becken zu kreisen (eine Bewegung übrigens, die ich in jeder Gymnastikstunde mehrere Minuten lang durchführe, und genau das habe ich mir bei dieser Gelegenheit in Erinnerung gerufen). In der Zwischenzeit suchte mich die Bande von neuem durch ihre Kenntnis der Fäkalsprache zu beeindrucken, indem sie meine Bewegungen, Form, Farbe und Gestalt meines Gesäßes kommentierte und Spekulationen über meine Genitalien anstellte. All das berührte mich nicht.
Es war einzig und allein die Sätze »Meine Güte, ist das ein Ficktier. Wenn ich bedenke – stellt die sich absichtlich an den Straßenrand, nur um sich von uns auflesen zu lassen ...«, die mich zutiefst erschütterten und mich veranlaßten, das Gesäß mit einem Mal viel heftiger zu schwingen: Um ein

Haar hätten sie also Lunte gerochen, da mußte ich sie wohl oder übel mit meinem Gebaren ablenken ...
Der Trick funktionierte, man pfiff und applaudierte, und bei dieser einen verdächtigen Bemerkung sollte es bleiben.
Es liegt auf der Hand, daß meine Körperstellung nicht die rechte war, um vor den Motorradfahrern gerade jetzt auf meinen Freund, den Rechtsanwalt Dieter, zu sprechen zu kommen. Zudem rechnete ich fest damit, daß auch der Reiz dieser Vorstellung zeitlich begrenzt war ... Ich sollte mich nicht täuschen. Nach einigen Minuten hieß mich die Frau mit der Gerte, mich vor ihrem Motorrad bäuchlings auf den Boden zu legen. Ich gehorchte, schwor mir jedoch, daß dies endgültig die letzte Darbietung sein sollte. Danach würde ich aufstehen und mich beschweren!
»Ey, das ist doch voll gemein!« sagte sie zu den anderen, »dem Bauer seine Kühe, die kacken den ganzen Weg zu. Das Zeug hängt unter'm Schutzblech, in 'en Speichen, und wer weiß wo sonst, ich hab' die Schnauze gestrichen voll!«
Jedermann pflichtet ihr bei – wenngleich keines der Motorräder den Eindruck machte, seinem Besitzer sei in irgendeiner Weise an Sauberkeit gelegen. (Dieses kriecherische Verhalten, die tierhafte Unterwürfigkeit scheint mir ein charakteristischer Wesenszug der rangniederen Bandenmitglieder zu sein).
»Und da ist mir gerade eingefallen, wo sie schon mal da ist, kann sie doch genauso gut meine Reifen sauber lecken, ne.«
Das Jubeln der Zustimmung überraschte mich wenig.
Jeder, der es verdient, *Mensch* genannt zu werden, wird nachvollziehen können, welches Maß an Selbstüberwindung mir abverlangt wurde: Vor den Augen meiner Peiniger begann ich, die großen Reifen abzulecken. Glücklicherweise gelang es mir, sie mit einem sehr willfährigem Gebaren (ich war darauf bedacht, die Beine möglichst weit zu spreizen und die Brüste in auffälliger Weise über den Boden zu schwingen) davon abzulenken, daß ich nicht etwa die noch feuchten Exkremente in den Rillen, sondern vor allem den harten, strohdurchsetzten Dung am Reifenrand

beleckte. Die Lilly genannte Frau bemerkte meinen kleinen Betrug jedenfalls nicht, sondern kommentierte meine Bemühungen mit den Worten: »Gefällt mir, gefällt mir echt gut, die Unisau! Dieser Eifer, diese Hingabe! Mit der werden wir noch viel Spaß haben, da sind wir auf ein ganz besonderes Fundstück gestoßen.« Auch diese Worte riefen in mir – warum weiß ich nicht zu sagen – das bereits oben erwähnte Gefühl der erwartungsvollen Bangigkeit hervor, doch ich konnte dem nicht nachspüren, denn ich hatte andere Sorgen: Ich schleckte eifrig, und in manchen Momenten, da mir der bittere Geschmack allzu deutlich zu Bewußtsein kam, konnte ich mich einer Gefühlswallung nicht erwehren, die ich als *Ekel* bezeichnen würde, da sie einen heftigen Speichelfluß zur Folge hatte. Hinzu kam allerdings eine Irritation, die ich noch nie zuvor in vergleichbaren Situationen, etwa beim Anblick von verdorbenen Lebensmitteln, beobachtet habe: Für Bruchteile von Sekunden fühlte ich mich förmlich zu dem Unrat hingezogen – zweifelsohne lag dies in der außergewöhnlichen Streßsituation begründet, erinnerte es doch zum Beispiel an die Symptome der Höhenangst.
»Ich sach dir, *eigentlich* will die gefickt werden!« bemerkte einer der Täter mit dem Brustton der Überzeugung, in einem Moment, da ich von einer besonders heftigen Welle des Abscheus erfaßt wurde.
»Nun sei doch nicht so, Paule«, sagte die Frau – und schon hatte ich den ersten Namen aufgeschnappt! – »laß sie doch noch'n bißchen ihren Spaß haben.«
Was sie damit sagen wollte, ist mir noch heute unklar. Doch in diesem Punkt waren sich nicht einmal meine Peiniger einig: »Wo denn? Die hat voll Schiß!« sagte eine Frauenstimme, logischerweise kam nur die Kleine mit dem Nietengürtel als Sprecherin in Frage.
»Der trieft die Fotze, dem Drecksstück, da nehm' ich Gift drauf«, hielt die Frau namens Lilly dagegen. Angesichts ihrer Rangstufe war es verständlich, daß sie das letzte Wort behalten wollte.

»Ey, schaun wir doch mal nach, wa ... Pitt, wie wär's?« – Die Freude über den zweiten Namen, den ich erkundet hatte, wurde geschmälert von ersten Bedenken: Es ist gemeinhin bekannt, daß die körperlichen Reaktionen auf existentielle Bedrohung den Folgen einer sexuellen Stimulation täuschend ähnlich sind. Ich selbst kenne meinen Körper zur Genüge und ich muß sagen, seine Unberechenbarkeit war mir schon oft ein Verdruß. Schwitzende Hände vor Seminarvorträgen, in früheren Jahren die Neigung zum Erröten – es hat mich viel Mühe gekostet, dieser Schwächen Herr zu werden!
Einen kurzen Augenblick lang fürchtete ich, die Nerven zu verlieren. Plötzlich war ich geradezu überzeugt von dem Vorliegen einer Vaginalsekretion. (Zu welchen Fehlschlüssen dies führen würde, kann man sich ausrechnen!) Doch während ich sah, wie mein Peiniger sich mir näherte, und gerade voller Entsetzen aufspringen wollte, kam ich plötzlich wieder zu Sinnen: Was lag mir daran, welches Bild diese Leute von mir hatten? Es verstand sich von selbst, daß ich in keine ihrer Kategorien paßte, daß sie mich aufgrund ihrer Verunsicherung so demütigend behandeln wollten wie möglich. Nach dieser wichtigen Erkenntnis ließ ich all die nachfolgenden Handlungen, die Penetration – die im übrigen zu erwarten gewesen waren – ohne die kleinste Anteilnahme über mich ergehen. (Daß sich ein Stöhnen meinerseits hin und wieder nicht unterdrücken ließ, schreibe ich vor allem meiner bedrängten Lage und der körperlichen Anstrengung zu. Ich betrachte diese Lautäußerungen im Nachhinein als unvermeidbar und sehe darum auch keinen Grund, sie zu bereuen. Wiewohl ich zugeben muß, daß die Laute – in Verbindung mit dem Zustand meiner Vagina – zu Fehldeutungen auf Seiten meiner Peiniger führen mußten.) So meldete der erste Täter tatsächlich: »Ey, rutscht wie geschmiert!« Ob er damit nachträglich der Anführerin schmeicheln wollte, indem er ihre Mutmaßungen über meine Befindlichkeit bestätigte, oder ob einzig er selbst sich für diesen Zustand verantwortlich hielt, sein Ausruf also die

reine Prahlerei darstellte, sei dahingestellt. Auch später noch ließen die Täter nicht davon ab, in Kommentaren der unflätigsten Art, mir Bereitwilligkeit zu oder gar Freude an dem brutalen Akt zu unterstellen.
Ich dagegen war in Wahrheit stets bemüht, während des gesamten Vorgangs eine gewisse Übersicht zu bewahren – ein Vorhaben, das ich – abgesehen von beunruhigenden Phasen, die ich als *Schwächeanfälle* bezeichnen möchte – durchaus in die Tat umsetzen konnte. Meiner distanzierten Haltung bei diesem Treiben habe ich es nämlich zu verdanken, daß ich mittlerweile über eine Vielzahl von Informationen verfüge (vgl. Anhang): Ich bin mir sicher, von jedem einzelnen der Täter ein Phantombild erstellen zu können, von der Genauigkeit eines Paßfotos, und ich freue mich schon heute auf den Tag, da ich dieser Lilly vor Gericht gegenüberstehe – da mag sie Recht behalten mit ihrer Ankündigung, das nächste Mal ... würde Blut fließen, wenn auch in einem übertragenen Sinne – mein Freund Dieter versteht sich auf sein Fach!
(Anmerkung: Zugunsten einer exakten Berichterstattung will ich nicht darauf verzichten, den genauen Wortlaut wiederzugeben: »Na, war's das, was du von uns wolltest? Wenn du noch nicht genug hast, kannst du ja wiederkommen. Aber sieh dich vor, du Stück Dreck: Das nächste Mal machen wir dich restlos fertig, verlaß dich drauf! Da striemen wir dir den Arsch mit Autoantennen, daß dir das Blut die geilen Schenkel runterrinnt, und stopfen dir Arschloch und Fotze, bis sie überlaufen!« – Die Rohheit dieser Sätze – Lilly raunte sie mir lächelnd zu, als ob sie als Versprechen gedacht wären – erscheint mir übrigens derart bezeichnend, daß ich sie bei meiner Aussage vor der Polizei als Einleitung verwenden will.)

4. Kapitel,

das ein Zusammentreffen zwischen Frau Schümer und ihrer Assistentin schildert

Der Plastikschieber auf dem Kalender in Laborraum 02, der neben der Sterilbank an der Wand hing, umrahmte eine fettgedruckte 19. Es war viertel vor zehn, und das bedeutete, daß Emil Engel nun schon zweieinhalb Stunden damit beschäftigt war, die Wachstumsdichte einer Bakterienkultur zu erfassen.

Er seufzte schwer.

»Hm?« Volker, der neben ihm saß, schaute von seinem Mikroskop auf.

»Da!« – Emil deutete auf die Petrischalen, die sich auf seiner Arbeitsplatte stapelten. – »Das ist gerade mal die Hälfte.«

Volker zuckte die Achseln. »Selber schuld. Zählen kann doch jeder. Warum gibst du nicht einfach den ganzen Kram an die Bettina weiter? Dafür ist die schließlich da.«

»Bettina Sölter ist *meine* Assistentin!« kam es schnarrend aus dem Türrahmen, und die beiden fuhren herum wie Lausbuben, die man auf frischer Tat ertappt hat. »Sie, meine Herren, können und sollten ihre Drecksarbeiten in aller Ruhe selbst erledigen – denn dafür sind *Sie* da. Der Acht-Stunden-Tag konnte sich bei Doktoranden ohnehin nicht durchsetzen, also brauchen Sie nicht einmal zu hetzen ...«

Frau Schümer beobachtete zufrieden, wie Emils Wangen erglühten, wie er mit halboffenem Mund nach einer Erwiderung suchte, und ihr fiel, wie so oft an diesem Morgen, ihr geplanter Besuch auf der Wache ein. Richtig, sie hatte ja beschlossen, ihren Termin mit Bettina zu verschieben – daß hieß, die Assistentin hatte genug Zeit, um Emil ein wenig zur Hand zu gehen. »Nun schauen Sie doch nicht so betroffen, Herr Engel ... Forschung ohne Routinearbeit ist undenkbar, das ist alles, was ich Ihnen klarmachen wollte. Und was Ihre restlichen Kulturen angeht, so könnte es das Schicksal noch einmal gut mit Ihnen gemeint haben ... Ich will sehen, was ich für Sie tun kann!« erklärte sie versöhnlich und wandte sich zum Gehen.

Die beiden Doktoranden tauschten ratlose Blicke, hielten es aber für ratsam, ohne ein Wort des Kommentars die Arbeit wiederaufzunehmen.

Bettina Sölter war heute schon um halb sieben an ihrem Arbeitsplatz erschienen und soeben damit beschäftigt, Glaskolben vom Tisch aufs Regal zu räumen – ohne Zuhilfenahme eines Holzschemels, versteht sich, denn Frau Sölter war auffällig groß gewachsen. Dennoch wirkte sie nicht grobschlächtig, trug sie doch stets enge Hosen und spitz zugeschnittene Lederschuhe anstelle der sonst üblichen Laborsandalen und ein geschickt appliziertes Rouge auf den hohen Wangenknochen. Beim vorletzten Kolben angekommen, hörte sie die Schritte der Laborleiterin, leise quietschende Kreppsohlen, herannahen. Sie stellte das Gefäß, das sie in der Hand hielt, auf dem Regalbrett ab und wandte sich um.
»Frau Schümer? Ich bin so gut wie fertig.«
»Sie können sich ruhig Zeit lassen, Frau Sölter. Wenn Sie fertig sind, dann schauen doch mal bei dem Herrn Engel vorbei, er wird sich freuen.«
Bettina Sölter runzelte die Stirn.
»Der Engel muß mal lernen, allein zurechtzukommen, und wir wollten doch heute um zehn ...«
»Ein andermal« wurde sie barsch unterbrochen, »ein andermal. Mir ist heute etwas dazwischengekommen. Und, wie gesagt, Herr Engel erwartet sie schon.« Frau Schümer wandte sich zum Gehen.
Aus dem Augenwinkel sah sie Bettinas verdutztes Gesicht, beobachtete, wie die Assistentin einem der Kolben einen Schubs versetzte, daß die braune Brühe gegen das Glas schwappte. Bettina drehte sich um, stemmte die Arme in die Hüften, und Frau Schümer stutzte. Nie zuvor war ihr war ihr aufgefallen, daß Bettinas Kittel von kleinen Schmutzflecken und Brandlöchern nur so übersät war und schlecht gebügelt und ungestärkt an ihr herabhing – eine fast bewußt zur Schau getragene Schlampigkeit, die Frau Schümer, ohne daß sie sich dessen erwehren konnte, an die Erscheinung ihrer Peiniger gemahnte. Überhaupt gab es ein paar äußerliche Ähnlichkeiten zwischen dieser Lilly und der Sölter: Beide waren von hohem Wuchs, beide hatten eine ähnliche Haarfarbe und vor allem: Beide trugen – gewollt oder ungewollt – eine gewisse

Arroganz zur Schau, eine Herablassung in Mimik und Gestik, die einen unerklärlichen Reiz auf die Laborleiterin ausübte. Sie fragte sich, warum sie sich von diesem Verhalten so eigentümlich stimuliert fühlte und fand keine Erklärung, denn sie selbst achtete stets darauf, sich nicht arrogant zu gebärden – dabei hätte sie mehr Rechtfertigung für ein solches Verhalten gehabt als ausgerechnet ihre Assistentin!
»Nee!« hörte sie in diesen Augenblick ihre T.A. voller Entrüstung sagen. »Ich weiß schon, wovon ich rede!«
Die Laborleiterin erbleichte. War das nicht aufs Wort der gleiche Satz, wie ihn diese unsägliche Lilly ausgesprochen hatte? Sie sah plötzlich die Gerte vor sich, wie sie schmal und zitternd, zum Schlag erhoben, in der Luft geschwebt hatte, stöhnte leise auf und taumelte nach hinten, stieß mit der Hüfte an die Tischkante und ließ einen Laut der Überraschung hören. Heiser stammelte sie: »Bitte?«
»Ich sagte ...«, hob Bettina erneut mit scharfer Stimme an, und schon fiel ihr die Laborleiterin ins Wort: »Schon gut. Ich ... ich verstehe. Gut. Der Herr Engel muß wirklich allmählich selbständiger werden. Wir ... wir sollten uns auf den Weg machen.« Frau Schümer wischte sich über die Stirn und fügte hinzu: »Ach ja – vergessen Sie nicht, Ihre 1 ml-Pipette mitzunehmen!«
Draußen auf dem Flur fragte sie sich vergebens, ob hinter Bettinas Lächeln Erleichterung, Dankbarkeit oder eher Schadenfreude gestanden hatte. Dann schalt sie sich selbst ein albernes Sensibelchen, weil sie in den letzten Tagen immer wieder dazu neigte, sich Gedanken über ihre Wirkung auf andere zu machen, die zum Teil zu wilden Spekulationen wucherten.
Dennoch konnte sie sich eines seltsamen Gefühls nicht erwehren, während sie nun einen halben Schritt vor ihrer Assistentin durch die Gänge schritt. Sie spürte Bettinas Blick fast körperlich auf ihrem Nacken ruhen, prüfend, abschätzend, und die Vorstellung erregte sie. Was für alberne Gefühle! Frau Schümer schüttelte den Kopf. »Bin ich denn ein Teenager, der dauernd außer sich gerät ...?«

Die Unterrichtung sollte in dem Laborraum Nummer 21 stattfinden, gleich neben den beiden Zentrifugen, die allem Anschein schon seit frühester Morgenstunde in Betrieb waren und dafür sorgten, daß in dem kleinen Labor eine schier unerträgliche Hitze herrschte, gepaart mit einem atemberaubenden Geruch nach Fäulnis und Gährung: Irgend jemand mußte, wohl aus Bequemlichkeit, mehrere Kolben voller Bakterienlösung in das Waschbecken gekippt haben.
»Riecht *echt ätzend*!« bemerkte Bettina und Frau Schümer sah sie scharf von der Seite an.

Wenige Minuten später hatte sich ihre T. A. mit Feuereifer ans Werk gemacht, hatte die Schmutzkränzchen auf dem Tisch abgerubbelt, die Arbeitsfläche trockengerieben, die mitgebrachten Glaswannen in Reih und Glied aufgestellt und die Pipettenspitzen geordnet. Es war unterhaltsam, all die flinken Handgriffe zu betrachten, zu sehen, wie sie hektisch eine lange blonde Strähne zurückschlug, die ihr im Eifer des Geschehens ein zweites Mal ins Gesicht fiel ...
Frau Schümer atmete tief durch. Sie kippte das Fenster, sog dankbar den Blütenduft des Botanischen Gartens ein, der in absehbarer Zeit den Fäulnisgestank vertrieben haben würde, und beschloß, die kleine Pause zu nutzen, um ihre Brille zu putzen. Doch sowie sie das schäbige Metallgestell ihrer Ersatzbrille unter den Händen hielt, der abgestoßenen Kanten, des Grünspanschimmers auf den Schräubchen gewahr wurde, sah sie wieder das aufgedunsene Gesicht ihres Peinigers vor sich, wie er, vor Vorfreude feixend, ihre Sehhilfe eingefordert hatte, und sie mußte sich mit aller Kraft zur Ruhe zwingen.
Wie um ihre Arbeit abzurunden, rieb die Assistentin den blitzblanken Tisch mit Alkohol ab, und als sie dies getan hatte, nickte sie der Laborleiterin zu. »Es kann losgehen!«
Frau Schümer legte fünf weißbeschichtete Glasplatten nebeneinander, und jede ihrer Handbewegungen wurde aufmerksam verfolgt. »Das Weiße da«, erläuterte sie, »ist

Cellulose. Früher haben wir die Platten selbst hergestellt, eine ziemlich zeitaufwendige Angelegenheit. Aber ...« – sie lächelte nachsichtig – »das war lange vor Ihrer Zeit.«
»Was wir heute machen«, fuhr sie nach einer Weile fort, »nennt man Verteilungs-Chromatographie. Das Prinzip ist folgendes: Das Stoffgemisch wird aufgrund seiner Polarität getrennt. Hydrophobe Bestandteile zeigen eine erhöhte Desorption vom polaren Trägerstoff, Glykolat wandert also langsamer als Glyzerat ...«
»Bitte?« Ein Kunstwerk von Lidstrich umrahmte die großen hellgrünen Augen.
Frau Schümer hielt ein und warf Bettina einen entschuldigenden Blick zu. »Ach ja ... ich vergaß«, sagte sie leise, »nun, das müssen Sie schließlich nicht verstehen, uns kommt es ja vor allem auf die Anwendung an. Also, hier, das ist unser Stoffgemisch, das wir auftrennen wollen. « – Sie zeigte auf ein Fläschchen mit einer hellgrünen Flüssigkeit – »Merken Sie sich eines: Die Qualität einer Chromatographie steht und fällt mit der Sorgfältigkeit des Auftrags.«
Bettina nickte.
Frau Schümer öffnete einen Pappzylinder und zog daraus ein kleines Glasröhrchen hervor, der mit hauchdünnen Markierungsstrichen versehen war. »Zum Auftragen verwendet man Kapillarpipetten.«
Bevor Frau Schümer weiterreden konnte, warf die Assistentin ein: »Aber wie soll man denn mit *diesen* winzigen Dingern etwas aufsaugen können?«
Die Laborleiterin lächelte verzeihend. »Wie der Name schon sagt, Frau Sölter, wird mit dieser Pipette überhaupt nichts angesaugt. Man tupft einfach die Spitze in die Flüssigkeit ...« – Sie hatte das Fläschchen entkorkt und tippte mit dem Glasröhrchen die Oberfläche der grünen Lösung an – »und bedient sich der Kapillarkräfte. Und schon, sehen Sie ...« – Frau Schümer hielt das Röhrchen in die Höhe, dessen Spitze eine kaum wahrnehmbare grüne Verfärbung aufwies – »... haben wir genug Lösung für drei bis vier Platten.«
Bettina war beeindruckt.

»So. Und jetzt kommen wir zu dem Auftragen, passen Sie auf. Ich halte das Röhrchen über die Platte und puste ganz, ganz leicht gegen das hintere Ende – ich mache es Ihnen gleich vor –, und dabei tritt vorne ein winziger Tropfen aus. Aber selbst dieses Bißchen ist noch viel zuviel für eine gute Auftrennung – merken Sie sich das, ich sage es nochmal: je dünner der Auftrag, umso besser die Trennung! Deshalb müssen Sie im allerletzten Moment, bevor die Pipette die Platte berührt, den Tropfen wieder zurücksaugen. Was dann noch in der Spitze verbleibt, reicht gerade eben für einen Testlauf aus ... verstanden?« Sie bemerkte Bettinas skeptische Miene. »Na ja, das hört sich alles komplizierter an, als es ist. Ich mache es Ihnen einmal vor und dann sind Sie an der Reihe.«
Frau Schümer beugte sich nach vorne, das Röhrchen in den Fingerspitzen, und atmete tief ein. Die Luft hier war merklich frischer geworfen, auch würde man sich bald an den merkwürdigen Geruch gewöhnt haben. Sie pustete das gläsere Gebilde in ihrer Hand an, warf Bettina einen flüchtigen Blick zu und sah, wie die T. A. sie betrachtete, die Lippen vor Spannung fest zusammengekniffen – in diesem Augenblick tat ihr Herz einen Sprung: Für den Bruchteil einer Sekunde hatte ihr wieder die Miene dieser Lilly vor Augen gestanden, mit ihrem mal lauernden, mal beifälligen Blick, der dicken Schicht von Gesichtspuder, dem unappetitlichen Diamantstecker im Nasenflügel und – genau, das war es gewesen! – eben solchen violetten, spöttisch zusammengepreßten Lippen. Das Blut schoß Frau Schümer in den Kopf, der kleine grüne Tropfen zitterte auf und ab ...
Es wäre blanker Unsinn gewesen, jetzt mit dem Auftragen zu beginnen. Frau Schümer richtete sich auf und wischte sich über die Stirn.
»Ein bißchen stickig hier ...« bemerkte sie.
»Och, mir gefällt die Hitze«, sagte Bettina, schob die Hände in die Taschen ihres Kittels und lehnte sich gegen die Tischkante. Mit schiefgelegtem Kopf musterte sie Frau Schümer, auf deren Schläfen die ersten feinen Tropfen traten. »Und, was ist?«

Die Laborleiterin biß sich erschreckt auf die Unterlippe. Was war das für ein Tonfall? Sie sollte die T.A. zurechtweisen, aber mit welchen Worten? Sie suchte verzeifelt und fand keine passenden Formulierungen. Andererseits, wenn sie sich diesen Ton gefallen ließ – dann geriet die Laborhierarchie ins Wanken ... »Was ist denn nun los?« wiederholte die Assistentin ungeduldig.

»Ja, man ...« Frau Schümer räusperte sich, ihr steckte ein Kloß im Hals, »Man braucht eine ruhige Hand zum Auftragen. Das ist das allerwichtigste. Besser eine Minute länger und dafür exakt, als schnell und unsauber – merken Sie sich das.«

»Aha. Verstehe.«

Das hatte spöttisch geklungen, aber Frau Schümer ließ sich nicht durcheinanderbringen. Mit einem energischen »Tja dann – wollen wir mal« (glücklicherweise enthielt sich Bettina wenigstens jetzt einer Zwischenbemerkung) pustete sie einen zweiten Tropfen hervor, beugte sich über die Platte, immer tiefer, saugte den Tropfen vorsichtig wieder zurück ...

»*Af-fen-geil*«, flüsterte Bettina – ein Schwung grüner Flüssigkeit schoß auf die Platte und wurde begierig aufgesaugt – »daß das funktioniert, mit so 'nem winzigen Röhrchen!« Sie neigte sich ebenfalls über die weiße Fläche und furchte nachdenklich die Stirn. Wenige Millimeter oberhalb der Bleistiftlinie, die den Startpunkt markieren sollte, breitete sich unaufhaltsam ein grüner Fleck aus. Größer und größer wurde die Fläche, krabbelte nach allen Seiten gleichzeitig und nahm immer skurilere Formen an.

»Och ... Und so sieht das immer aus?«

Frau Schümer schüttelte matt den Kopf. »Nein.« Auf den Schweißfilm unter den Plastikflügeln war ihre Brille schnell bis auf die Nasenspitze gerutscht, und als die Laborleiterin das Metallgestell lüpfte, sich mit dem Finger über den Nasenrücken wischte, schwor sie sich erbittert, morgen, gleich morgen, zu einem Optiker zu gehen und sich Kontaktlinsen zu besorgen. Doch was halfen diese Zukunfts-

pläne? Sie änderten herzlich wenig daran, daß Bettina ihr leichenblasses Gesicht, die sich langsam beschlagenden Brillengläser über Gebühr lange beäugte, und nach wie vor auf eine Erklärung zu warten schien.
»Eigentlich nicht ... Das ist ... ein Ausrutscher.«
»Ach so.« (Oh, dieses Biest!)
Doch so leicht war Frau Doktor Schümer nicht aus der Ruhe zu bringen! Sie trocknete mit einem Zellstofftuch Stirn und Schläfen, atmete tief durch und machte sich ans Werk. Sie arbeitete so verbissen, als wüßte sie eine Stoppuhr in ihrem Nacken, tippte das Röhrchen in die Lösung, beugte sich vornüber, pustete aus und saugte an, setzte Pfützchen neben Pfützchen, und schon war die Arbeit vollbracht – lange bevor Bettina sich einen passenden Kommentar hatte ausdenken können. Dann wandte sie sich mit einem grimmigen Lächeln um.
»So, Frau Sölter, jetzt sind Sie an der Reihe.«
Bettina arbeitete unsicher und langsam, sehr langsam – eine typische Anfängerin! Der erste Auftrag geriet zu einem Klecks, nur unbedeutend kleiner als der Ausrutscher von eben, und die folgenden gelangen wenig besser.
Die Laborleiterin lächelte mild. »Na, das werden wir noch üben müssen, nicht wahr?«
»Och, klar«, meinte Bettina unbeschwert, »ist noch kein Meister vom Himmel gefallen, ne?«, und grinste.
Frau Schümer sog scharf die Luft ein. So konnte das nicht weitergehen mit ihrer Überreiztheit! Was war denn schon dabei, wenn ihre Assitentin einen Satz mit einem fragenden »ne« enden ließ – das war unter jungen Menschen halt üblich, eine harmlose, weit verbreitete Angewohnheit ... Kein Grund allemal, bis ins Mark zu erschrecken, ja, am ganzen Leibe zu zittern zu beginnen. Doch so sehr sich die Laborleiterin auch mühte, die Anflüge von Hysterie in den Griff zu bekommen, es wollte ihr nicht gelingen, ihre Gedanken auf naheliegende, vernünftige Bahnen zu lenken. Merkwürdige Erkenntnisse stürmten auf sie ein, zwangen sie, hilflos zu verharren, die Tischkante feucht unter dem

Klammergriff, und der fremdartigen Verwirrung nachzuspüren, die sich ihrer bemächtigte. Es fiel ihr in diesen Minuten auf, daß die Schuhe ihrer T.A. aus schwarzem Lackleder waren, genau wie die Stiefel dieser Lilly, daß alte Bakterienbrühe fast genau so wie Kuhdung roch, daß der Schweiß sie auf eine widerliche Weise im Schritt der Wollhose zwickte.
»Es ist gut, Frau Schümer, Sie können jetzt gehen«, hörte sie ihre T. A. sagen, so kühl und herablassend wie in einem Alptraum. Sie würgte einen unangenehmen Geschmack hinunter und starrte Bettina fassungslos an. Was erlaubte diese Person sich eigentlich? »Ich meine, ich mache das schon, mit dem Aufräumen«, fuhr Bettina mit einem demütigen Augenaufschlag fort, »dafür bin ich ja schließlich da, nicht war?« und sie begann voller Hingabe, den Tisch abzuwischen. Dabei schien es sie nicht im geringsten zu irritieren, daß Frau Schümer sie die ganze Zeit über beobachtete, wie sie die Platten übereinanderstapelte, Alupapier zusammenknüllte und zusammen mit alten Pipettenspitzen in den Müll warf.
Endlich war es kühler geworden in Labor 21 und frischer Rosenduft wehte durch den Raum. Frau Schümer seufzte. Wenngleich es sie erleichterte, daß die Benommenheit endlich nachgelassen hatte, so kannte sie sich des Eindrucks nicht erwehren, um Haaresbreite einem Unheil entgangen zu sein – mit so knapper Not, daß sie es vorzog, diesen Gedanken nicht weiter zu verfolgen. Wieviel sinnvoller war es da, im Geiste die anstehenden Proteinanalysen zu planen!
»Ach ja, und vielen Dank für die Belehrung«, wandte sich Bettina mit einem sonnigen Lächeln ihr zu, »denke, ich werd' das schon lernen. Und – wenn ich Ihnen einen Tip geben soll« – plötzlich war das Lächeln erstorben – »lassen Sie das mit dem Grobstrickpulli in Zukunft besser bleiben!«
Frau Schümer nickte knapp und verließ fluchtartig den Raum.

5. Kapitel,

das einen aufschlußreichen Brief wiedergibt

Mein lieber Martin,

nimm es mir nicht übel, wenn ich meinen Brief mit einem Satz beginne, der von vielen für eine abgedroschene Floskel gehalten wird: Ich weiß, wie Dir zumute ist.
Es ist dies ein Satz, zu dem ich stehen kann – weniger, weil ich die Erfahrung von etlichen Workshops und Seminaren mit mir trage oder weil ich Eure Beziehung, Barbaras und Deine, über all die Monate hinweg miterleben durfte, nein: Ich erkenne mich in Deinen Schilderungen selbst wieder, mein lieber Martin, ich bin wieder der, der ich vor vierzehn Tagen war.
Ja, da staunst du, was? Dein treuer Freund Thomas, am Boden zerstört, krank vor Liebeskummer, vor nicht mehr als zwei Wochen – und du hast gar nichts davon mitbekommen? Wurdest nicht einmal ins Vertrauen gezogen ... bitte sei mir darum nicht böse! Ich habe es in der Tat gescheut, Dich in Deiner schwierigen Lage mit meinen Problemen zu belasten, zumal ich damals ebenso ratlos und verzweifelt war wie Du heute. Ich bin mir sicher, dieser Austausch hätte keinen von uns beiden weitergebracht.
Nun aber verhält sich die Sache anders: Ich sehe mich geradezu verpflichtet, Dir zur Seite zu stehen, denn ich glaube, daß Du Dir den eigentlichen Grund für das Scheitern Eurer Beziehung noch nicht genügend verinnerlicht hast: Barbara ist schlicht *beziehungsunfähig!*
Damit Du ein bißchen besser verstehst, wie ich zu diesem für Dich gewiß überraschenden und harten Schluß komme, will ich Dir meine Geschichte erzählen, die Geschichte einer kurzen, unausgefüllten Beziehung, die der Deinen, das wirst Du noch merken, in vielen Punkten ähnlich sieht. Die Frau, von der ich Dir berichten will, heißt mit Vornamen Marion, ist 36 Jahre alt, ledig und arbeitet als Laborleiterin im Institut von Professor Kamphauser. Ganze fünf Jahre lang hatte sie mit ihrem Freund Klaus zusammengelebt, sich

vor einem Jahr aber von ihm getrennt. Nach dem Grund für diese Trennung gefragt, hatte Marion behauptet, sie habe sich geweigert, ihre Stelle als Laborleiterin aufzugeben und Klaus, der versetzt worden war, nach Hamburg zu folgen. Ich nahm diese Entscheidung als einen Beweis für ihre Selbstständigkeit – und war fasziniert! Endlich einmal eine emanzipierte Frau, habe ich mir gedacht, die es nicht nötig hat, sich herauszuputzen, sondern in ihrer Arbeit Erfüllung findet. Wie schön wäre es, an ihrem Leben teilzuhaben, sich als gleichwertige Partner auszutauschen, ohne Verpflichtungen und Besitzansprüche.
Hinzu kam, daß Marion attraktiv ist. Auf eine gepflegte, dezente Art, ein Pluspunkt mehr ... Bevor ich mich versah, hatte ich mich in sie verliebt.
Man brauchte kein Psychologe zu sein, um in diesem Fall zu äußerster Behutsamkeit zu raten. Marion schien mit ihrem Leben als Single voll und ganz zufrieden, jedes Zuviel an Engagement meinerseits hätte sie zweifelsohne als Beschneidung ihrer persönlichen Freiheit angesehen. So beschloß ich, ihr zu beweisen, daß manches, was sie bislang alleine tat, zu zweit einfach noch ein bißchen schöner ist. Wir verabredeten uns zum Kino, zu Ausstellungsbesuchen, zu Radtouren und zu Altstadtfesten. Ich gab mir Mühe, jedwede Form der körperliche Annäherung einstweilen zu unterlassen – erst einmal sollte Marion Vertrauen fassen.
Ich hatte von Anfang an damit gerechnet, daß es Zeit brauchte, unsere Beziehung zu erarbeiten. Um wieviel überraschter war ich da, als mich Marion eines Sonntag abends um viertel vor elf anrief, und von da an alles viel schneller ging ... Bei diesem Telefonat sie gab sie mir auf ungewohnt sanfte Weise zu verstehen, daß ihr an meiner Anwesenheit gelegen sei, und erwähnte dabei, in Form einer vagen Andeutung, »sie stecke in Schwierigkeiten«. Du kannst Dir nicht vorstellen, wie aufgeregt ich war! Was immer ihr auf dem Herzen lag, ich war fest entschlossen, alles mit ihr zu teilen.
Den Abend im Restaurant werde ich nie vergessen. Marion war charmant wie nie zuvor, und endlich, wir standen mit-

ten auf dem Hauptmarkt, wagte ich, sie zu umarmen. Und – ich hatte Erfolg! Sie gestand mir viele rührende Dinge: daß sie sich bisweilen sehr einsam fühle, daß sie Sehnsucht nach ein wenig Geborgenheit habe, daß ihr die Laborarbeit über den Kopf zu wachsen drohe, und ich gab mir alle Mühe, sie zu trösten.

Nun, da ich mir meiner Sache schon fast sicher sein konnte, wollte ich in puncto Sexualität kein Risiko eingehen und beschloß, zunächst nur unverfängliche Zärtlichkeiten auszutauschen, zum gegenseitigen Beschnuppern sozusagen. Ich tat mein Bestes, hatte es uns in meinem Zimmer gemütlich gemacht, mit Kerzen und Gitarrenklang – und auch Marion gab sich Mühe. Wir küßten uns, wir streichelten uns, einmal kam es gar zum Petting, und doch hatte ich das Gefühl, daß es Marion ein Problem bereitete, sich fallenzulassen. Ich weiß noch, wie sie sich einmal mitten im schönsten Vorspiel aufsetzte, sich verwirrt durch die Haare strich und sagte: »Puh, das ist mir aber jetzt zu romantisch.« Dieser kleine Scherz bezog sich zwar auf die Harfenmusik im Hintergrund, hat mich aber dennoch sehr frustriert ... Ich merkte, daß ich ihr Zeit lassen mußte, denn im Zuge ihrer zerbrochenen Beziehung muß sie so manche Verletzung erlitten haben: In einem Anflug von Verzweiflung hatte sie mir eines Abends gestanden, »die Erinnerung an diese Demütigungen sei allgegenwärtig« – Worte, die wenig Platz für Zweifel lassen.

Aus all diesen Gründen beschloß ich, ihr mehr Freiheit zu lassen und mich vorübergehend aus ihrem Leben zurückzuziehen – was mir beileibe nicht leicht fiel! Doch da ergriff sie selbst auf eine geradezu aufdringliche Weise die Initiative. Sie hielt sich mit einer peinlichen Genauigkeit an vereinbarte Uhrzeiten, sei es für Telefonate, sei es für Verabredungen, sie hatte Zeit, wann immer ich ein Treffen vorschlug, sie überraschte mich mit kleinen Mitbringseln.

All das kam mir suspekt vor, und ich zog meinen Freund Hubert zu Rate. Für Hubert, einen gelernten Sozialarbeiter, war die Sachlage klar: Marion verhalte sich typisch für eine beziehungsunfähige Frau. Eine solche Frau weiß zwar um ihre Schwäche, aber sie will sie nicht wahrhaben. Sie ist zu Anfang der Beziehung zu allem bereit, flüchtet aber Hals über Kopf, wenn es Ernst wird. Das unterschwellige Wissen um ihr Unvermögen ließ sie sich so intensiv um mich bemühen, so Hubert, denn hier zeigte sich die Angst vor einem erneuten Scheitern.

Es war also unsinnig, sie in eine Beziehung verstricken zu wollen. Noch dazu ließ meine Ungeduld mich sämtliche gute Manieren vergessen und mit Haut und Haaren die Macho-Schiene abfahren: Ich habe telefonisch ein Treffen mit dem Weib vereinbart und es dann ohne viel Federlesens durchgevögelt (anders kann man es wirklich nicht nennen)! Verzweifelt, wie sie war, hat sie alles widerstandslos akzeptiert, sie hat mir sogar ausdrücklich versichert, es habe ihr gefallen. Doch schon die übertriebene Weise, wie sie bei besagtem Ereignis ihre Wollust kundtat, zeigte mir, daß sie log: In der Zeit mit Klaus nämlich, so hatte sie mir bei einer anderen Gelegenheit eröffnet, sei ihr klargeworden, daß sie frigide sei.

Von da an ging es mit unserer Beziehung bergab. Obwohl ich mich bei ihr wortreich und mit kleinen Geschenken für diesen unschönen Zwischenfall entschuldigte und mir besondere Mühe gab, sie zärtlich und behutsam zu behandeln, zeigte sich doch immer mehr, daß unsere Beziehung auf Sand gebaut war. Da half es nichts, daß ich immer wieder in langen Gesprächen versuchte, auf den Kern ihrer Ängste einzugehen. Das Thema Klaus langweile sie, behauptete sie schnippisch. Überhaupt wurde sie zusehends streitsüchtiger. Auch was die Sexualität betraf, war ihre Kraft zum Selbstbetrug bald erschöpft: Beim ersten und zweiten Beischlaf (ich habe es genau gemerkt!) täuschte sie noch einen Orgasmus vor, danach nahm sie nur noch teilnahmslos hin, was mit ihr gemacht wurde. Mein Streicheln und meine Küsse nahm sie um keine Spur erregter entgegen als einen Blumenstrauß, sie ihrerseits berührte mich nicht.

Natürlich hätte das noch eine ganze Weile so weitergehen können: Ich, der ich, eingeschüchert durch ihre Launen, immer unterwürfiger wurde, sie, die sie sich durch jene Unterwürfigkeit immer mehr in ihrer Freiheit eingeengt fühlte. Aber Marion wäre nicht Marion, wenn sie das zugelassen hätte. Sie war ziemlich schnell mit ihrer Geduld am Ende, und dies ließ sie mich mit knappen Worten und zudem telefonisch wissen. Sie habe es sich genau überlegt, sie sei sich ihrer Sache sicher, und wir könnten ihretwegen Freunde bleiben – mit anderen Worten, der klassische Bruch ... Ein einziges Mal haben wir uns seitdem noch getroffen. Die Stimmung war reichlich unterkühlt, ich habe es nicht lange ausgehalten in Marions Nähe, zumal sie besser aussah denn je: sorgfältig geschminkt, ohne ihre dicke Hornbrille von früher und mit geradezu frivolem Schuhwerk (vermutlich wollte sie mich provozieren – wenn man mein rücksichtsloses Verhalten ihr gegenüber bedenkt, kann man ihr diese kleine Boshaftigkeit nicht übelnehmen!)
Aber, ach – jetzt habe ich mich selbst in seitenlangen Selbstvorwürfen ergossen, allen klugen Worten vom Anfang zum Trotz, hm? Versuch also wenigstens Du, es besser zu machen. Drum noch einmal, zum Abschluß, die weisen Worte der psychologischen Theorie (daß am Scheitern einer Beziehung immer beide schuld sind, halte ich für Unfug): Es gibt beziehungsunfähige Frauen, und wenn Mann bei einer solchen scheitert, sind Selbstzweifel fehl am Platz, klar?
Und bevor ich's vergesse: Falls Dich der Einstieg ins Single-Leben zu hart ankommt, schau doch Donnerstag abend mal bei mir vorbei – mit ein paar Gläschen Wein werden wir Deinem Weltschmerz schon Beine machen!

Bis dann,
Dein Thomas

6. Kapitel,

in dem die Fachwissenschaft zu Wort kommt

Der folgende Text ist dem Buch »Freier Wahn für freie Bürger – eine Verhaltensstudie« von Mechthilde Henschenmann entnommen, einer »erbaulichen Lektüre für die weltoffene Sklavin«, die es sich zur Aufgabe gemacht hat, »in unterhaltsamer Weise zu einem besseren Verständnis der Besitzerlosen beizutragen – also solcher Individuen, die zwar zur Hörigen geboren sind, aber noch keinen Halter oder keine Herrin gefunden haben«.

Punkt 5: Die Triebbewältigung der Besitzerlosen

Das Alltagsleben der Besitzerlosen ist geprägt von einer permanenten Trieb-Verdrängung. Nur so, indem sie jeden Anflug von Brünstigkeit konsequent leugnet, kann die Ungebundene ihren – mühsam errungenen – Stand etablieren, allein die strikte Weigerung, auf klare Reizsituationen angemessen, d.h. mit lustvoller Unterwerfung, zu reagieren, erlaubt es ihr, jeder Ausprägung einer Beziehung mit Dominanz-Gefälle aus dem Wege zu gehen.
Die Vielfalt der Verdrängungsmechanismen, die sich hierbei bei Besitzerlosen etabliert haben, sollen im folgenden am Beispiel der 36jährigen Mikrobiologin Marion S. illustriert werden.

Frau S. hatte zu jener Zeit bereits zwei Begegnungen mit einer Gruppe von Motorradfahrern durchlebt, beide Male war sie auf eine ihr angemessene Art und Weise behandelt worden, allerdings hatte Frau S. die Behandlung für sich selbst keineswegs als »angemessen« oder gar »wesensgerecht« definiert, sondern weiterhin den Wahn genährt, sie sei eine »freie Bürgerin« und ihr komme demnach eine respektvolle Annäherungsweise zu. Daß sie im Verlaufe ihrer Begegnung mit den Motorradfahrern Erregungszustände und Lustlösungen von nie gekannter Wucht erlebt hatte, konnte sie vor sich selbst nicht eingestehen. Was jedoch nichts daran änderte, daß die Damen und Herren Motorradfahrer Frau S. zu einem Blick in ihr Inneres verhol-

fen hatten, wobei Frau S. erlebte, daß sie in einem Maße genußfähig war, wie sie es selbst nie erwartet hätte. Solche Erfahrungen sind natürlich prägend und drängen auf stetige Wiederholung und Vertiefung. Interessant ist vor allem, welche Vorwände vor sich selbst Frau S. suchte, um ein erneutes Treffen mit der Gruppe ihrer vermeintlichen Peiniger zu arrangieren. Das Selbstbetrugsvermögen einer Besitzerlosen ist enorm – Kunststück, es wird ja auch dauernd gefordert.
Aus dem eben Gesagten geht hervor, daß Frau S. auch an einem dritten Treffen mit den Kraftfahrern gelegen war, und in der Tat, Frau S. eilte sich, eine Begegnung herbeizuführen, und bereitete sich angemessen vor: Sie war über den Aufenthaltsort der Gruppe informiert, hatte eigens zu diesem Anlaß ihr erstes Paar Strapsstrümpfe nebst -gürtel erstanden, sie hatte sich frisiert, gewaschen und die Nägel lackiert, und so wäre zu erwarten gewesen, daß sich Frau S. mit ganzem Herzen der ihrer harrenden Freuden hingegeben hätte – wenn da nicht die der Besitzerlosen eigene Neigung zum Selbstbetrug gewesen wäre ...
So sah Frau S. ihren dritten Besuch bei der Rockerschar in keiner Weise erotisch motiviert, sondern sie gab vor, sich einem Sachzwang zu unterwerfen, namentlich der Sorge um das Eigentum: Ihr war aufgefallen, daß sie bei ihrem letzten Besuch eine Haarspange verloren hatte. Eine schmucklose Hornspange zwar, im Wert von DM 3,70, aber ... Besitz ist Besitz. Diese ihre ureigenste Haarspange in den Fängen ihrer *Peiniger* (wie sie ihre Gastgeber bezeichnenderweise nannte) zurückzulassen, wäre das nicht einer symbolischen Selbstaufgabe gleichgekommen? Vor der Selbstaufgabe aber – wie man weiß, die Quelle der Brünstigkeit – ließ sie ihr feiner Instinkt aufs Heftigste zurückschrecken. Es blieb ihr demnach nichts anderes übrig, als sich die Haarspange zurückzuholen.

Als Transportmittel bot sich ein Taxi an: Lustvolle Erlebnisse sind anstrengend, machen die Knie weich und den Kopf wirr – wie lästig ist es, in diesem Zustand ein Auto lenken zu müssen! Frau S. jedoch stellte ihre Entscheidung unter das Banner der Vernunft: Da sie vage ahnte, daß dieser Besuch sie *verwirren* würde, wollte sie aus Sorge um ihren Wagen (interessant hier: wiederum die Sorgen um das Eigentum als dominierendes Motiv) keinen Unfall riskieren – und nahm ein Taxi.

Unterwegs fiel ihr Blick auf die im Fahrtwind wippende Autoantenne. Die Erinnerung an das Versprechen ihrer Gastgeber, sie mit einer ebensolchen Antenne zu züchtigen, hätte ihr um ein Haar die erste Lustlösung beschert. Doch Frau S. biß die Zähne zusammen und zog es vor, den Fahrer in ein Gespräch zu verwickeln.

Zu einem weiteren Zwischenfall kam es, als sie – um ihre Absichten auch vor sich selbst zu tarnen – dem Taxifahrer von ihrer geplanten *Wanderung* erzählte, von der Schönheit des blühenden Wiesenschaumkrauts und der Romantik schattiger Hohlwege schwärmte (zufällig war ihr die Gegend vertraut): Der besorgte Fahrer warnte sie, ›hier seien immer häufiger Rocker unterwegs‹ und bot ihr an, mit der Rückfahrt auf sie zu warten. Ein Taxi im Nacken – das ist der Todesstoß für jedwede Erregung, da kann man es wohl verstehen, wenn Frau S. geradezu empört ablehnte! (Wobei sie vorgab, sich über ›die Geldgier des Taxifahrers zu ärgern‹.)

Frau S. hatte sich für diesen Besuch High-Heels gekauft – wo doch jeder weiß, daß Feld- und Forstwege den Anfänger überfordern! Es kam, wie es kommen mußte: Gute zwanzig Meter balancierte sie tapfer über den steinigen Pfad, einen üppig belaubten Weinberg zur Linken und einen dotterblumengesäumten Bachlauf zur Rechten, und die unberechenbaren Kiesel kippten unter ihrem Tritt zur Seite, ließen sie immer wieder straucheln. Endlich, nach zwanzig Metern, zog die Gemarterte die Schuhe aus und ging barfuß. Fast schon hatte sie ihr Ziel erreicht, als der Anblick eines Kuhfladens eine alte Erinnerung in ihr wachrief: Das letzte Mal hatte man ihr Zünglein dazu benutzt, einen Motor-

radreifen zu säubern (eine großzügige Geste, bedenkt man doch, daß dem Rocker die Maschine über alles geht und daß der Befehl von der Bandenanführerin selbst erging!). Ein Anflug von Brünstigkeit war das Resultat. Frau S. erbebte – und schon war ihr diese Entgleisung peinlich. Sie beschloß, sich gleich hier, an Ort und Stelle, ein für allemal abzuhärten, was ihr Resentiment gegen Kuhdung betraf, und setzte erst den rechten, dann den linken Fuß in den glitschigen Fladen, schloß die Augen, sog den Gestank ein – und erinnerte so genau wie möglich an das, was damals vorgefallen war. Mit der Zeit, so glaubte sie, würde die seltsame Aufregung nachlassen, und das Erlebnis würde für immer seinen Schrecken verloren haben. Zudem machte sie sich bewußt, wie nahe sie ihren *Peinigern* in diesem Moment war, daß sie sogar damit rechnen mußte, beobachtet zu werden ... Es wollte sich kein Erfolg einstellen, im Gegenteil, ihre Verwirrung wurde immer schlimmer. Zerknirscht sah Frau S. die Aussichtlosigkeit ihrer Bemühungen ein und machte sich wieder auf den Weg.
Frau S. hatte geplant, sich unbemerkt in die Halle zu schleichen, um ihre Gastgeber mit ihrer Anwesenheit zu überraschen. Dieser Versuch aber scheiterte kläglich, weder trat sie leise ein – das Knarren des Holztors, das schief in den rostigen Angeln hing, hallte in dem großen Saal wieder wie in einer Kathedrale –, noch stellte sich die gewünschte Überraschung ein: Zwar flogen die Köpfe der Rocker hoch (man speiste in gemütlicher Runde kalte Dosensuppe), zwar war es einen Moment lang, bis auf das das Klappen des Plastikplanen gegen das Dachgebälk, totenstill, doch kaum hatten die Motoradfahrer Frau S. wiedererkannt, da begrüßten sie sie wie eine lang erwartete Freundin: »Ey, da isses wieder, unser geiles Ficktierchen!« – »Na, Puppe, juckt's dich?« – »Scharf, jetzt kommt Leben inne Bude, wa?« Einer der Versammelten erlaubte sich gar einen kleinen Scherz, strich sich die Suppenreste in den Bart und knurrte: »Komm rein, zieh dich aus und mach's dir gemütlich!«

Frau S. säumte nicht, dieser Aufforderung nachzukommen. Dies zeigt einmal mehr, daß auch Besitzerlose lernfähig sind, wenn auch (vgl. Punkt 13.2.) in begrenztem Maße: Beim letzten Besuch noch mußte man Frau S. das Auskleiden befehlen, nun war ihr eine scherzhafte Bemerkung Anlaß genug. Frau S. selbst wertete diesen ihren unverzüglichen Gehorsam als Akt der Vernunft: Strümpfe, Gürtel und Hebe, so sagte sie sich, hatten sie viel Geld gekostet, und darum mußte sie jede Gelegenheiten wahrnehmen, sie vorzuführen! Wie sie nun nackt vor ihren Gastgebern stand, betrachtete die Anführerin der Bande Marions zarte weiße Füßchen, von Glasscherben und gezackten Dosendeckeln umgeben, und ihr fiel der Dungklumpen am Knöchel auf. Die Anführerin, eine kluge und feinsinnige Person mit Namen Lilly, wußte sich einen Reim auf diese Spuren zu machen und lobte: »Ah, hat sich unser Dreckstück wieder gesuhlt, find ich scharf!«
Mit so viel Aufmerksamkeit hatte Frau S. nicht gerechnet, sie sog überascht die Luft ein, es klopfte ihr das Herz zum Zerspringen. In dieser für sie peinlichen Lage galt es zu retten, was noch zu retten war: Beobachtungen vor dem Spiegel hatte ihr gezeigt, daß bestimmte Bewegungen mehr als andere geeignet waren, die Schönheit ihres Körpers zum Ausdruck zu bringen. (An dieser Stelle möchte ich übrigens mit dem Vorurteil aufräumen, die Besitzerlose per se sei, durch unbedachte Haltung oder stümperhafte Körperpflege, unansehnlich: Frau Schümer war ausgesprochen hübsch! Die Brüste keck geschwungen und nicht zu schwer, mit festen dunklen Knoten, die Pobacken drall und stramm, die Schenkel fleischig, die Waden glänzend, Handgelenke, Knöchel und Taille von zerbrechlicher Schlankheit, das Haar tiefschwarz und glänzend, eine Haut von der Farbe frischer Sahne – der Marktwert dieses Geschöpfes ließe so manche Edelsklavin vor Neid erblassen! Hinzu kam die eindringliche Art, wie die Hebe aus schwarzem Lackleder die bebenden Brüste feilbot, wie die Strapse sich in das weiche Fleisch gruben und das dünne schwarze Stoffbändchen sich

zwischen die Pobacken drängte – bei diesem Anblick wäre auch dem anspruchvollsten Meister das Wasser im Munde zusammengelaufen!)
Um die Peinlichkeit ihrer Lage – man murmelte »Scheiße, sieht das geil aus«, dreckige Zeigefinger stießen vielsagend in halbgeöffnete Fäuste und ließen die unrasierten Gesichter hämisch grinsen – wieder wettzumachen, besann sich Frau S. also auf das vorm Spiegel Gelernte und fing an, sich langsam über die Brüste zu streichen, dann über Rippen und Hüften bis hin zum Nabel, die Innenseiten der Schenkel hoch bis zur Spalte und, sehr behutsam, über die Samtlippen hinweg – und da plötzlich kam wildes Leben in die Hände: Sie rieben fest über die vorgewölbte Kehle, krallten sich in die Brüste, kratzten über die Bauchdecke und tauchten ohne den kleinsten Widerstand in die Spalte ein. Diese Bewegung entlockte Frau S. ein leises Stöhnen, und gleich darauf leckte die himbeerrote Zunge Finger für Finger mit größter Sorgfalt ab. Sie drehte sich um und ließ den Po kreisen, packte das weiße, fleischige Herz mit beiden Händen und zog es auseinander, beugte den Rumpf nach vorne und entblößte in eindrucksvoller Weise das graubraune, fein gefältelte Löchlein. Zum ersten Mal, seit Frau S. mit den Rockern verkehrte, stellte sich andächtiges Schweigen ein. Sie gedachte der halbgeöffneten, rissigen Lippen ihres Publikums, hörte ein ungläubiges Schnaufen und freute sich – die Überraschung war gelungen.
Einen groben Schönheitsfehler bei Marions Darbietung kann man freilich nicht leugnen: Ihr Schamhügel stand in vollem, schwarzem Flaum. Aber Frau S. hatte Glück, denn die Anführerin, durch das eben Erlebte besänftigt, gab sich mit einem sanften Tadel zufrieden: »Ey, Ficksau, fällt dir was bei deiner Fotze auf?« (Nun, wem wäre da nichts aufgefallen!)
»Rasiert würde sie mir besser stehen«, gestand Frau S. verlegen – und versuchte damit das Rasieren als kosmetische Notwendigkeit einzustufen – als ob die Symbolik dieser Geste nicht weithin bekannt sei! Angesichts von soviel

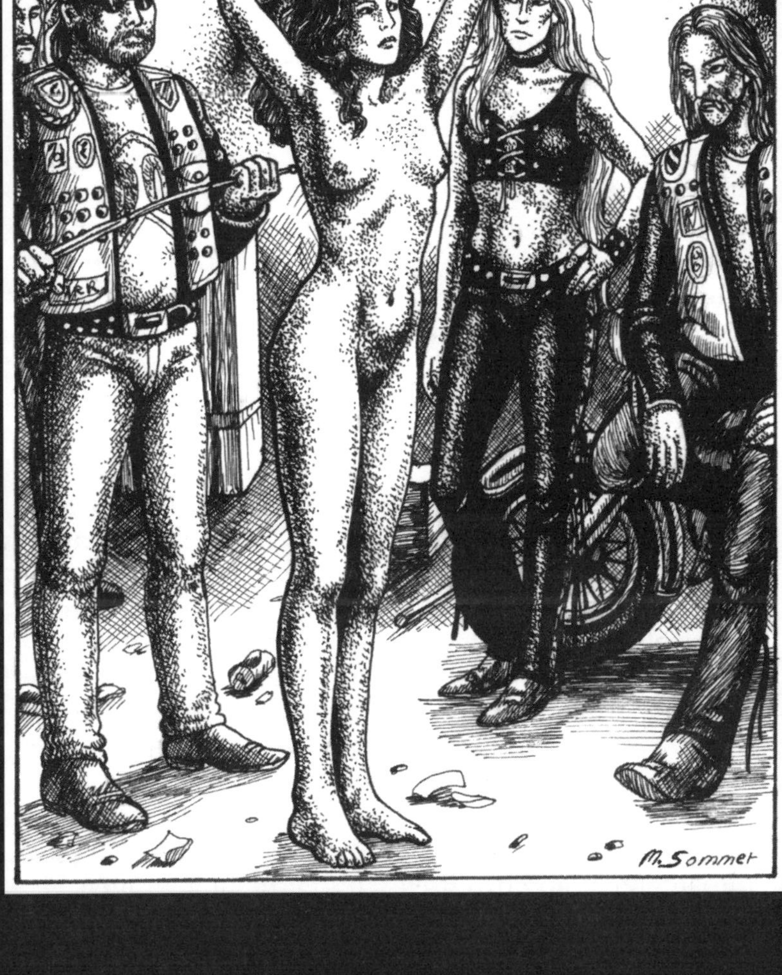
M.Sommer

Naivität konnte sich selbst die beherrschte Lilly ein spöttisches »Das kann man wohl sagen, du geiles Luder ...« nicht verkneifen.
Doch vieles andere an Marions Gebaren gilt es zu loben. So war sie etwa stets bestrebt, vor ihrer Gastgeberin den Blick zu senken. (Freilich, so glaubte sie, allein deshalb, weil ihr der Anblick des Diamantsteckers in Lillys Nasenflügel zuwider war – ein fadenscheiniges Argument, denn Lillys Züge, ihre hohen Wangenknochen, der gerade Nasenrücken und die kräftigen Brauen, waren von einer klaren, kühlen Schönheit, zu der das glitzernde Steinchen ebenso paßte wie der kurze, weißblonde Schopf.)

Frau S. blieb eine ganze Weile spreizbeinig stehen, die Hände hinterm Kopf verschränkt, und wartete. Ihre Gastgeber löffelten in aller Ruhe die Dosen leer, tranken Bier und Schnaps, kratzten sich im Nacken, knutschten laut schmatzend, bohrten in der Nase, drehten den Ghetto Blaster mal lauter, mal eine winzige Spur leiser, zielten mit Kronkorken auf Spatzen und fachsimpelten über Vergaser. Während Frau S. so dastand, hielt sie stillschweigend Ausschau nach ihrer Haarspange.
Dies könnte nun fälschlicherweise zu der Annahme führen, die Sorge um die Haarspange sei Frau S. ernster gewesen, als es zunächst den Anschein hatte, ja, eigentlicher Antrieb und nicht nur bloßer Vorwand für ihren heutigen Ausflug sein – doch das täuschte, geneigte Leserinnen: Hier handelte es sich einzig und allein um einen Akt der Verdrängung. Die Hoffnung zu hegen, hier, zwischen Ölsardinendosen, löchrigen Turnschuhen, Kabelstücken, Nägeln und Kreuzschrauben, zwischen aufgeweichten Zeitungen, alten Socken und schmutzverkrusteten Plastiktüten eine Haarspange wiederzufinden, war mehr als abwegig. In Wahrheit wollte Frau S. um jeden Preis verhindern, daß ihre Gedanken zu den Autoantennen abschweiften, zu den mannigfaltigen Verwendungsmöglichkeiten der rostigen Krokodilsklemmen und der Keilriemen, die hier und da am Boden lagen ...

Man muß ihr zugute halten, daß sie schon recht bald die Suche einstellte (ohne diesen Entschluß als Niederlage werten zu wollten, denn, wie heißt es doch unter Wissenschaftlern: Auch ein Negativresultat ein Ergebnis!) und statt dessen ihre Gastgeber beobachtete, auf die Gefahr hin, mit obszönen Gesten belästigt zu werden – aber niemand schenkte ihr Beachtung.
Nachdem bald eine ganze Stunde verstrichen war, wurde sie endlich herbeigerufen. Die Vorfreude auf die drohenden Züchtigungen ließen ihre Brüste beben, als sie vorsichtig durch die Scherben und Nägel schritt. Frau S. registrierte zwar die charakteristischen Symptome fortgeschrittener Geilheit (kühl-feuchte Handflächen und Anstieg der Pulsfrequenz), stufte sie jedoch fälschlich als *Nervosität* ein und beschloß sie zu ignorieren.
»Da, hier hin«, Lilly zeigte vor ihre Füße und wischte mit dem Stiefel faulige Bananenschalen und nasse Zeitungen beiseite. Während Frau S. gehorsam niederkniete – schon traf das rechte Knie auf einen Pfirsichkern –, kam Leben in die Bande: Knutschende ließen voneinander ab, Kreuzschlüssel wurden klappernd zu Boden geworfen, die Musik war plötzlich leise wie noch nie.
Alles starrte auf Frau S. – und auf Lilly, die auf einem Stapel löchriger Matratzenkissen hockte, hübsch anzusehen mit ihren kniehohen Lackstiefeln, dem knappen Jeansröckchen, einem blutroten Schnürmieder und dem breiten Nietengürtel.
»Was gibt's da zu gaffen, he?« fragte sie in die Runde, »ich war halt Erster, ne. Tja, Pech gehabt, Leute!« und zündete sich eine Zigarette an. Erst nach zwei genüßlichen Zügen geruhte sie sich zu bemerken: »Is' ja gut, ich brauch sie ja nich' für ewig.«
»Nich' für ewig, aber doch für ziemlich lange, wie ich dich kenne«, bemerkte der Anführer bissig und hatte die Lacher auf seiner Seite.
»Halt's Maul, du Arsch« knurrte Lilly, und ihre Stimme war noch immer barsch, als sie Frau S. die linke Hand hinhielt: »Da!«

Frau S. reagierte in einer für eine Freie überraschenden Weise: Obwohl nicht der kleinste Befehl gefallen war, wußte Frau S., was von ihr erwartet wurde. Sie reckte den Hals, streckte das Zünglein vor und begann, mit ganzer Hingabe die ihr dargebotene Hand zu lecken. Mehr noch, sie tat es in einer Weise, die einer Edelsklavin Ehre gemacht hätte: Räkelte sich und wandt sich vor Eifer, züngelte in die empfindsamen Fingerspalten, massierte Knochen für Knochen, koste spielerisch die zarten Kuppen und saugte dann immer gieriger das ganze Glied ein, bis es tief in ihren Gaumen stieß, und hielt sich mit peinlicher Genauigkeit an die Regeln der Stufensteigerung – der Himmel weiß, woher sie dieses Wissen hatte: Zunächst Ring- und Zeigefinger, dann kleiner, Mittelfinger, Daumen und erst zum Abschluß, wie es sich gehört, das Einspeicheln der Handfläche und das Wangen-Einreiben. Sie ließ es sich übrigens nicht einmal nehmen, zwei Finger auf einmal so wuchtig in den Mund zu stoßen, so daß sie zu einem trockenen Würgen genötigt war.

Dieses überraschend devote Verhalten lehrt uns zwei wichtige Dinge: Erstens, auch Besitzerlose sind in einem von ihnen selbst gewählten(!) Umfang zu Gesten der Hingebung fähig. Zweitens, sie geben sich bei diesen (seltenen) Ereignissen gerne den Anschein, sie handelten nicht aus Eigennutz, will sagen, mit dem Endziel einer Lustlösung, sondern aus Zwang: Weil das ihr *Partner* von ihnen erwarten würde, weil sie *eine gute Liebhaberin sein möchten*, etc., pp.. So auch Frau S.: Allein ihr ausgeprägter Ehrgeiz, so glaubte sie, stachelte sie zu immer verwegeneren Taten an. Sie war stolz darauf, Lillys Wunsch so treffend erraten zu haben, und dieser Erfolg beflügelte sie. Als es ihr schließlich gelungen war, ihrer Gastgeberin ein leises Seufzen zu entlocken, war sie sogar – für eine Anfängerin mehr als erstaunlich! – gelöst genug, sich ausgiebig Kinn und Wangen zu besudeln.

Mit ein wenig Phantasie konnte sie sich ausrechnen, welche Taten ihr *Opfer* wohl besonders zu schätzen wüßte: Die

Zunge glitt über die zarten Knöchlein des Handgelenks, wo sie unter pergamentdünner Haut den Pulsschlag spürte, leckte hingebungsvoll die weiche Innenseite des Armes hoch, der Beuge entgegen. In der samtweichen Kuhle klebte zwischen den Fältchen ein würziger Geschmack, salzig und bitter zugleich, und plötzlich wußte Frau S., daß sie auf dem richtigen Weg war: dort oben in der Achselhöhle, dort wurde ihr Zünglein gebraucht!
»Ey, untersteh dich ... Da kann doch keine Sau bei paffen«, hörte sie Lilly sagen, doch Frau S. ließ sich beim Lecken nicht stören. »Du geiles Schwein« knurrte da Lilly, doch ein tiefes, lustvolles Seufzen strafte ihre Barschheit Lügen. »Paß auf ... Ich hau dir den Arsch blutig!«
Frau S. hielt ein. Für einen kurzen Moment spürte sie bereits die Striemen auf den Pobacken, und selbige brannten wie Feuer. So heftig und überraschend war diese Vorstellung, daß sie einmal kurz die weißen Backen schwang – zweifelsohne ein Zeichen der Bereitschaft! Frau S. freilich war sich dieser Bewegung nicht bewußt, denn soeben war ihr eine faszinierende Idee gekommen: Wenn Lilly ihr eine so arglose Handlung wie das Achselschlecken verbot, dann konnte nur die Furcht dahinterstecken, die Fassung zu verlieren. Das also war Lillys wunder Punkt! Die kluge Frau S. hatte ein Mittel gefunden, ihre *Peinigerin* vom Sockel zu stürzen, und sie fieberte bereits danach, mehr von diesen leisen, selbstvergessenen Seufzern zu hören! Sollten sie ihr doch ruhig den Hintern versohlen, das war ihr dieser Triumph wohl wert (wieder ließ sie die Backen wackeln). Schon bohrte sich das Zünglein in die Achselhöhle, und fand – oh Freude! – viel mehr von dem bitteren Geschmack. Da wurde der Arm entgegenkommend abgewinkelt und Frau S. registrierte mit Wonne die duftende Fläche, die sich ihr auftat, speichelte sie voller Sorgfalt ein und wühlte sich mit Nase und Stirn in das feuchte Gemisch.
»O.K.« klang es grimmig, im nächsten Moment schnitten zwei Hiebe mit gemeinem Zischen in Marions bloße Backen. »Vermutlich Keilriemen« huschte es durch ihren Sinn, und

mit dieser nüchternen Erkenntnis war ihre Kraft zur Selbstbeherrschung erschöpft, sie stöhnte leise vor Schmerz und ließ den Po unter dem Rüschengürtel zucken.
Lilly stieß sie so derb von sich weg, daß sich zwei Kronkorken in die nackte Schulter der Gestürzten bissen wie winzige, boshafte Tierchen.
Frau S. blieb regungslos liegen. Ihre rechte Wange ruhte auf einem senfverkrusteten Pappteller, die Rippen waren auf ein paar Scherben geschlagen, die Striemen auf ihrem Gesäß glühten wie Feuer. Was würde sie noch alles durchmachen müssen, in den Händen dieser Unmenschen? »Den Arsch versohlen, bis dir das Blut die Schenkel hinunterrinnt«, das waren Lillys Worte gewesen. Welch schreckliche Schmerzen mußten das sein! Wie die harten Metallröhrchen durch die Luft sirren würden, um mit grausamer Willkür bald heile Haut zum Platzen zu bringen, bald tief in blutrote Striemen zu schlagen ...
»Was is' Lilly? Kein Bock mehr, oder was?«
Lilly stützte sich mit den Ellbogen auf das kobaltblaue Matratzenkissen, hatte die Oberschenkel übereinandergeschlagen und lächelte freundlich. »Aber klar doch! Mach nur mal'n kleinen Break, ne.« Sie zog einen winzigen Klappspiegel aus der Rocktasche, beugte sich nach vorne, betrachtete lange und ausgiebig ihr Gesicht und murmelte »hab ich's doch gewußt ...«, schraubt ihren Schminkstift auf und frischte mit langsamen, wohlbedachten Strichen das dunkle Violett ihrer Lippen auf.
Die Bandenmitglieder murmelten Unverständliches, kreuzten unschlüssig die Arme vor die Brust. Die farbenprächtigsten Tätowierungen, Totenschädel, Kettenglieder und fette Brüste, prangten auf ihren nackten Muskeln, und hier und da begann ein Bild, unheilverkündend zu zucken.
»Na gut, will mal nich' so sein«, murmelte Lilly mit spitzem Mund, »da ...«, sie trat die vor ihr Liegende gegen die Wade, »bedient euch, ihr Schlappschwänze!«
Das ließ sich die Meute nicht zweimal sagen: Ein bulliger Kerl mit einer speckigen Lederhose rollte Frau S. auf den

Rücken und schleifte sie ein paar Meter weit über den Boden. Unbeachtet blieb ihr Versuch, ihn mit leisem Wimmern auf Scherben, Schottersteinchen und Splitter aufmerksam machen, und nach einer Weile verstummten die Klagelaute. Was hatte es für einen Wert, um Gnade zu winseln, bei diesen Kreaturen? Doch Frau S. wußte sich zu helfen: Sie machte Po, Rücken und Schenkel so weich und locker wie möglich – und plötzlich war das Pieken, das Kratzen und Schürfen weit weniger stark zu spüren. Nun, offenbar war dies das einzige Mittel, die Pein erträglich zu machen ...

Freilich, als man sie dann auf das große Eisengitter zerrte, als die rostzerfressene Kante über den zarten Rücken schmirgelte, könnte Frau S. einen Aufschrei nicht unterdrücken, und prompt hörte sie ihren Peiniger gehässig lachen. Kaum jedoch lag sie wieder ruhig, so spreizte sie die weichen Schenkel und ließ sich mit leisem Seufzen auf die scharfkantigen Gitterstäbe sinken – ein Rautenmuster schnitt in Po, Schultern und Lenden, ein Vorgeschmack dessen, was sie zu erwarten hatte: Jetzt waren die Hiebe an der Reihe.

Da lag sie nun, die arme Wissenschaftlerin, mit vorgewölbter Kehle und geschlossenen Lidern, und ein Sonnenbündel zielte geradewegs auf die schneeweißen, bebenden Brüste, ließ die nackten Schultern glänzen wie festgeknetetes Kerzenwachs und das rostrote Gitter knapp daneben hin und wieder funkeln. Schwere Körper bestiegen einer nach dem anderen das Podest, hölzerne Absätze klackten auf dem Metall und brachten es zum Schwingen, daß sich die Rauten noch energischer in die Haut bissen, und Frau S. atmete schwer.

»Sieht echt scharf aus«, kommentierte der Erste. »Macht voll Laune«, sagte der Zweite. »Doch, da kommste in Schwung, ne«, hörte sie den Dritten sagen und vernahm ein Geräusch, das ihr irgendwoher vertraut vorkam – doch woher nur ...? Mit viel Mühe konnte sie das Knarren von Leder erkennen, hörte ein undefinierbares Rascheln, dann ein leises

Schnaufen. Frau S. blinzelte mühsam durch das staubgesättigte Licht hindurch, hinauf zu dem Gerippe der Dachbalken, sah eine Handbreit strahlenden Sommerhimmel von Plastikfetzen umflattert, und zwischen Himmel und ihre Augen schob sich ein mächtiger Schwanz, von zwei feisten, kurzfingrigen Händen umklammert. Mit einer Mischung aus Neugierde und Verwunderung betrachtete sie das stattliche Gebilde, das nun, da die Hände es zu reiben begannen, sich noch ein bißchen wichtiger machte.
»Paule, Paule!« riefen die Männer im Chor, das Rubbeln folgte dem Rhythmus ihrer Rufe, ließ dem Stab eine dicke Knospe schwellen.
Langsam, ganz langsam begann Frau S. zu verstehen. Sie stellte sich vor, welche Flut von Saft dieses strotzende Glied hervorbringen würde, an welchen Körperstellen sie der warme Guß wohl treffen würde, wie er Brüste, Becken und Rippen besudeln würde, und die Gier danach brachte sie schier über den Verstand. Sie wölbte die Brüste empor, daß die lacklederne Hebe knirschte, klatschte die wunden Pobacken wieder und wieder auf das Gitter – kurzum, sie ließ wenig Zweifel an ihrer Brünstigkeit.
An dieser Stelle möchte ich gerne anmerken, daß – neueren Untersuchungen zufolge – auch bei der Besitzerlosen eine Gemütsverfassung eintreten kann, die der wollüstigen Willfährigkeit nicht unähnlich ist. Doch nicht in Dankbarkeit und leiser Wehmut erinnert sich die Freie jener kostbaren Sekunden, sondern sie pflegt, wenn es ihr denn einmal *passiert* ist, mit Angst, ja, tiefer Verwirrung darauf zu reagieren. Auch für Frau S. sollten die geschilderten Erfahrungen nicht ohne Folgen bleiben – doch darauf wollen wir später zu sprechen kommen.

Begleitet von Pfeifen und Johlen, von Hochrufen und einem tierhaften Brüllen, traf ein warmer Strahl ihren zuckenden Leib mitten auf den Bauch, und Frau S. erschrak. Irgend etwas Gewitztes, Geistreiches mußte sie sich nun überlegen, mußte Stellung nehmen zu der jubelnden Menge und zu der

Lache auf ihrer Haut, allein, es wollte ihr nichts Passendes einfallen ... Sie blieb regungslos liegen, fühlte die Flüssigkeit sich in ihrem Nabel sammeln und träge am Becken herunter rinnen, dann griff sie sich wie verlegen auf den Bauch – lauwarm und glitschig war der Saft, und sie schmierte sich ihn zögernd über die Haut. Bevor sie noch einen klaren Gedanken fassen konnte, schrie irgendwer: »Maul auf, Puppe!« und sie öffnete pflichtbewußt den Mund.

»Zielschießen, wa ...?« – die Menge gröhlte vor Begeisterung, ein Blinzeln zeigte zwei, drei Paare emsiger Hände, kurze gerade und lange gekrümmte Schwänze, auf- und abfedernd, und Frau S. zog es vor, die Augen zu schließen. Es schnaufte und es stöhnte um sie herum, ein Duft nach frischem Tang mischte sich mit scharfem Schweißgeruch, ein Tropfen traf von irgendwoher auf ihre Wange, rann langsam in Richtung Schläfe.

Und da, als dies geschah, fand Frau S. endlich den Mut, ihre Lage zu genießen: Sie riß den Mund weit auf, reckte das Himbeerzünglein dem Saft entgegen, schlug trotzig das Becken auf, als es bei einem weiteren kläglichen Tropfen blieb, den sie in Windeseile aufgeleckt hatte. In diesem Augenblick brach die Erkenntnis über sie herein, daß sie von niemandem je gezwungen worden war, ihre Peiniger ein zweites, ein drittes Mal aufzusuchen, daß sie sich all das Unsägliche, was ihr seitdem widerfahren war, selbst zuzuschreiben habe, ja, es sich aus tiefstem Herzen ersehnt hatte ... Diese Erkenntnis flammte auf wie ein Blitz, für Bruchteile von Sekunden und alles verändernd. Sie ließ die schlanken weißen Finger mit wilder Gier an den Nippeln reißen, jene brutal in die Länge ziehen und verzweifelt über die zitternden Schenkel kratzen. Und – gottlob! – Frau S. hatte Erfolg: Über ihrem züngelnden Mündchen zuckte der erste, rotgeschwollene Schwanz, spuckte eine weiße Spur quer über ihre Wange, sammelte sich und ergoß sich mit einem Ruck in hohem Bogen mitten in das Mundloch hinein.

Der Jubel war groß: »Treffer!« – »Tooor!« – »Erster!« wild durcheinandergebrüllt, und Frau S. würgte mit einem entschlossenen Schluck den ganzen Schleim hinunter, schmeckte erst rohe Muscheln, dann Galle, leckte sich Lippen und Kinn sauber, schnappte nach Luft – und nach Saft. Sie schlug mit dem Kopf und wimmerte vor Ungeduld, sah hier und da Schwänze sich aufbäumen, einen milchigen Strahl durch die Luft schießen und schloß ergeben die Augen.

Es traf sie mitten auf die Brüste, es traf sie dazwischen, spritzte auf die Stirn, tropfte am Kinn hinunter und klatschte in die Leistenbeuge. Frau S. empfand nichts als tiefe Dankbarkeit angesichts dieser warmen, glitschigen Fülle, und in dem Bestreben, sich erkenntlich zu zeigen, flogen ihre Hände über die milchweiße Haut. In die Achselhöhlen und unter die Brüste schmierten sie den Saft, huschten nebenbei zum Mund, wo der Speichel eifrig floß, rieben das Gemisch über die Rippen, über das zuckenden Becken und in die Spalte hinein. Wie schmatzte es genüßlich, als sich die Hand zurückzog, wie tief und mühelos rutschten die Finger immer wieder aufs neue hinein ...

»Da könnt ich stundenlang zusehen.«

»Boah, das hatse voll gut drauf, unsere Fotze ...«

Frau S. hob irritierte den Kopf und sah sich einem Kreis von Gaffern gegenüber. Nach kurzer Überlegung kam sie zu dem Schluß, daß sie auf diese Menschen keine Rücksicht nehmen konnte – zu stark war das Verlangen, nun endlich die gierige Spalte zu stopfen, und dann, als sie langsam die ganze Faust in dem schlüprigen Loch versinken ließ, begann es sie leise zu freuen, daß sie – genauer, ihre Möse – im Zentrum all der gierigen Blicke stand ...

»Aus!« Plötzlich stand Lilly vor dem Eisengitter, ließ zur Bekräftigung ihres Befehls einen Keilriemen gegen den Lackstiefel klatschen und musterte die zitternde Frau S. mit unverhohlenem Spott. »Genug gespielt, du Drecksau. Pack dich, wir hab'n heut noch was vor, ne«, und ein Stoffbündel landete neben Marions Kopf – ihre Kleider, wie sie bei näherem Hinsehen erkannte.

Während Frau S. noch mit zitternden Händen nach Knopflöchern fischte, hörte sie Lilly zu ihr herüber rufen: »Ey, und noch was: Denk bloß nicht, daß du immer so billig davonkommst! Das da« – ein Motor heulte auf, und Lilly fing an zu schreien: »Das da war nur um dich bei der Stange zu halten, okay? – Na dann, man sieht sich«, und mit diesen Worten warf auch sie ihre Maschine an.

Betrachtet man das oben geschilderte Fallbeispiel, so läßt sich zusammenfassend sagen, daß unter bestimmten Bedingungen die Ungebundene durchaus in der Lage ist, das Verhalten einer Sklavin zu imitieren, wenn sie sich auch, wie schon hinlänglich oft erwähnt, weigert, aus ihrem Gebaren einen Lustgewinn zu ziehen. Diese Parallelität im Handeln wird als *SM-Mimikry* bezeichnet und kann in vielen Fällen auch auf den aktiven Part übergreifen. Im Falle der Frau S. etwa begannen die Gastgeber ziemlich bald damit, sich wie verantwortungsvolle Sklavenhalter zu gebährden (ohne je, mündlich oder per Kaufvertrag, ein Dominanzverhältnis definiert zu haben):
In ihrem Bestreben, Frau S. ein abwechslungsreiches Programm bieten zu können, sammelten sie mit kollektivem Eifer geeignete Züchtigungsinstrumente. Daß es hier Anlaufschwierigkeiten gab, soll nicht verschwiegen werden: »Ey, was soll'n der Scheiß«, fragte etwa Mitglied Paule, als Lilly die erste Autoantenne abknickte, »ich hab kein' Bock, verdammt«, hörte man Rocker Pitt murren, als er angewiesen wurde, zwei kräftige Haken in einen Holzbalken zu schlagen. Doch Leitfrau Lilly ließ nicht mit sich handeln: »Halt's Maul und schaff – oder du gehst nächstes Mal leer aus, wenn die da ist!« Nur ihrem Gefährten gegenüber war sie zu weiterreichenden Erläuterungen bereit: »Das ist nötig bei der! Ich kenn' die Sorte. Da muß man ständig an der Schraube drehen. 'N bißchen Langeweile, und wir sind die los. Wär' doch schade!«
»Okay, okay«, gab ihr Gefährte widerwillig zu, »aber das nimmt ja kein Ende mehr: Neulich mußte ich meiner Alten

die Wäscheleine klauen, jetzt soll die Peggy zum Schlachthof fahren, und dann auch noch neue Klemmen ...«

»Rostige Klemmen sind für'n Arsch«, sprach Lilly die Wahrheit aus. »Außerdem – wart's ab, die Mühe lohnt sich!« – und auch mit dieser Prophezeihung sollte die Rockerlady Recht behalten.

7. Kapitel,

in dem sich zwei Herren in Mutmaßungen über Frau Schümer ergehen

Freitag, den 12. September, 10.30 h

Der Medizinstudent Thomas Hahn ging eiligen Schrittes auf die Glastür der Universitätsbibliothek zu, den Blick starr geradeaus gerichtet. Dort in der Mitte der Wartehalle, auf einem der Schalensessel aus hellgrünem Plastik, hatte er Volker Ermer erblickt, einen langjährigen Mitarbeiter von Marion Schümer, die Thomas fortan – genauer, seit jenem schrecklichen Donnerstag, dem 4.9. – schweren Herzens als seine Exfreundin bezeichnen mußte. Volker blätterte einen Stapel Zeitschriften durch und biß ab und zu in einen Schokoriegel, doch jeden Augenblick konnte er auf Thomas aufmerksam werden, um mit neugierigen, taktlosen Fragen in kaum verheilten Wunden zu stochern.
Zwei Schritte nur noch bis zum rettenden Türflügel, und Thomas wolle soeben aufatmen, da hörte er die wohlbekannte Stimme seinen Namen rufen, vor Wiedersehensfreude jauchzend und so laut, daß der Student unwillkürlich zusammenzuckte. Seufzend kehrte er um, schwor sich, kein Wort über seine Exfreundin zu verlieren, sondern bei der ersten sich bietenden Gelegenheit Volker kühl und bestimmt zu eröffnen: »Ach weißt du, das Thema Marion ist für mich erledigt«, ungeachtet der Tatsache, daß man ihn für verstockt oder gefühllos halten würde, daß Marion selbst von seiner barschen Reaktion erfahren würde ... Was scherte es ihn, ob sich die Arbeitsgruppe von Frau Schümer den Mund über ihn zerriß! Gleichgültig war es ihm, war ihm doch ohnehin jedes Mittel recht, sich von Marion Schümer zu distanzieren ...
Und doch versetzte es ihm einen Stich, Volkers Stimme vor falschem Mitleid triefen zu hören: »Na, wie geht es dir?« und mit einem Gefühl vagen Ekels nur ertrug er das kumpelhafte Schulterklopfen. Doch schon – Gottlob! – sollte Volker sein Lieblingsthema aufgegriffen haben, den Zeitdruck bei seiner Doktorarbeit, über das er nun schon

eine viertel Stunde lang dozierte, die tiefbraunen Beine übereinandergeschlagen, sich dann und wann die bunten Shorts glattstrich und zwischen den Sätzen die Schokoreste vom Papier leckte. »Man schlägt sich halt so durch«, endete er eben. »Und du? Ach, was frag ich ...«
Thomas lachte leise auf. Endlich kam Volker zur Sache, endlich schickte er sich an, ihm Geständnisse der sensationsträchtigsten Art zu entlocken. Doch der Student war vorbereitet! »Och ja ... bin ganz zufrieden«, erwiderte er, grimmig auf ein Schmunzeln bedacht, und beobachtete gespannt Volkers Reaktion: Damit hatte er nicht gerechnet, das würde ihn durcheinander bringen ... Doch zu seiner großen Überraschung huschte ein strahlendes Lachen über Volkers Gesicht, er klopfte Thomas ein zweites Mal die Schulter, diesmal so heftig, daß jener nach vorne gestoßen wurde, und rief mit gebleckten Zähnen aus: »Mann, das nenn' ich bescheiden! Gute Kinderstube, was? Ganz zufrieden ... Also wenn ich eine Braut wie die Marion hätte, zufrieden wär' kein Ausdruck ...«
Er bemerkte, wie sich die Miene des Studenten verfinsterte, und fügte hastig hinzu: »Die Frau Schümer, meine ich natürlich ... Aber gratulieren muß man dir trotzdem! Eine wie die Schümer rumzukriegen, ach, was sag ich, von Kopf bis Fuß umzukrempeln – da gehört schon was zu!«
Was mochte Volker mit diesen Worten gemeint haben? War es nicht geschmacklos, sich jetzt, nach einem solchen Schicksalsschlag, über ihn lustig machen zu wollen? Aber halt – hatte das nicht geklungen, als ob Volker noch gar nichts von der Trennung wußte – ausgerechnet er?! Thomas starrte sein Gegenüber ungläubig an.
»Da guckst du, was? Tja, ich halte eben ein waches Äuglein auf meine Mitarbeiter ... äh, und auf meine Vorgesetzten!« Volkers Selbstzufriedenheit, die Art, wie er sich nun breit grinsend die nougatverschmierten Hände rieb, ließ in Thomas eine Mischung aus Zorn und Trotz aufkeimen: Schon möglich, daß Marion das Zerwürfnis geheimgehalten hatte, und wenn dem so war, so hätte er nun der Ehrlichkeit halber Volker ins Vertrauen ziehen müssen –

ausgerechnet Volker, den Sonnenschein, dem hätte er seine Niederlage gestehen müssen, sich ohne Not eine peinliche Blöße geben ... Thomas beschloß, den glücklichen Liebhaber zu spielen, für den Volker ihn allem Anschein nach noch immer hielt. »Tja, weißt du ...« hob er mit verträumtem Blick an, »ich glaube, das war Fügung. So eine tolle Frau, die schert sich einen Dreck um mich, hab ich immer gedacht ...«
»Ach, Quatsch!« fuhr Volker dazwischen, und eine Spur leiser: »Ehrlich, das stimmt nicht. Es kommt ganz darauf an, wie geschickt man ist, als Mann. Nur keine falsche Bescheidenheit! Das war doch alles Theater mit dem abweisenden Gehabe von der Schümer! Mann, war die noch vor ein paar Wochen hart drauf, wenn ich mir's so recht bedenke: Von morgens bis abends nur die Forscherei im Kopf, voll die Tanten-Klamotten und so viel Humor wie ein Stuhlbein ...«
Thomas wollte ihm wutentbrannt ins Wort fallen, besann sich jedoch in letzter Minute auf seinen Plan und fragte: »Und jetzt, seit wir uns kennen, ist sie irgendwie anders geworden?«
»Na klar! Das merkt doch jeder. Beweist übrigens, was ich immer sag: Wasch mir den Pelz, aber mach mich nicht naß – alles Gewäsch von diesen Emanzen. Läuft denen mal ein richtiger Mann über den Weg, dann – puff – hat der ganze Spuk ein Ende. Nimm die Schümer: Auf einmal hat die einen Sinn dafür, wie sie ihre Reize ins Spiel bringen kann! Ich bin weder blind noch auf den Kopf gefallen – und weißt du, was ich da neulich gesehen habe, wie sich die Schümer über den Labortisch gebeugt hat?!«
Thomas zuckte die Achseln und knurrte »keine Ahnung«, woraufhin Volker ihn mißtrauisch musterte (sollte das ein Scherz gewesen sein?) – und ein wenig irritiert fortfuhr: »Na ja, halt ... die Nippel. Also mir gefällt das. Auch der eine enge Rock, der beige, mit dem Schlitz. Habt ihr den zusammen ausgesucht?«
Ein mattes »Nein« war die Antwort.
»Na, wurscht. Sieht jedenfalls scharf aus. Solche Beine unter einer Kordhose zu verstecken, war doch auch eine Sünde.«

Volker beugte sich vor und flüsterte: »Aber, in aller Freundschaft, eins solltest du ihr vielleicht sagen ...«
»Hm ...?« Der Medizinstudent erinnerte sich daran, daß er Frau Schümer allein in den letzten beiden Tagen ganze vier Mal vergeblich um ein Treffen gebeten hatte, und wurde zusehends bleicher.
»Die Strapse tragen auf. Nicht gerade viel, aber ... wer ein Auge dafür hat ...« – Volker zwinkerte ihm vielsagend zu, klatschte ihm aufs Knie – »Na, nichts für ungut, Kumpel. Du hast jedenfalls ein richtig scharfes Weib aus der Schümer gemacht, Hut ab.«
Thomas rieb sich verlegen den Nacken. (Daß ihm ausgerechnet jetzt einfallen mußte, wie Marion an jenem Abend vor zweieinhalb Wochen vor ihm gestanden hatte – die Brauen gezupft, die Lippen rot geschminkt, mit Netzstrümpfen und Absätzen, auf denen sie nur tippeln konnte!). »Man tut, was man kann«, sprach er die erstbeste Floskel aus, die ihm in den Sinn kam.

Nach einer Weile peinlichen Schweigens räusperte sich Volker und begann mit leiser Stimme: »Du, Thomas, sag mal ... Ich sollte dir eigentlich nichts davon erzählen ...« – der Angesprochene blickte überrascht auf – »... und ich tue es nur, weil ich es gut mit euch beiden meine. Ihr kennt euch doch nun gut genug. Kannst du die Marion, also die Frau Schümer, nicht mal drauf ansprechen, daß sie sich ein bißchen zusammennehmen sollte, was die Forschung angeht, meine ich?«
»Zusammennehmen? Was soll das heißen?«
»Na ja, sie ist irgendwie ein bißchen ... hm ... fahrig geworden, deine Freundin, unkonzentriert. Also ich verstehe das zu gut: Hals über Kopf verliebt, so richtig im siebten Himmel – das *muß* einen einfach durcheinanderbringen!«
»Schon, schon ... Und wie äußert sich dieses ... Durcheinanderbringen nun genau?«
»Na, zum Beispiel die Analysen vom letzten Dienstag: Den ganzen Montag Morgen lang hat sie Zeitpläne und Pipet-

tierschemata aufgestellt. Im Vorbeigehen hörte ich sie noch zu ihrer T.A. sagen ›Ihnen können die Überstunden doch nur recht sein, Frau Sölter‹ – und tatsächlich, wie ich abends um sieben noch mal ins Labor kam, da waren die beiden immer noch am Schuften. Da dachte ich, ich seh' nicht recht, wie ich am nächsten Morgen, rein zufällig, auf die Sterilbank schaue: alles vergammelt, knochentrocken! Du, das war Kälberserum – das Zeug hat Unsummen gekostet, das gibt Ärger!«
Der Medizinstudent runzelte die Stirn. »Kann aber doch auch der Fehler ihrer Assistentin gewesen sein, oder?«
»Nein, da gibt es kein Vertun, die Schümer war schuld: Leichenblaß ist sie geworden, wie ich ihr Bescheid gesagt habe, hat wirr dahergeredet, es sei am gestrigen Abend zu Entgleisungen gekommen, zu unabänderlichen Entwicklungen, die sie nicht gutheißen, aber auch nicht mehr länger verleugnen könne, weder vor sich noch vor der restlichen Welt, wiewohl ihr der Vorgang aus ganzem Herzen peinlich sei, oder so weiter. Die konnte einem direkt leidtun.«
»Na ja ... So ein Mißgeschick kann doch jedem mal passieren«, schob Thomas ein.
»Jedem außer Marion! Außerdem war das ja nur eine Panne von vielen – du hast ihr wirklich den Kopf verdreht, mein Lieber! Launisch ist sie geworden, jawohl« – Thomas seufzte leise – »Interessiert sich tagelang nicht für unsere Arbeit, ist bisweilen nicht mal in der Lage, auf eine einfache Frage einzugehen, dann wieder zettelt sie wahre Verhöre an, sprüht vor Wissendrang und Anteilnahme – und hat am nächsten Tag schon wieder alles vergessen, was man ihr erzählt hat. Das ist doch nicht normal – und zudem gefährlich, in ihrer Position. Glaub nicht, daß sie keine Neider hat!«
Thomas starrte verzweifelt das graugetupfte Linoleum an. Arme Marion! Er wußte zu gut, wer Schuld an ihrer Verwirrung hatte ... Ach, hätte er doch nur auf Hubert gehört und die Beziehung beizeiten beendet! Aber nein, aus purem Egoismus hatte er Marion hoffnunglos überfordert, sie schamlos ausgenutzt, in eine Lage getrieben, der sie –

und das hatte er gewußt! – nie und nimmer gewachsen war, war nunmehr sogar an ihrem beruflichen Ruin schuld ... Eine heftige Welle des Selbstekels überlief ihn, und er murmelte hilflos, mit matter Stimme: »Das ... tut mir leid.«
»Na na, nun übertreib mal nicht! Sagt ja keiner, daß du was falschgemacht hast. Ich meine ja nur, du solltest mal mir ihr reden.«
»Aber ich habe doch nicht gewollt, daß sie unter unserer – äh ... Beziehung leidet.«
Volker lachte laut auf. »Leiden! Also, davon kann nun wirklich nicht die Rede sein – im Gegenteil: Die Schümer ist oft genug richtig übermütig, so war die früher nie! Letztens zum Beispiel, als der Wild sich auf seine alten Tage noch zu einer Galanterie hinreißen ließ. ›Bitte sehr, Frau Schümer, einer Dame lasse ich natürlich den Vortritt!‹ hat er gemeint, vor der Tür zum Seminarraum, und weißt du, was unsere Frau Doktor gemacht hat? Nickt geschmeichelt, klimpert mit den Wimpern und tippelt vor ihm durch die Tür – aber mit einem Hüftschwung, daß mir die Spucke weggeblieben ist! Oder ihre Bemerkung beim Freitagsreferat: ›Ehrlich gesagt, das fand ich todlangweilig‹ hat sie zu dem Referenten gesagt – dabei haben ihr früher doch gerade die trockenen Themen besonders gelegen! Und wie selbstverständlich sie das am Freitag gebracht hat, als sei es – Wissenschaft hin, Wissenschaft her – Frevel genug, Ihre Hoheit gelangweilt zu haben. Und dann die ewige Alkohol-Debatte: Marion, sonst immer unter den Abstinenzlern allen voran, meint da auf einmal ganz lässig: ›Es gibt Bereiche des menschlichen Lebens, wo ein guter Schwips von Vorteil sein mag‹, und hat sich dabei in unzweideutiger Weise die Lippen geleckt! Ich sage dir, unsere Frau Doktor sprüht förmlich vor Lebenslust! Vermutlich eine Art zweiter Frühling ... Tja, ist schon drollig, wie man sich durch eine neue Liebe verändern kann!«
Thomas zuckte zusammen wie von einem Hieb getroffen. »Eine neue Liebe«, echote es in seinem Kopf – warum war er nicht früher darauf gekommen! Dabei hatte Marion sich so eindeutig verhalten: Verletzend kühl zu ihm, spritzig

charmant zu jedem anderen, übellaunig, wenn er dabei war, und himmelhoch jauchzend die restliche Zeit ... Dann und wann schnappte er Satzfetzen auf, die Volker vor sich hin plapperte, »bedenklich«, hörte er ihn sagen, dann »ausgenutzt, das habe ich gleich befürchtet« und »zum Beispiel die Bettina« und »irgendwie – an der Nase rumführt, will ich es mal nennen«.
Mag sein, daß ein interessierter Zuhörer aus all dem klug geworden wäre, aber Thomas war mit anderen Dingen beschäftigt. Diese Frau hatte ihn schamlos ausgenutzt! Gerade gut genug als Zeitvertreib war er gewesen, für Kino und Küßchen, bis sie endlich, irgendwo, den Mann ihrer Träume aufgeschnappt hatte! – Doch wer war dieser große Unbekannte, und wann war sie ihm begegnet? Hatte sie ihn schon vor längerem kennengelernt (was ganz gewiß der Fall war, in Anbetracht ihrer Launen), dann kam nur ein gemeinsamer Bekannter in Frage – Dieter etwa, oder Jochen. Oder aber – und nun konnte Thomas nur mit Mühe einen Aufschrei unterdrücken – Volker!
Plötzlich war er wieder hellwach, musterte sein Gegenüber mit scharfem Blick: Dieses Bübchengesicht mit dem blonden Dreitagebart, das sollte ein feuriger Liebhaber sein? Schwer vorzustellen, und doch ... all die gekünstelten Komplimente, die schmierige Freundlichkeit, die Schwärmerei von der neuen (will sagen: von *seiner*) Marion ... Ein Hans-Dampf-in-allen-Gassen wie Volker, der vorgab, nichts von der Trennung zu wissen ... Verdächtig war das – ach was, es war verräterisch! Nein, es konnte keinen Zweifel geben: Er, Thomas, saß hier Marions Bettgefährten gegenüber, ließ nun schon seit einer vollen Stunde die schamlosesten Demütigungen über sich ergehen, konnte sich schon ausmalen, wie sich die beiden gleich vor Lachen ausschütten würden über ihn, den Deppen ... Bevor er es verhindern konnte, hörte er sich mit fremder, tonloser Stimme sagen: »Du widerst mich an!« und er erhob sich, warf sich den Rucksack über den Rücken und schritt davon, ohne Volker eines weiteren Blickes gewürdigt zu haben.

8. Kapitel,

in dem Marion Schümer das Verhältnis zu ihrer Assistentin neu definiert

Mittwoch, den 10.9.

In Minuten der Schwäche befürchte ich, daß mir hier alles über den Kopf wächst. Meine Lage ist verzwickt: Die Sache mit Thomas ist gescheitert (und das, obwohl ich mich die meiste Zeit über nach bestem Wissen bemüht habe!), die Experimente laufen schlecht, ich leide unter Schlafstörungen und Nervosität. Schuld daran, denke ich, ist die Art und Weise, wie *die Horde*, wie ich sie nenne, mit mir umgeht. Was meine Einstellung zu diesem groben Volk angeht, bin ich mittlerweile einen entscheidenden Schritt weiter: Ich habe eingesehen, daß es einem kultivierten und gefühlvollen Menschen wie mir auf ewig verwehrt bleiben wird, ihre Gemeinheiten und ihr abstoßendes Gehabe nachvollziehen zu können – uns trennen Welten! Darum habe ich beschlossen, nicht mehr länger über sie nachzudenken.
Was die übrigen, oben erwähnten Probleme betrifft, so will ich auch weiterhin versuchen, einen klaren Kopf zu bewahren (hier der Grund, weshalb ich mir die Mühe einer Aufzeichnung mache).
Da wäre zum einen die Affaire mit Thomas: So fade und unbefriedigend war unsere Beziehung am Ende geworden, daß mich unsere Trennung zutiefst erleichterte. Es kann darum nicht angehen, daß ich sie nun, in Momenten der Schwäche, als Scheitern definiere und mir vormache, mit Thomas sei mein letzter Halt im Ringen um ein *normales* Leben verloren gegangen.
Was meine Experimente betrifft, so will ich mir in Zukunft noch deutlicher vor Augen halten, daß verstärkter Arbeitseinsatz die einzig angemessene Reaktion auf eine Reihe von Negativergebnissen darstellt.
Als letztes möchte ich auf meine Überreiztheit eingehen. Meine Empfindlichkeiten werden ganz gewiß ein Ende haben, wenn es mir gelungen ist, mein Leben wieder in feste Bahnen zu lenken – ein Ziel, dem ich mit jedem Tag näher-

komme. Im übrigen bin ich geradezu stolz darauf, wie gut ich meine Krise meistere: Täglich tauchen neue Irritationen auf, Dinge, die mir bislang gleichgültig waren, erfüllen mich plötzlich mit Widerwillen oder mit einer rauschhaften Begeisterung – ein backfischhaftes Benehmen, um ehrlich zu sein –, und trotz allem behalte ich die Nerven. Ist es mir dann gelungen, eine solchen Anfall von Hysterie niederzuringen, so bleibt üblicherweise nur ein Gefühl der Verwunderung (schlimmstenfalls aber eine leichte Erschöpfung) zurück, und ich kann wie gewohnt mit meinem Tagwerk fortfahren. Meine Erfahrung hat mich gelehrt, daß es sich hierbei günstig auswirkt, den nervösen Intentionen ein Stück weit nachzugeben, anstatt sie im Keim ersticken zu wollen.

Ein schönes Beispiel hierfür ist die Proteinanalyse vom Montag. Aus Gründen, die ich im nachhinein schwer nachvollziehen kann, empfand ich plötzlich eine heftige Abneigung gegenüber meinem Mitarbeiter Emil Engel – im einzelnen glaubte ich mich von der kriecherischen Art, mit der er mir begegnet, provoziert, vom Anblick seiner dünnen, haarigen Waden und von seiner Humorlosigkeit –, der mir bei der anstehenden Analyse seine Mitarbeit anbot. Doch anstatt mich zu zwingen, meinen Aversionen zum Trotz seine Hilfe in Anspruch zu nehmen, erklärte ich freundlich, aber bestimmt, ich hätte bereits meine T.A., Frau Sölter, für die Versuche eingeteilt. Dies kann nur dann als Lüge bezeichnet werden (denn in Wahrheit hatte ich nichts dergleichen mit Bettina vereinbart), wenn man davon ausgeht, daß ich meinen Mitarbeitern gegenüber zur Wahrhaftigkeit verpflichtet bin – eine Auffassung, die ich mitnichten teile. Vielmehr bin ich der Ansicht, daß ein gewisses Maß an Exzentrik, an Unlauterkeit meine Autorität eher bestärkt als gefährdet. Auch am vergangenen Montag zeigte mir ein Gefühl tiefer Befriedigung, kaum, daß ich Emil zurückgewiesen hatte, daß ich mich richtig entschieden hatte.

Nebenbei bemerkt, hatten mich nicht nur taktische Gründe zu meiner Entscheidung bewogen, sondern auch das Interesse, das Bettina Sölter, früher eher arbeitsscheu, in neuester Zeit meiner Forschung entgegenbringt, und das mich insgeheim mit Stolz erfüllt, ist es doch ein klarer Beweis für mein Talent, auch den trägsten meiner Mitarbeiter zu motivieren. So beschloß ich an jenem Montag, den Grad ihrer Verwandlung auf eine Probe zu stellen. Ich würde meine Analyse dahingehend verschieben, daß sie in den späten Nachmittag reicht – eine Zeit also, in der Bettina längst frei hatte, und dann ihre Reaktion abwarten, wenn ich sie um ihre Mitarbeit beten würde. Auch wenn sie sich im Rahmen ihrer Dienstzeiten mühte, mir möglichst oft zur Hand zu gehen – war es ihr meine Sache sogar wert, auf freie Stunden zu verzichten? Und, falls ja, war sie dabei nur an meiner Forschung interessiert, oder lag ihr auch an dem Zwischenmenschlichen, an einer fruchtbaren Harmonie zwischen dem, der anordnet, und dem, der die Anweisungen ausführt?

Die prickelnde Spannung, die von diesem kleinen psychologischen Experiment ausging, ließ mein Interesse an allem schrumpfen, was nicht unmittelbar mit dem von mir geplanten Versuch zu tun hatte. In Anbetracht meiner Angespanntheit entschloß ich mich, einen Termin mit Professor Wild kurzfristig abzusagen (was ich auch heute noch für eine weise Entscheidung halte, konnte ich doch so verhindern, mir aus schierer Zerstreutheit eine peinliche Blöße zu geben).

Bei der praktischen Arbeit hingegen spornte mich meine Nervosität zu ungeheurem Eifer an – ein gutes Zeichen, denn die Mißerfolge der letzten Wochen hatten dazu geführt, daß mir Versuchsaufbauten jeder Art ein Greuel waren. Wie sehr genoß ich unter diesen Umständen den Elan, mit dem ich am Montag (wieder ganz die Alte!) die geplante Analyse vorbereitete, mit dem ich Titrierpläne erstellte, Nährplatten zusammensuchte und Zentrifugenplätze reservierte!

Doch welcher Zeitpunkt war wohl geeignet, Frau Sölter um ihre Mitarbeit zu bitten? Am liebsten hätte ich ihr natürlich geradeheraus die alles entscheidende Frage gestellt, doch

wäre das zweifellos unklug gewesen. Noch war Montag vormittag, meine Assistentin drohte in Arbeit zu versinken, und ganz gewiß hätte sie mein Angebot aus schierer Überlastung abschlägig beantwortet. Kein Risiko, das ich eingehen durfte – nicht, daß ich Angst vor einer Absage gehabt hätte, doch sollte sie zumindest Ausdruck der Überzeugung und nicht einer indifferenten Laune sein.
Also zwang ich mich zur Geduld und wartete.
Nebenbei behielt ich meine Assistentin im Auge, unauffällig, und versuchte zu erraten, wie weit ihr Tagwerk schon gediehen war. Um halb zwei – sie war bereits mit den Pipetten und mit dem Abwiegen fertig – schien mir der rechte Zeitpunkt für meine Frage gekommen zu sein. Doch eben als ich sie ansprechen wollte, sah ich, wie sie eine Mineralsalz-Lösung anzurühren begann, eine Arbeit, die ihr bekanntlich zuwider war. Nun, da ich bei Bettina alle Anzeichen der Gereiztheit erahnte, beschloß ich, weitere eineinhalb Stunden auszuharren.
Das Warten als solches ist mir verhaßt, ob auf Busse, Straßenbahnen oder Telefonanrufe. Um mir die Zeit zu vertreiben, schminkte ich mir auf der Damentoilette die Lippenränder nach, untersuchte meine Fingernägel auf Lackkratzer und räumte meinen Laborschrank auf, danach polierte ich meine Reagenzgläser nach und toupierte mir die Haare.
Ein prüfender Blick in den Spiegel zeigte eine durchaus angenehme Erscheinung. Ich nickte mir zufrieden zu. Es war unsinnig und arrogant gewesen, meinem Äußeren so wenig Beachtung zu schenken, wie ich es in der Vergangenheit getan habe. Es gab Leute, die Gefallen an mir als Frau gefunden hatten, und sie hatten mich gerührt. Wenn ich es recht betrachte, haben die derben Rufe und Komplimente der Motorradfahrer mich tiefer bewegt als so manches wissenschaftliche Lob aus professoralem Munde. Ich hatte das Gefühl, es lohnte sich, diese kleinen Verschönerungen an mir vorzunehmen. Irgendwie würde es sich auszahlen, vielleicht schon bald ...

Um drei Uhr schließlich nahm ich all meinen Mut zusammen.

Ich sollte vielleicht an dieser Stelle erwähnen, daß Frau Sölter in letzter Zeit dazu neigt, vorlaut zu sein, vermutlich aus schierem Übereifer. Um diesem Verhalten vorzubeugen (gerade Mitarbeiter ohne akademischen Grad brauchen eine feste Hand!) kleidete ich mein Anliegen in folgende Worte: »Für die Proteinanalyse heute abend benötige ich noch eine Hilfskraft. Ihnen können die Überstunden doch eigentlich nur recht sein, Frau Sölter.«

Kaum hatte ich diese Worte ausgesprochen, wurde mir klar, daß ich einen Fehler gemacht hatte. Anstatt heiteren Gemüts zuzustimmen, starrte mich meine Assistentin schweigend und derart durchdringend an, daß mich ein Schauer der Betroffenheit überlief. Ihre Unverschämtheit (anstatt mir zu antworten, schürzte sie die Lippen und schnippste, wie um Herablassung zu demonstrieren, ein Plastikperlchen vom Tisch) irritierte mich derart, daß ich plötzlich das Gefühl hatte, nicht sie, sondern ich selbst hätte gegen alle Regeln der Etikette verstoßen. Als ob sie diese meine unvermittelten Bedenken ahnen würde, sprach meine Assistentin, Wort für Wort betonend: »Ihre letzte Bemerkung ist nicht richtig rübergekommen, Frau Doktor.«

Es war dies nicht das erste Mal, daß mich ihre Art zu reden an *die Horde* erinnerte, namentlich an die Arroganz, mit der die Frau namens Lilly meiner Person zu begegnen pflegte, und doch traf mich diese Erkenntnis so überraschend, daß ich einen Augenblick lang den Wunsch verspürte, mich mit flammenden Worten bei meiner Assistentin zu entschuldigen. In der Tat fühlte ich Schamröte in mir aufsteigen und sah mich genötigt, vor dem harten Blick meiner Assistentin den Kopf zu neigen – ein wenig souveränes Benehmen, das sich, falls überhaupt, nur mit meinem Zustand der Verwirrung entschuldigen läßt: Wie ich bereits eingangs erwähnte, habe ich es aufgegeben, die Erlebnisse mit der Horde verarbeiten zu wollen – und dabei in Kauf genommen, daß sich mir dann und wann Szenen ins Gedächtnis drängten, die ich nur allzu

gerne vergessen hätte, und zwar mit solch plastischer Wucht, daß ich mich geradezu körperlich bedrängt fühlte. So tauchte auch damals, bei meiner Unterredung mit Bettina, ein Bild vor meinem geistigen Auge auf, dem ich nicht gewachsen war – ich selbst, splitternackt auf einem Eisenrost, von fünf riesigen, mit animalischer Kraft erstarkenden Schäften umringt ... Doch ich zwang mich zur Ruhe, war ich doch, wie gesagt, solche Überfälle bruchstückhafter Erinnerungen gewohnt und hatte gelernt, daß sie, so man ihnen keine Bedeutung beimaß, rasch vorübergingen.
An jenem Montag jedoch wartete ich vergebens, ja, ohne daß ich es hätte verhindern können, wucherte die Irritation zu einer Wahnvorstellung aus. Ich mußte mitansehen, wie die Schäfte immer feister wurden, hörte die Anfeuerungsrufe und spürte immer deutlicher, wie sich die Gitterstäbe in meine Haut gruben – und zur gleichen Zeit nahm ich den spöttischen Blick meiner Assistentin wahr, sah ihren roten Sportwagen heimwärts über die Moselbrücke fliegen, wie immer um halb vier. Wenn Bettina mein Angebot ablehnte, würde ich den restlichen Tag ohne sie zubringen müssen, vor der Versuchsapparatur und vor dem Fernseher – eine Vorstellung, die mich mit einer grausigen Verzweiflung erfüllte. Ein Gefühl der Leere tat sich vor mir auf, von dem ich in letzter Zeit des öfteren heimgesucht werde und das keineswegs – wie ich eine Zeitlang angenommen habe – an die Person von Thomas gekoppelt ist. So bitter war mir zumute bei dem Gedanken, zurückgewiesen zu werden, daß ich beschloß, alles zu tun, was in meiner Macht stand, um die Gunst meiner Assistentin zu gewinnen.
Ich wurde mir dessen gewahr, daß Atemzug für Atemzug meine Brüste sich ihrem kritischen Blick entgegenwölbten (glücklicherweise hatte ich daran gedacht, die Hebe anzulegen) und schloß die Augen, konzentrierte mich darauf, wie Bettina schweigend dastand, so nahe, daß sie mich hätte berühren können, sich mit einem feinen Lächeln an meiner Verlegenheit weidete, an dem leichten Zittern meiner Oberschenkel, wo über dem Spitzenrand der Strümpfe der

Schweiß klebte. Mit einem Mal bildete ich mir ein, sie wüßte um die Demütigungen, die ich erlitten hatte, um alles, was mir bei der Horde widerfahren ist – und sie käme soeben zu dem Schluß, daß eine Züchtigung mir gut zu Gesicht stünde. Wiewohl ich fühlte, daß es an der Zeit war, dem peinlichen Treiben ein Ende zu bereitigen, mit einigen knappen, wohlgesetzten Worten meine T.A. in die Schranken zu weisen, war mein Kopf wie ausgehöhlt, ja, es mangelte mir ganz an der Bereitschaft, meine Überlegenheit unter Beweis zu stellen. So öffnete ich die trockenen Lippen und sprach: »Ich bitte Sie, mein unhöfliches Verhalten zu entschuldigen, Frau Sölter.« – Nun war es heraus! Und im gleichen Augenblick war ich mir sicher, richtig gehandelt zu haben – auch und gerade eine Chefin ist den Regeln der Höflichkeit verpflichtet.

Mit dem Entschuldigen indes habe ich schon immer meine Probleme gehabt, und ich hatte sie auch jetzt: Mein Herz raste, die Kniekehlen zitterten, ich fühlte mich weich und nachgiebig – aber auch beschwingt von meiner mutigen Tat. Wenn ich so weit gegangen war, dann konnte ich getrost den letzten Schritt wagen, schließlich wußte ich, was zu tun war ... Ich strich mir die Haare aus der feuchten Stirn, schaute meiner Assistentin fest in die hellgrünen Augen und sagte: »Frau Sölter, ich bitte Sie inständig darum, mir heute abend behilflich zu sein.« Um ganz sicher zu gehen (ich hasse es, wenn meine Pläne durchkreuzt werden), fügte ich hinzu: »Mir ist sehr daran gelegen.«

Daß mein letzter Satz einem Bekenntnis der Unterlegenheit gleichkam, fiel mir erst auf, als ich ihn ausgesprochen hatte. Bettina lächelte liebenswürdig und flötete: »Aber natürlich, Frau Doktor – wenn Ihnen das so wichtig ist ...«, während mir erneut die Schamesröte ins Gesicht stieg: Was war bloß in mich gefahren, meine Angestellte derart zu umbuhlen? Verlegen schob ich den rechten Fuß vor, spürte die schweißnassen Schenkel sich aneinander reiben und murmelte: »Vielen Dank, Frau Sölter.«

Und in der Tat, insgeheim war ich freudig gerührt von so viel bereitwilligem Arbeitseifer. Aber welchen Grund mochte es wohl geben für Bettinas Verwandlung, und inwiefern hatte sich ihre Arbeitseinstellung geändert? Ich ließ meine Assistentin keinen Moment lang aus den Augen, konnte aber nichts Auffälliges an ihr entdecken: Sie verteilte dicht an dicht Petrischalen auf dem Tisch und machte sich daran, jene zu beschriften, wobei sie ihre Arbeit keinen Deut sorgfältiger oder eifriger verrichtete als üblich. Achselzuckend wandte ich mich von ihr ab und machte mich daran, Glasstäbe zu erhitzen, um sie dann, wenn sie weich geworden waren, zu feinen Spitzen auszuziehen. Als das vierte Stäbchen unter meinen Händen zersprang, gab ich auf. Wingradzky-Röhrchen sind teuer, und was meine Feinmotorik betrifft, so mag sie gute und schlechte Tage unterscheiden; schon morgen würde womöglich ein guter sein.

Nach einer Weile arbeitete Bettina unter der Sterilbank weiter. Hinter der Trennscheibe huschten ihre schlanken, üppig beringten Hände bald hierhin, bald dorthin, flämmten Spatel ab, strichen Kulturen aus, stocherten in Zentrifugen-Röhrchen. Dann und wann erhob sie sich, um Plattenstapel zum Brutraum zu tragen, schleppte andere vom Kühlraum herbei – und all das, ohne mich eines einzigen Blickes zu würdigen.

Ich war enttäuscht. Sicher hatte ich insgeheim gehofft, bei meiner Assistentin auf ein wissenschaftliches Interesse zu stoßen, vielleicht damit gerechnet, daß Bettina mich nach den Hintergründen meiner Experimente fragen würde, nach den Verwendungsmöglichkeiten unserer Ergebnisse ... Mittlerweile war es viertel nach sieben.

Ich begann mich zähneknirschend mit dem Gedanken anzufreunden, daß dies ein zwar langer, aber dennoch ereignisarmer Arbeitstag werden würde, als sich meine Assistentin mir zuwandte und ich unwillkürlich zusammenschrak.

»Möchten Sie, daß ich die Eisenbakterien mit ausstreiche?«

Ich seufzte. »Ja, bitte«, und Bettina arbeitete weiter.

Langsam, aber sicher begann ich mich zu ärgern. Wie war es albern von mir gewesen, diesem Arbeitsbienchen einen

Forscherdrang unterstellen zu wollen! »Und was ist mit der Kontrolle, zwei oder drei?« wurde ich gefragt und knurrte »zwei«.
Bettina beugte sich nach vorne, nahm ein Röhrchen mit Bakteriensuspension aus dem Ständer und begann, mit einem sterilen Zahnstocher darin herumzurühren. Da passierte ein Mißgeschick, das ich mir nur mit grober Unkonzentriertheit erklären kann – oder aber mit Mutwilligkeit: Eines der Röhrchen landete in hohem Bogen auf den Boden, sprang auf, spuckte ein kleines Pfützchen über das Linoleum und kullerte unter den Kühlschrank.
»Heben Sie das auf, ich kann g'rade nicht«, hörte ich meine Assistentin sagen, und wie um mir zu beweisen, daß ihre Arbeit keinen Aufschub duldete, hob sie nicht einmal den Kopf dabei.
Und warum hätte ich hätte ihr diesen Wunsch verweigern sollen? In einem guten Labor wäscht eine Hand die andere. Ich kniete nieder, duckte mich flach auf den Boden: Dort hinten, fast schon an der Wand, da lag das offene Röhrchen. Ich würde mich ganz schön strecken müssen, es zu erwischen, um besten bäuchlings auf den Boden legen ... Und eben in jenem Augenblick kamen mir die ersten Bedenken: Wem um alles in der Welt war mit einem leeren, unsterilen Gefäß gedient?
Verunsichert warf ich einen Blick über die Schulter, und was ich da erblickte, ließ mich zusammenzucken. Meine Assistentin hatte sich rittlings auf den Hocker geschwungen, sog genüßlich an einer Zigarette (in einem Labor der Sicherheitsstufe zwei!) und betrachtete mich mit unverhohlenem Interesses.
Ich war derart irritiert von diesem Gehabe, daß mir ein warmer Schauer über die Brüste lief. Auch war mir auf einmal so angenehm zumute, als sei mir durch die plötzliche Aufmerksamkeit das schönste Lob zuteilgeworden, und nur mit Mühe konnte ich mir ein dankbares Lächeln verkneifen. Gebannt starrte ich meine Assistentin an, sah sie mit geschlossenen Augen den Rauch ausblasen, in dieser Geste lag so viel Stolz, so viel kühle Überlegenheit, daß mein Herz einen Sprung tat. Ich kam mir plötzlich sehr schön und wichtig vor,

unter ihrem wachen Blick, bildete mir ein, gesehen zu haben, wie ihre halboffenen violetten Lippen leise gebebt hatten. »Frau Doktor ... holen sie das Röhrchen – für mich«, raunte sie mit dunkel lockender Stimme, und in der Tat, mich durchfuhr eine tiefe Sehnsucht, mich ihrer Aufmerksamkeit würdig zu erweisen. Einem plötzlichen Impuls gehorchend, schob ich mich mit den Brüsten über den Boden, das Rückgrad fest durchgebogen – und schon traf mich eine der unvermittelten, bruchstückhaften Erinnerungen, von denen schon eingangs die Rede war. Ich vermute, der Grund hierfür wird meine Körperhaltung gewesen sein – mit hochgerecktem Hinterteil am Boden kniend –, oder aber die Gewißheit, begafft zu werden. So plastisch kamen mir meine Erlebnisse bei der *Horde* in den Sinn, daß ich selbst die Schnitte der Scherben auf Handflächen und Knien zu spüren glaubte – keine Frage, ich war schon wieder in eine mißliche Lage geraten, und das Wissen um meine Bedrängtheit ließ mich laut aufstöhnen. Um mich zu beruhigen, führte ich mir vor Augen, was meine jetzige Situation von der in der Reithalle unterschied: Ich hatte es diesmal nicht mit allerlei grobem Volk zu tun, sondern nur mit meiner Assistentin (ein Gedanke, der seine beruhigende Wirkung verfehlte), auch war ich nicht nackt. Doch merkwürdig, trotz meiner Kleider kam mir mein körperliches Befinden plötzlich so stark zu Bewußtsein, als gäbe es die schützenden Hüllen gar nicht, als ruhte Bettinas gleißender Blick auf meiner bloßen Haut. Die schweißnassen Leisten kribbelten unter dem Leinenstoff, die Brustknospen ballten sich fest und kitzlig unter der Bluse – alles in allem keine Empfindungen, die dazu angetan waren, mich in Sicherheit zu wiegen, und seufzend beschloß ich, keine weiteren Gedanken an meine Kleider zu verschwenden, sondern lieber, so gut ich es vermochte, Bettinas Wunsch nachzukommen.

Zwischen Kühlschrank und Fußboden waren zwei Handbreit Platz, am besten würde ich mich bäuchlings auf den Boden pressen. Kaum hatte ich mich so ein Stück weit vorgeräkelt, als meine Pobacken heftig zu glühen begannen – ein Gefühl,

dem ich keine Beachtung schenkte, denn ich war mit anderen Dingen beschäftigt: So sehr ich mich auch reckte, es gelang mir nicht einmal, das Röhrchen mit den Nägeln zu berühren. Mir kam der häßliche Verdacht, meine Assistentin könne schon längst ungeduldig geworden sein, könne jeden Augenblick an mich herantreten, um mich mit derben Worten und groben Taten ihr Mißfallen spüren zu lassen. Doch bevor ich diese Gedanken weiter verfolgen konnte, fiel mir auf, daß frische kühle Luft über meine feuchten Oberschenkel strich (wie lange schon?), sehr weit hoch, bis zum Gesäß – mein Leinenrock war hochgerutscht, und hier lag auch das Glühen und Prickeln meiner Pobacken begründet.
Ich stellte mir vor, wie Bettina sich bei diesem Anblick interessiert nach vorne gebeugt haben mochte – und interessiert war sie gewiß –, und erschrak bis ins Mark. Doch was sah sie schon, diese freche Person? Einen breiten, golddurchwirkten Spitzenrand, zwei brokatbesetzte Strapsbänder, die sich mit feinem Druck in die bloßen Schenkel gruben ... in prächtige Schenkel! Ich hatte sie am Morgen noch gebürstet, bis sie rosig glühten, mit kühler Creme behandelt, bis sie weiß und fest waren wie Kokosfleisch ... Ja, auf diese Schenkel konnte ich stolz sein, und ich sollte mich glücklich schätzen, eine Betrachterin gefunden zu haben. Ein Anflug von Strebsamkeit zwang mich, die Beine weit zu grätschen, wobei es mich wenig überraschte, daß der Rock noch ein Stück weiter hochrutschte, mich auf die Seite zu rollen und, die Wange auf die Erde gepreßt, weiter nach dem Röhrchen zu hangeln. So eifrig mühte ich mich, den Busen gequetscht, die Pomuskeln zuckend, daß ich vor Anstrengung laut vernehmlich zu keuchen begann, und bekam irgendwann, nach endlos langer Zeit, das kleine Gefäß zu packen.
Schwer atmend rutschte ich zurück auf die Knie und wagte erst nach einer Weile der Sammlung, den Blick zu meiner Assistentin zu erheben.
Bettina hatte die Arme über der Lehne verschränkt, den Kopf schiefgelegt, und grinste mir ins Gesicht. Ich wünschte mir mit einem Mal, sie sei dezenter geschminkt, die

Lippen nicht gar so dunkel violett, die Wangenknochen nicht von eben solchen weinroten Schatten betont, wie sie mir auch bei der Frau namens Lilly aufgefallen waren. Ihre Augen glommen auf eine ungute Weise, höhnisch, wie mir schien, und ihre Lippen formten langsam die Worte: »Sie können es jetzt wegwerfen, Frau Doktor.«
Ich starrte sie an, vor Empörung erstarrt, und spürte, wie meine Rechte, die immer noch das alberne, leere Gefäß hielt, zu zittern begann. Tränen der Scham stiegen mir hoch, so als sei es nicht das Röhrchen, sondern meine eigene Person, die plötzlich nicht mehr erwünscht war, und wie ich nun immer noch unschlüssig dastand, langsam ein Gefühl von Trotz in mir aufkeimen fühlte, sah ich Bettina Sölter drohend die feinen, schwarzen Brauen heben. Beim Anblick ihrer bleichen, aristokratischen Züge, die sich soeben anschickten, kalten Zorn zum Ausdruck zu bringen, befiel mich ein heftiges Frösteln, und ich hörte wie aus weiter Ferne Lillys Stimme sagen: »Ey, du Dreckstück, soll ich dir Beine machen?«
Auf weichen Knien stolperte ich in Richtung Abfalleimer, und es kam mir ein beunruhigender Gedanke: Wenn schon ein Brauenzucken genügte, um jeden Mut zum Widerwort zu ersticken, was wäre dann die Folge gewesen, wenn ich es allen Ernstes gewagt hätte, eine Weigerung auszusprechen? Unaussprechliche Strafen hätten mich erwartet, so schreckliche Sanktionen, daß ich sie zwar nicht benennen, mir wohl aber eine Vorstellung von ihrem Ausmaß machen konnte – ein Gedanke, der mich nicht allein mit Angst, sondern ebenso mit einer vagen Faszination erfüllte, denn im gleichen Atemzug, da ich meiner Assistentin eine schreckliche Form der Macht eingestand, wuchs mein Begehren, sie meinen Respekt spüren zu lassen. Doch mitten in diesen Grübeleien fiel mir ein, daß mein Rock wo weit hochgerutscht war, daß man bald die Pobacken sehen konnte. Ich packte an den Saum und hörte sogleich Bettina sagen: »Lassen Sie nur, Frau Doktor. Sieht doch *scharf* aus! Mir gefällt das.«
Und wieder hatte sie ein Wort gebraucht, das mich an die Horde erinnerte! Schon hörte ich im Geiste die Meute joh-

len, unflätige Bemerkungen ausstoßen, sah, wie ich mir mit keckem Hüftschwung die Kleider vom Leib strich, wie ich genießerisch die Brustknoten zwirbelte ... Um mich von diesen erschütternden Erinnerungen abzulenken, überlegte ich mir, was für ein Bild ich wohl bieten würde, als ich nun langsam zum Mülleimer schritt. Ich stellte mir vor, wie Bettina meine Gesäßbacken begutachten würde, die ich unter dem Wollstoff schwingen fühlte, wie sie begehrlich den dunklen Spalt zwischen meinen Schenkeln mustern würde, und fühlte ihre Blicke feucht und kühl wie kleine Schlangen in das Dunkel schlüpfen.

Schauer der Genugtuung jagten durch meinen Körper, mir war ganz zitterig zumute vor Begehren, mich ihrem heimlichen Drängen zu öffnen. Entschlossen packte ich den Leinenrock und schob ihn hoch, bis zur Taille. Bitteschön – jetzt prangten die saftigen Backen im Neonlicht! Das ließ meine Assistentin die Augen aufreißen, da stand ihr ganz gewiß das Brombeermündchen vor Staunen offen ... Daß solch ein wundervoller Hintern verpflichtet, lag auf der Hand: Ich atmete flach, hielt Kopf und Rückgrad kerzengerade und tippelte possierlich, auf schwankenden Fesseln, zum Treteimer und wieder zurück.

»Schöön – ganz ausgezeichnet, Frau Doktor«, lobte meine Assistentin und fuhr fort: »Und jetzt wischen Sie noch den Boden auf. Wenn das erst mal festgeklebt ist, hab' ich morgen die doppelte Arbeit!«

Den Boden aufwischen? Ich, Frau Doktor Schümer, auf Geheiß meiner Assistentin, die – das möchte ich ausdrücklich betonen – nicht einmal ein Abitur besitzt?! Das war doch lächerlich! Als ich eben damit beschäftigt war, mir die ganze Absurdität meiner Lage vor Augen zu halten, wurde ich auf ein festes Pochen zwischen meinen Schenkeln aufmerksam, und ich stutzte. Mir war, als rinne ein feines, feuchtes Fädchen an meinen Oberschenkeln hinab ... »Und stopfen dir die Fotze voll, bis sie überläuft«, hörte ich Lilly sagen. Das Blut schoß mir in den Kopf, ich starrte Bettina entsetzt an, versuchte zu erraten, ob sie vielleicht etwas von dem peinlichen (und für mich selbst unerklärlichen) Zwischenfall mitbekommen hatte, doch ihr war nichts dergleichen anzusehen. Wollte ich auch weiterhin meine Misere vor ihr verborgen halten, so mußte ich es mir versagen, die feuchte, kühle Bahn mit der Hand abzuwischen, und ich mußte versuchen, meine Assistentin abzulenken. Und was bot sich als Ablenkung mehr an, als unverzüglich ihrem Befehl nachzukommen? Denn daran, daß ich ihr gehorchte, schien ihr wahrlich gelegen zu sein, das sagten mir ihre weich glänzenden Augen, die Art und Weise, wie sie sich mit dem Busen gegen die Stuhllehne lehnte und sich mir entgegenbeugte, und auch ihr Atem, der mit einem Mal so schwer ging, daß ich ihn, wenn ich mir ein wenig Mühe gab, sehr wohl hören konnte. Ohne daß ich es mir erklären kann, ließ diese Anteilnahme mir etwas wie einen sanften Schreck in die Glieder fahren (ein alberner Ausdruck, ich weiß, aber er beschreibt noch am ehesten das Gefühl, das ich damals empfunden hatte und das ich mir seither noch viele Mal, wohl, um es in seiner ganzen Wunderlichkeit zu studieren, in Erinnerung gerufen habe), die Knie knickten mir ein, ohne daß ich es hätte verhindern können, und ich rutschte mit einem Seufzer der Erlösung zu dem kleinen Pfützchen hin. Dort begann ich mich an die Arbeit zu machen, und je intensiver ich mich mit dem Geschmier aus halbtrockener Suspension, Staub und altem Unrat beschäftigte, um so mehr wuchs in mir ein seltsamer Eifer, der sich schließlich nachgerade zur Besessenheit steigerte. Die Beine weit gegrätscht, die Brüste baumelnd, scheuerte ich laut keuchend den Boden als gelte es mein Leben, rutschte auf allen Vieren zu älteren, festgekrusteten Flecken hin, speichelte sie ein und begann, sie mit den Fingernägeln abzukratzen. Noch heute kann ich mich daran erinnern, wie mich Wellen des Ekels durchliefen, sobald ich den weichen, klebrigen Unrat sich unter meine Nägel schieben fühlte, und wie mich darauf ein Gefühl tiefer Hilflosigkeit durchzuckte, das mich so wirr stimmte, daß es mir fast wie eine Form von Freude vorkam und mich dazu trieb, mit Argusaugen nach dem nächsten Fleck Ausschau zu halten.

Ich muß bekennen, daß ich mir auf mein Verhalten nur schwerlich einen Reim machen kann. Wiewohl es zu den Pflichten einer Laborleiterin gehört, auf Hygiene zu halten, mein Bemühen um Sauberkeit also durchaus seine Berechtigung hatte, erstaunt mich der seltsame Rauschzustand, in den ich durch den Akt des Reinigens versetzt fühlte. Die völlige Losgelöstheit und der unverhohlene Stolz, von der sie begleitet war (und der sich höchtens mit dem Genugtuung vergleichen läßt, die ein überraschender Versuchserfolg auslöst), weckt in mir den unschönen Verdacht, daß ich vielleicht, ohne mir dessen bewußt zu sein, unter einer spezielle Form der Putzneurose leide – ein unangenehmer Gedanke, gewiß, aber wenn dem so ist, so werde ich den Dingen ins Auge sehen müssen. Ich werde gleich morgen damit beginnen, Reizkonstellationen (also grobe Verunreinigungen, wie sie sich in den schwer zugänglichen Winkeln unseres Labors oder unter den Regalen ansammeln können) zu beseitigen. Denn ich bin davon überzeugt, daß sich, wenn mich nichts mehr an meine kleine Schwäche gemahnt, das Problem ganz von selbst bereinigen und es mir wieder möglich sein wird, ruhig und ungestört meiner Arbeit nachzugehen.

Nachdem ich das Aufwischen beendet hatte, war Bettina freundlich und zuvorkommend wie immer. Sie bot mir an, den Rest der Arbeit alleine zu machen, was mir sehr gelegen kam. Tatsächlich fand ich am nächsten Morgen das Labor in einem tadellosen Zustand vor, und auch die Protokollführung gab keinen Anlaß zur Klage. Ich habe mir, von diesem schönen Verlauf unserer gemeinsamen Forschungen bestätigt, vorgenommen, Bettina öfter als bisher an meinen Experimenten teilnehmen zu lassen, zumal sie selbst sich aus ganzem Herzen über ihre Fortschritte freut: »Das wird immer besser, Frau Doktor, voll geil!« hatte sie mir am Montag abend nachgerufen – ein Bekenntnis, das Bände spricht.

9. Kapitel,

in dem Marion Schümer ihre Bekanntschaft mit der »Horde« intensiviert

An einem regnerischen Septembertag, einem Dienstag um 15.30 h, machte sich die Laborleiterin erneut auf den Weg zu der Reithalle. (Zu Anfang hatte Frau S. die Rocker stets am Wochenende aufgesucht. Dann war sie das erste Mal wochentags losgezogen, nach Feierabend, und hatte die alte Reithalle verlassen vorgefunden. Um eine Erfahrung reicher beschloß sie, ihre Besuche fortan auf den späten Nachmittag zu verlegen – auch wenn sie deshalb ihren Arbeitsplatz früher verlassen mußte als gewöhnlich.)
Als Frau S. die entlegene Halle erreicht hatte, beglückwünschte sie sich insgeheim zu der Souveränität, mit der sie auf Zehn-Zentimeter-Absätzen den glitschigen Feldweg gemeistert hatte: Grazil war sie um Lehmpfuhle herumgetippelt, den beigen Trenchcoat fest um die Taille gegürtet, war über den schmalen Kiesgrat entlang der überschwemmten Wiese balanciert und schließlich majestätisch über den knirschenden Sandplatz vor der Kuhweide geschritten. Da machte es ihr wenig aus, bis auf die Haut durchnäßt zu sein ...
Die triefenden schwarzen Strähnen klebten auf der Kopfhaut, die spärlichen Reste des Make-ups waren zu einer Maske verschwommen, das nasse Marmorgesicht von dick getuschten Wimpern und einem lackrot verschmierten Mund beherrscht. Unzählige Lehmsprenkel prangten auf dem eierschalfarbenen Mantel – und doch, so stellte die Wissenschaflerin zufrieden fest, hatte der Regen ihm gutgetan: Beinahe zärtlich ummantelte der nasse Stoff die Brüste, die Nippel stachen frech empor. (Längst hatte Frau S. einsehen müssen, daß andere Kleidungsstücke als Mantel, Strümpfe und Hebe bei ihren Besuchen nichts mehr als lästig waren.)

Es war ihr zur festen Gewohnheit geworden, den Mantel gleich nach Eintreten abzustreifen, und ebenso hatte sie sich an die erwartungsvolle Stille gewöhnt, die in diesem Augenblick herrschte. Gleich würde sie wieder mit bebenden Brüsten vor die anderen hintreten, man würde ihr befehlen, ihren Körper zu liebkosen oder ihn zu quälen, man würde sie peinigen und sich ihrer bedienen... Ein warmer Schauer rann ihren Rücken hinunter, als sie in die moderige Luft der Halle trat, ihr Herz tat einen Sprung, als sie die anderen dort hinten vor dem Stapel löchriger Matratzen stehen sah.

»Piiet!« kreischte ein flachsblondes Mädchen, das auf dem Stapel alter Paletten saß, kippte hinten über und fing wie wild zu gackeln an. Schon stürzte sich die ganze Meute auf sie, hin und wieder hörte man die Kleine japsen und in Stößen um Gnade flehen. Frau S. glaubte ihren Augen nicht zu trauen: Da lag das junge Ding, trug jetzt nur noch Lederjacke und Frotteeslip und strampelte verzweifelt mit den speckigen Beinchen.

Offensichtlich hatte man ihr Kommen nicht bemerkt. Ihr Stöckelschuh trat mit lautem Knirschen auf eine Blechdose, und prompt hoben die Rocker erstaunt die Köpfe. »Ey, die geile Zippe!« rief einer begeistert, »Whow, *das* sind erst mal Möpse!«, der zweite und ließ das Mädchen los, um sich die Stirn zu wischen. »Nix da, heut bin ich erster!« brüllte ein feister Backenbartträger, stieß die Kleine von sich weg und knurrte ihr zu: »Los, zieh dich an, du Schlampe!«

»Heh, ihr da!« Ein wenig abseits hockte Lilly auf einem Autoreifen, eine Dose Bier in der Hand. Beim Anblick der großgewachsenen Blondine zuckte Frau S. zusammen, empfand sie doch Erleichterung und Respekt zur gleichen Zeit. Das Bündel Stoff glitt neben ihren nackten Füßen zu Boden, und sie sog die Luft ein wie ein witterndes Tier. »Das mit der Kleinen wird zu Ende gemacht, Leute! Keine Faxen – Pitt, halt dich ran!« befahlt sie den Männern, die bereits einige Schritte auf die nackte Frau S. zugerückt waren.

Ein schmächtiger Blonder löste sich murrend aus der Gruppe, ging zurück zu dem Mädchen, das mit umschlungenen Knien auf den Paletten hockte, stieß sie nach hinten und drang in sie ein.

Frau S. schluckte.

Eine feine Gänsehaut zog über die puderduftenden Oberarme, an den sauber rasierten Schenkeln hoch, und die kirschroten Lippen begannen zu zittern. Einer der Rocker hielt dem Mädchen den Mund zu, ein anderer zog den weißen Slip herunter, so daß Frau S. für den Bruchteil einer Sekunde ein üppiges blondes Fellchen sehen konnte. Betroffen starrte sie auf ihre eigene Scham: nichts als milchweiße Haut und rosiges Fleisch, das einen Duft nach Walnüssen und rohem Teig verströmte ...

Das war mehr als unfair, das war gemein! Auf der Stelle würde sie sich ankleiden und nach Hause gehen!

Doch während sie den Mantel zu einem tropfenden Bündel zusammendrückte, fiel ihr Blick auf Lilly. Frau S. atmete scharf ein, zögerte kurz und trat mit pochendem Herzen näher. Doch Lilly schaute geradewegs durch sie hindurch, nahm einen Schluck Bier und gähnte, was die arme Frau S. so sehr irritierte, daß sie wie angewurzelt stehenblieb und langsam errötete ...

»Da sitz!« rief Lilly ihr zu und wies neben sich auf den Boden, wo sich unter einem herabhängenden Dachbalken eine große Pfütze gebildet hatte.

Ohne den Anflug eines Zögerns traten die zarten Füßchen mitten in die dunkelgrüne Lache. Frau S. hockte sich nieder, stützte die Hände auf, ließ sich in Zeitlupentempo auf die Seite fallen und saß zu guter Letzt mit beiden Pobacken im kalten Naß.

Beim nächsten Schluck Bier streckte ihr Lilly die Hand hin. Die Laborleiterin musterte mit schiefgelegtem Kopf die schlanken, honigbraunen Finger, die korallenroten Ovale der Nägel und das feine blaue Netz, das die Knöchel überspannte, beugte sich vor und begann, behutsam den Handrücken zu schlecken.

Der Mann, den sie Pitt nannten, begann nun laut vernehmlich zu stöhnen. Frau Schümer blinzelte zu dem Palettenstapel hin, sah, wie er mit animalischer Kraft in die Kleine stieß, hörte die hohen, spitzen Schreie ihrer Lust, und während sie mechanisch weiterleckte, spürte sie eine merk-

würdig lähmende Lustlosigkeit in sich aufkeimen, die ihr Angst machte und derer sie dennoch nicht Herr werden konnte. Ohne es zu wollen, sann sie über eine Möglichkeit aufzustehen und dieser unschönen Szenerie ein Ende zu bereiten nach, ohne damit Lillys Zorn zu erregen, und hörte im gleichen Augenblick eine samtweicher Stimme raunen: »Bist eine Feine ... So ein braves Lecktierchen.«
Diese Worte lösten eine Welle der Rührung, der tiefsten, unerkärlichsten Erschütterung aus. Die Laborleiterin schluchzte auf, so wunderbar weh war ihr zumute, und begann leise zu zittern. Es schien ihr, als habe sie sich schon lange Zeit, ohne sich dessen bewußt zu sein, nach diesen Sätzen gesehnt, und nun, da sie gefallen waren, kam sich Frau Schümer plötzlich sonderbar wund und auf eine beglückende Weise verletzlich vor.

Derweil schien Pitt ganze Arbeit geleistet zu haben, die Gruppe ließ das Mädchen nackt liegen und schlenderte, die Hände in den Hosentaschen, zu den beiden Frauen hin. Man zündete sich Zigaretten an und wohnte dem Schauspiel mit wachsender Ungeduld bei.
Die gehässige Lilly konnte es sich nicht verkneifen, den andern die Zunge herauszustrecken und gab sich erneut mit glücklichem Seufzen dem Schlecken hin.
Nach sechs Minuten und fünfundzwanzig Sekunden (wenn man Paules Armbanduhr glauben mag) zog sie die Hand zurück, um nach Rocker Jabman zu winken, und Frau S. riß überrascht die Augen auf. Leise schnaufend werkelte der stiernackige Jabman vor sich hin, kam näher und stellte mit lautem Platschen ein Gefäß in der Pfütze ab.
Umringt von Westernstiefeln und Turnschuhen beugte sich Frau S. über einen Blechnapf und runzelte die Stirn: Große grünbraune Brocken mit einem hellroten, übelriechenden Kleister vermengt – was mochte das bloß sein?
»Nur vom Besten, Pal/Pansen«, wurde sie von Lilly belehrt, »und damit's nicht so trocken kommt, hab'n wir noch'n bißchen Schweinsblut reingetan.«

Nach kurzer Überlegung entschied Frau S., das mit dem Blut sei gewißlich gelogen; und doch fühlte sie ihre Zunge immer dicker und pelziger werden.
»Hör zu. Du wirst hier nach Strich und Faden verwöhnt, ne«, fuhr Lilly, »aber dafür ...« – sie versetzte dem Napf einen Tritt, daß er hochhüpfte und schleimige Spritzer Marions Wange trafen – »wirst du was schaffen müssen, ist ja klar. Hör zu: Kein Maul voll kriegst du von dem Zeug, bevor du versprichst, daß du schön artig bist.«
Frau S. biß verzweifelt die Zähne aufeinander. Allein schon die Androhung, mit diesem stinkigen Brei gefüttert zu werden, hätte genügen müssen, um sie mit Abscheu zu erfüllen – mit nichts als Abscheu! Und doch ... Gerade eben, als sie sich ausgemalt hatte, wie ihre Zunge das hellrote Gel betastete, in dem Augenblick, als ihr Ekel am größten gewesen war, da war wieder dieses andere, namenlose Gefühl aufgetaucht, hatte sich stillschweigend zu dem Brechreiz und der Panik gesellt und sie mehr und mehr in Anspruch genommen. Ein merkwürdiges Interesse war es, der Drang, ihre Lage auszukosten, nicht nur durch bloßes Nachdenken, sondern durch Taten ... Aber noch bevor sie dazu Stellung nehmen konnte, hatte Lilly weitergeredet: Dieses widerliche Zeug sollte sie nicht nur essen müssen, sie sollte es sich auch noch verdienen ...? Diese Leute waren ja von Sinnen!
Frau S. starrte den Blechnapf an. In den Vertiefungen zwischen den Brocken sammelte sich hellroter Schleim, und nur, was er benetzte, glänzte moosgrün. Die Ecken der Brocken hingegen waren mit einer rissigen dunkelbraunen Haut bepanzert.
Frau S. malte sich aus, wie ihre Zähne diese Haut zum Platzen bringen würden, wie die Zunge in das weiche Innere fahren würde, und ihr Magen krampfte mit einem dumpfen Schmerz zusammen. Ihr Blick fiel auf die schwarzen Häufchen hier und da in den Kuhlen, zerquetschten Nacktschnecken gleich, und unter ihrer Zunge schoß der Speichel hervor, ließ sie schlucken und würgen: Das waren Blutgerinnsel, klar! Sie beugte sich nach vorne

und schnüffelte vorsichtig – war da eben der Geruch von altem Blut gewesen?
Ein Lackstiefel kickte den Napf viele Zentimeter weit durch das spritzende Wasser.
»Was hab' ich dir gesagt?« Selten zuvor hatte Lillys Stimme so zornig geklungen, doch Frau S. verharrte regungslos. Der süßliche Geruch hatte bei Frau S. das ausgelöst, was sie selbst als *Irritation* bezeichnete: Die verschiedensten Fakten schwirrten durch ihren Kopf wie Perlen einer zerrissenen Kette – Schweineblut zu lecken war nicht lebensgefährlich; der Brechreiz war schier unerträglich; man hat schon von Bettlern gehört, die Hundefutter essen; was von ihr verlangt wurde, kam einer namenlosen Entwürdigung gleich – alles von dem wichtig und nichtssagend zur selben Zeit, ein in sich geschlossenes Wirbeln wie eine Schneeglocke aus Kindertagen. Den Brei hier zu lecken, hieß allen Unrat der Welt in sich aufnehmen, eine schreckliche Grenze überschreiten: Nur dieser Gedanke war von Bedeutung! Frau S. fühlte ihren Körper dahinfließen, die Schenkel klebrig werden, die Lenden warm und weich und die Haut immer dünner, eine Meduse von traumhafter Schönheit, die, von einem Nadelstich getroffen, in dem Ekelhaften zerfließt, das sie umgibt ...
Die kirschroten Lippen zitterten so sehr, daß sie Mühe hatte, die Worte hervorzustoßen: »Macht alles mit mir, was ihr wollt.«
Diese Worte, kaum ausgesprochen, schlugen auf sie nieder wie ein unsichtbarer Hammer, preßten die Luft aus den Lungen und trieben ihr den Schweiß aus den Poren. Sie stöhnte laut auf vor Wonne, wippte mit den Pobacken, krallte nasse Steinchen zusammen und fuhr sich mit der Zunge über das Kinn.
»Okay. So ist's fei.«, lobte Lilly spöttisch und schob Frau S. den Napf unter die Nase. »Da, laß dir's schmecken.«
Der Kreis der Westernstiefel und der Turnschuhe zog sich enger zusammen. Vornüber geneigt, mit gereckten Hälsen, betrachteten die Rocker die schlanke Frau zu ihren Füßen,

die sich langsam immer tiefer über den Napf beugte, und Paule rief: »Vorsicht, heiß unn feddich!«
Lilly warf ihm einen bitterbösen Blick zu, doch Frau S. schien ihn nicht einmal gehört zu haben. Viel zu sehr war sie mit dem Napf beschäftigt – tatsächlich, die ledrige Haut leistete ihren Zähnen nicht den geringsten Widerstand, das glibberige Innere schmeckte atemberaubend intensiv nach ... ja, woran erinnerte sie dieser Geschmack bloß? Als Anwort ließ ihr Gehirn sie ein Knacken hören, ihre Finger auf kühles, dünnes Metall fassen, zeigte ihr Bilder von gelblichem Gekröse, das von zwei riesigen Nadeln zerrupft wurde ... Richtig, die Schabe! Morphologische Zoologie, drittes Semester, eine längst vergessene Zeit – vergessen bis auf dieses Knacken, und auf den schrecklichen Gestank von fünfzig fetten Riesenschaben, fünfzig zerschnittenen Panzern und fünfzig aufgequollenen Fettkörpern ... Sie hatte sich auf der Damentoilette übergeben und die Abschlußklausur geschwänzt, aus Angst vor der Präparationsaufgabe. Diese Leute hier hatten sie in den Krallen, wußten offenbar um ihre geheimsten Ängste ... Frau S. schlang das Futter in sich hinein wie eine ausgehungerte Katze, mit langer rosiger Zunge und vorstehenden Rippen, die Brüste baumelten inbrünstig hin und her und in den glattrasierten Armbeugen stand der Schweiß.
»Kommt man sich vor wie im Zoo«, bemerkte Jabman, und man gab ihm recht, redete von »Ficksau« und von »Trieffotze«.
Frau S. leckte und leckte, alle sollten sie sehen, daß ihr Widerstand nun gebrochen war ... Und auf welche grandiose Weise! So als sei ein feines Drähtchen gerissen, ein Drähtchen, das das Maschengefüge ihrer Persönlichkeit zusammengehalten hatte: Frau S. gab es nicht mehr – und sie selbst, dieses Stück Dreck, war endlich frei, für jeden zugänglich und ohne Würde ... Das mußte sie den anderen zeigen, unbedingt! Der Napf war leer, und sie leckte weiter, trieb ihn mit lautem Klappern durch die Pfütze und suhlte sich in der Gewißheit, längst den Verstand verloren zu haben.

Aufgewühlt, wie Frau S. nun war, hatten ihre Gastgeber ein leichtes Spiel. Sie ließ es mit leisem Seufzen über sich ergehen, daß der bullige Paule sie an den Füßen über den Boden schleifte (»sonst läuft sie uns noch aus«, kommentierte er diese spontane Idee), riß an den schwarzen Strähnen rostige Spiralen und bunte Eierschalen mit, ohne es zu merken. Marmorweiß und zartgliedrig lag sie wenig später auf den nassen Zeitungen, so reglos wie eine erlegte Gazelle, Rücken und Schultern mit blutigen Schrammen übersät.
Um sie herum traten Stiefel in Schlamm und auf knisternde Chipstüten, die Rocker riefen sich Befehle zu, fluchten, schrien einander an, schlangen Stricke um rostige Haken, Ledermanschetten um zerbrechliche Handgelenke, Riemen um morsche Balken und dünnhäutige Fesseln.
Jemand zog Frau S. auf die Füße und hob ihre Hände hoch. Ein anderer rief »Heeeb-an!«, und mit einem Ruck riß es ihre Arme empor. Frau S. schrie auf, einen Augenblick lang felsenfest überzeugt, man habe ihr beide Schultern gleichzeitig ausgekugelt – schadenfrohes Gelächter war die Antwort. Sie biß die Zähne zusammen, scharrte verzweifelt mit den Zehenspitzen über den Boden, und schon hatte man die Fußgelenke gepackt, weit auseinandergezogen und an zwei Balken festgebunden.
Die Laborleiterin hing unter dem haarig gespleißten Querbalken in der Luft, mit weit gestreckten Armen und bloßgelegtem Achselfleisch, einer Jesusstatue gleich, und versuchte, dem schneidenden Schmerz in ihren Handgelenken Herr zu werden. Von hinten umringte sie die Rockerschar, eine schwielige Hand packte energisch in die strammen Pobacken und jemand rief »affengeil, ey!«
»Pfoten weg!« fuhr Lilly dazwischen. »Die ist noch nicht so weit!« Sie strich sich durch die kurzen blonden Stoppeln, legte den Kopf schief und maß Frau S. mit skeptischen Blicken. Mit Kennermiene trat sie vor die Laborleiterin hin, packte den rechten Brustknoten – und ein stecknadelgroßes Geschoß schien dort explodiert zu sein, wo Frau S. eben

noch Lillys Finger gespürt hatte. Die Laborleiterin schrie laut auf, ihr Körper krümmte und bog sich in der Luft, warf bald den straff gespannten Bauch, bald die strotzenden Brüste. Der Schmerz ließ kurz nach, wich einem Gefühl von eisiger Kälte, und schnappte von neuem zu.
Ein Herz aus Stahl schien in dem Nippel zu schlagen, biß zu, ließ locker, biß zu ... Frau S. verfolgte mit lautem Keuchen, wie Stoß für Stoß die Schmerzenschreie von Brüsten und Rippenbogen eins wurden, bis ihr ganzer Körper sich in der glühenden Qual räkelte, in einer wundervollen Wärme ... Sie hörte sich laut stöhnen.
»Hm«, sprach Lilly kühl, »Hör zu. Mir ist nach ein bißchen Unterhaltung – also ...«
Sie wühlte in ihrer Rocktasche nach der zweiten Klemme, fand sie und steckte sie auf den anderen Nippel, so selbstverständlich, als klammere sie Wäsche auf einer Leine fest. Frau S. sah für einen kurzen Moment flirrenden Staub vor Augen und fürchtete, das Bewußtsein zu verlieren. Merkwürdigerweise war nach einem kurzem, heftigen Stechen der Schmerz zur Gänze verebbt – fast tat es Frau S. um ihn leid. Ja, sie war enttäuscht, diese dumpfe, kribbelnde Wärme im Brustkorb konnte ihn nicht ersetzen ... Sie ballte die Fäuste, warf den Kopf hin und her, stieß mit den Pobacken ins Leere und stöhnte vor Verzweiflung – da endlich begann das Herz von neuem zu schlagen! Härter als eine Diamantschneide und glühender als Lava, schien es beide Nippel aufzuschlitzen wie reife Kirschen und ließ ihren roten Saft die Rippen hinunter rieseln. Er tropfte auf die zarten Leisten, wurde von der samtigen Lippen der Möse aufgesaugt, bis sie triefte vor Saft, süß und dickflüssig wie warmer Vanillepudding.
»Okay, Jabman!« Lilly schnippste mit den Fingern. »Manege frei, mein Alter.«
Frau S. verfolgte mit vager Überraschung, wie ihre Pobacken auseinandergezogen wurden. Sie sann dem Druck der fremden Finger nach, bereit für alles, was kommen würde ... Etwas ungeheuer Dickes, Festes drängte sich in

das zarte rosige Löchlein, riß es brutal auseinander und schickte ein Stechen durch die zuckenden Backen.
Die Frau schnappte entsetzt nach Luft und bleckte die perlweißen Zähne. Da stieß das Gebilde mit aller Gewalt zu, ließ die störrischen Muskeln zurückweichen und bohrte sich tief in ihren Leib. Wie ein Dorn aus Fleisch und Knochen hatte es den milchweißen Körper aufgespießt, und dieser krümmte sich unter den Qualen, wurde weich wie warmes Wachs und drückte sich dem Dorn entgegen. Der Stab stieß nach, so fest, als wolle er die Innereien zusammenquetschen, zwei-, drei-, viermal, verharrte kurz in seiner Umklammerung – und explodierte. Die viel zu engen Gedärme zum Bersten gefüllt, zuckte der Frauenkörper wie ein weißer Fisch, bäumte sich auf, brachte die große, prall gefüllte Blase in ihrem Schoß zum Platzen.
Frau S. schrie gellend auf, ohne es zu hören. Stromstöße in den weichen Schenkeln, der Schoß von der feurigen Glut überschwemmt – ein unbegreifliche Freude, hilfloses Staunen ... und endlich Stille.
Sie atmete flach, Stirn und Schläfen schweißbedeckt, und murmelte unverständliche Dinge. Durch einen Bausch von Zuckerwatte kämpfte sich Lillys Stimme: »Ey, du faule Sau! Du sollst hier nicht rumträumen, du sollst was schaffen – Paule, du bist dran!«
Ohne den geringsten Widerstand drang der zweite Schwanz in die Pforte ein. Paule ging mit der Entschlossenheit eines Fleischers vor. Er hielt die Pobacken weit auseinandergedrückt – Blick frei auf die bräunliche, frisch rasierte Haut –, zog das stramme Glied aus dem Pforte heraus und stieß es erneut in das enge Loch, so tief, daß Frau S. den haarigen Hodensack gegen ihre empfindlich geschwollene Möse klopfen spürte. Mit einem Schlag war all ihre Erschöpfung verschwunden. Sie drückte die Kniekehlen durch und warf sich mit dem Poloch auf den harten Schwanz, glaubte es leise schmatzen zu hören, als Paul sich wieder zurückzog und zitterte am ganzen Leib, begierig nach dem nächsten Stoß.

Doch sie wartete vergebens. Als nichts geschah, gar nichts, begann sie, mit dem Hintern zu kreisen, so weit es ihre Fesseln erlaubten, fühlte die Leine sich mal ins rechte, mal ins linke Handgelenk einschneiden, ächzte vor Schmerz und vor Sehnsucht.

Lilly lachte.

»Denkste. Das könnt dir so passen ... Um von unserem guten Paule gefickt zu werden, mußt du mir erst ein paar Fragen beantworten.«

Sie drehte sich um und rief: »Ach, und – Peggy? Schmeißte mir noch'n Bier rüber? – ... – Danke!«

Es knackte, und Frau S. verfolgte blinzelnd, wie die Blonde einen tiefen Schluck aus der Dose nahm.

»Also ...«, Lilly wischte sich den Schaum vom Mund, »erst mal will ich wissen, wer du bist.«

Frau S. traf ein Schlag der Ernüchterung. Sie starrte Lilly an: Irgendwie wollte sich diese Person über sie lustig machen, allein, sie verstand den Scherz nicht ... Doch auch von den anderen Rockern lachte niemand.

»Na was?« Lilly kam einen Schritt näher, die Hände in die Hüften gestützt.

Frau S.'s Mundwinkel zuckten, sie fühlte sich plötzlich sehr müde. Allem Anschein nach wurde von ihr erwartet, daß sie wahrheitsgemäß antwortete. Alle Aufregung, aller Zauber fiel von ihr ab, und sie hörte sich mit heiserer Stimme herunterleiern: »Ich bin Frau Doktor Marion Schümer, Laborleiterin im Institut für angewandte Mikrobiologie und molekulare Genetik, und ich ...« – auf einen Wink von Lilly hin hatte sich Paul von hinten genähert. Frau S. wurde an den Hüften gepackt und bekam mit einem Ruck die Pforte gestopft, ohne daß zuvor die Pobacken geöffnet wurden.

Überrascht stöhnte sie auf.

»Willst du mich verarschen?« schrie Lilly sie an und riß derb an der Klemme auf dem rechten Nippel, die Frau S. über alledem ganz vergessen hatte. Der Schmerz zog flammend durch den Busen und ließ Welle für Welle die Wärme strömen.

»Ey, was hab ich dir gesagt, Dicker«, rief Lilly ihrem Gefährten zu, »wenn man die einen Moment lang aus den Augen läßt, fängt die zu spinnen an.« Wieder an Frau S. gewandt, fauchte sie: »Ich interessier' mich einen Scheiß dafür, wo du schaffst, du Akademikersau!«

Frau S. sah mit Entsetzen, wie die Blonde nun die linke Klemme anpackte, sie mit genüßlichem Grinsen ruhig zwischen den Fingern hielt, ohne daran zu ziehen. Sie wagte nicht einmal mehr zu atmen, lauschte in hilfloser Verzweiflung ihrem hämmernden Herzschlag – da zupfte Lilly sanft an dem Metall, eben fest genug, um die gemarterte Knospe mit gellendem Schmerz antworten zu lassen.

Im gleichen Augenblick begann Paul die Pforte zu bearbeiten. Mit langsamen, gleichmäßigen Stößen stieß sein starrer Schwanz auf die zum Zerreißen gespannte Darmwand, zog sich immer wieder aufs neue in ganzer Länge heraus. Ganz allmählich gewann der Kolben an Geschwindigkeit. Frau S. wimmerte verzweifelt, preßte die Pfortenmuskeln fest zusammen in dem vergeblichen Bemühen, das Glied einzubehalten ...

»Also noch mal.« – Lillys Stimme rauschte – »Du hörst jetzt mit dem Scheiß auf, oder wir lassen dich links liegen, verstanden?« Der jähe Schmerz im rechten Nippel lenkte Frau S. einen kurzen Augenblick lang davon ab, daß sich der Schwanz einmal mehr mit hämischer Freude zurückgezogen hatte.

Sie nickte so heftig, daß eine Haarsträhne über die klischnasse Stirn fiel und stieß stockend hervor: »Ich-bin-nichts-als-eine-geile-Sau.«

Das Klopfen des Hodensacks war heftig wie nie zuvor.

»Na bitte. Geht doch.« Durch einen Schleier hindurch sah Frau S., wie Lilly einen weiteren Schluck aus der Dose nahm. Dumpf und verzerrt hörte sie die Blondine sagen »Und warum kommst du zu uns?«, nahm den Sinn dieser Frage aber erst viel später wahr, da sich ihre Möse fester denn je an den Samteiern rieb.

Es kostete sie unendlich viel Mühe, die Lippen zu öffnen und ein heiseres »weil es mich geil macht« hervorzubringen. Der Kolben hatte indes eine Geschwindigkeit erreicht, bei der Paul seinen Schwanz nicht mehr in voller Länge herausziehen konnte – Frau S. jubelte vor Glück!
»Und was wünschen wir uns für die Zukunft?« leierte es breiig, aus weiter Ferne an ihr Ohr. Frau S. keuchte und stieß wie wild mit dem Hintern, biß sich die Zunge blutig im Bemühen, die Muskeln der Pforte zu gebrauchen: anspannen, lockerlassen, anspannen ...
»Ich ... will es ... härter ... haben«, die Anstrengung der Artikulation ließ sie ächzen. Unglaublich, wie sich dieser Schwanz verändert hatte, eine Knospe beängstigender Größe war ihm gesprossen, fuhr mit Mühe durch das enge Gedärm ... Jeden Augenblick mußte es passieren! Frau S. spürte, daß sich ihre Möse spannte wie überreifes Springkraut ... Und da, urplötzlich, riß Paul das Glied zurück – Frau S. heulte auf vor Empörung, und während noch die ersten hämischen Lacher auf diesen tierhaften Laut anworteten, schob sich die riesige Knospe blitzschnell in die Möse und platzte auf. Warmer Saft schoß in ihr Becken, ein haariger Männerkörper drückte sich mit lautem Stöhnen gegen ihren Hintern, jemand schlug seine Fingernägel tief in ihre Hüften. Frau S. wollte sich aufbäumen, dem Zucken in ihrem Schoß gerecht werden, doch der Mann hielt sie fest umklammert. Endlich, nach langer Zeit, nahm das Zucken ein Ende, und ließ er von ihr ab. Die Frau schluchzte auf, wurde schlaff und weich, spürte dem Zittern ihrer Schenkel nach, an denen der Saft nun in Strömen herabrann.

»Tja, das is' Pech, Pitt« kommentierte Lilly trocken, »biste gar nicht zum Zug gekommen. Nächstes Mal Pfoten weg vom Pimmel, merken wir uns – oder nicht so genau hinschauen, ne. Dabei hast du dir mit den Haken so 'ne Mühe gemacht ...« Sie trat vor Frau Schümer hin, umspannte ihr Kinn mit den Fingern und grinste ihr ins Gesicht. »Aber unsere Fotze kommt ja bald wieder, gelle? Mal sehen, vielleicht führen wir dich mal aus, was?« – begeistertes Johlen aus der Zuschauerschar – »Freitag Milestone, okay? Jetzt, wo wir wissen, was unsere Lecksau will ...«

10. Kapitel,

das gewisse Veränderungen in Frau Schümers Lebensführung aufzeigt

Frau Schümer zog sich leise seufzend die Bettdecke über die Ohren und schloß erneut die Augen. Eine wohlige Wärme umschloß sie, und gewiß wäre es ein Leichtes für sie gewesen, dem Schlaf nachzugeben, wenn nicht die grelle Morgensonne und das Gelärme der Großbaustelle sie daran gehindert hätten, die Schreie der Bauarbeiter, das Dröhnen des Preßlufthammers ... Frau Schümer schreckte hoch, griff nach dem zierlichen Reisewecker und fand ihren Verdacht bestätigt: Baustellenlärm – das hieß, es mußte später als acht Uhr sein! 8.55 h zeigte frech die Digitalanzeige. Die Wissenschaftlerin rieb sich die verklebten Augen und gähnte. Seit sie sich erinnern konnte, hatte Pünktlichkeit zu ihren Stärken gezählt. Ja, dieses Verschlafen war bezeichnend für die Unordnung, die in ihr Leben getreten war ... Sie zuckte die Achseln. Was half es, sich den Kopf zu zerbrechen. Lieber sollte sie sich sputen und auf das Frühstück verzichten! Noch klüger würde es sein, als erstes im Labor anzurufen, damit die anderen wußten, daß sie ein bißchen später kam. – »Genau, du mußt vorsichtig sein, nach der Ermahnung gestern mittag kannst du dir keinen weiteren Schnitzer erlauben. Wie hat der Wild doch gesagt: ›Ihre Arbeitshaltung gibt mir zu denken, Frau Schümer‹«, fügte die Stimme des Gewissens hinzu.
Frau Schümer schluckte.
Auf jeden Fall mußte sie Kaffee machen, und zwar schnell! In Windeseile hatte sie ein neues Filterpäckchen geöffnet, zwei gehäufte Löffel Pulver, eineinhalb Tassen Wasser eingefüllt, mit einem Tastendruck die Kaffeemaschine zum Gurgeln gebracht – Anstrengung genug, um die morgendlichen Kraftreserven aufzubrauchen! Frau Schümer sank auf den Küchenstuhl, stützte das Kinn auf die Hände und beobachtete die Dampfschwaden, die durch die Schlitze im Plastikdeckel aufstiegen, immer höher, bis sie an die Rauhfasertapete prallten und sich in Luft auflösten. Scheinbar in Luft auflösten, korrigierte sich die Laborleiterin in Gedanken, in Wahrheit schwebten sie immer noch als winzige Tröpfchen in der Luft umher, zu klein, um zu

Boden zu sinken, vermischten sich, davon konnte man ausgehen, mit den kleinen Staubfädchen, die, wie Frau Schümer soeben beobachtete, überall in der morgendlichen Küche umhertanzten. Mit wachsendem Interesse verfolgte die Wissenschaflerin das Spiel der Staubpartikel, sah sie fröhlich auf und nieder hüpfen, in weiten Wellen durch die Luft schweben, hier und da von Strudeln erfaßt werden und um ein Haar zu Boden sinken, bis sie knapp vor der Erde von einem neuen Lufthauch erfaßt wurden, musterte versonnenen Blickes das Küchenregal, die Efeuranken, das Telefon ... und zuckte zusammen: Sie wollte doch im Labor anrufen! – Doch wen? Bettina kam nicht in Frage. Nicht, daß Frau Schümer Hemmungen gehabt hätte, sich bei ihrer Assistentin zu entschuldigen, oh nein, aber Bettina besuchte ein Mitarbeiterseminar in der Schneeeifel (»Newel bei Sirzenich«, hatte sie lauthals verkündet, »da geht der Punk ab, echt!«). Also würde die Laborleiterin sich am besten bei Volker melden – oder doch lieber bei Emil? Immerhin war Emil bei seiner Versuchsreihe auf sie angewiesen, und womöglich wartete er schon seit einer Stunde auf ihr Erscheinen. Und eben das würde er ihr jetzt gleich, am Telefon, mit quengeliger Stimme zu verstehen geben, laut genug, daß es auch Professor Wild zu Ohren kommen würde ... Da mochte man doch gar nicht erst zum Hörer greifen!

Überhaupt war es womöglich das Gescheiteste, erst einmal die anstehenden Experimente zu planen, und zwar gründlich. Heute stand die Restriktionsanalyse auf dem Programm – ein schrecklich zeitaufwendiges Unterfangen! Die Laborleiterin sah sich schon Stunde um Stunde vor dem Schüttler sitzen, wieder und wieder prüfend gegen Kölbchen schnipsen ... Wenn doch wenigstens Bettina da wäre, um ihr ein wenig zur Hand zu gehen! So aber, ohne die Hilfe ihrer Assistentin, würde es ein trostloser Tag werden, ein Tag, dem Frau Schümer mit vagem Widerwillen entgegensah. Unschlüssig betrachtete sie das Rautenmuster auf der Kaffeetasse, grün auf gelbem Grund (oder gelb auf

grünem Grund?), fühlte mit jeder Minute, die sie reglos verharrte, ihr Entsetzen über ihre Faulheit wachsen, und in gleichem Maß wuchs in ihr tiefe, lähmende Resignation.
Da endlich riß sie das wütende Fauchen und Spucken der Kaffeemaschine aus ihren Gedanken. Es war eine dumme Idee gewesen, auf das Frühstück verzichten zu wollen. Frau Schümer beschloß, statt dessen ein wenig Müsli zu essen, wie sie es jeden Morgen tat. Doch als sie eben die Hand nach den Haferflocken ausstreckte, wurde sie von einer jähen Abscheu gegen die kratzigen, spelzigen Flocken gepackt, gegen die eiskalte Milch und die harten Rosinen.
Entschlossen säbelte sie eine dicke Scheibe Weißbrot ab, strich Butter auf und ließ löffelweise Honig darüber laufen. Sie führte die Kaffeetasse mit beiden Händen zum Mund, pustete den Dampf zurück und trank einen kleinen Schluck. Am liebsten wäre sie gleich jetzt zurück in das mollige Bett gekrochen, hätte sich unter den Daunendecken versteckt, wo all ihre Sorgen bald gütigem Schlummer weichen würden ... Wie sollte das nur weitergehen? Die Laborarbeit war zur reinen Quälerei geworden, mehr noch, zu einem Feind. Titration um Titration hatte Frau Schümer ihn niedergerungen – doch anstatt klein beizugeben, war er von Tag zu Tag fetter geworden wie eine Zecke, die einen Wirt gefunden hat. Und in der Tat, sie war mehr und mehr zum Opfer geworden, auf kleine Momente der Unachtsamkeit waren gröbere Patzer gefolgt, Streitereien mit den Kollegen und immer neue Mißerfolge. Es war weniger ihre Autorität als Laborleiterin, die ihr Sorge bereitete, denn ihre Doktoranden zu lenken, fiel ihr in den letzten Tagen leichter denn je (zumal sie eine ihr fremde feindselige Arroganz verspürte, wann immer sie ihnen begegnete), sondern vielmehr das Wissen darum, daß die Wissenschaft keinen zweiten Gott neben sich dulden würde. Die Forschung verlangt bedingungslose Hingabe und absoluten Gehorsam von jedem, der ihr sein Leben geweiht hat, und aus dieser Strenge hatte Frau Schümer bislang ihre Kraft, ihren Ehrgeiz geschöpft. Gerade ihre Fähigkeit zur Askese war es gewesen, die sie

erhöht und die ihren Stolz gerechtfertigt hatte ... Nun aber war manches anders geworden, und Frau Schümer wußte, daß sie gefrevelt hatte. Ihre Schuld lag nicht in den schlechten Resultaten, die sich in letzter Zeit häuften, und auch nicht in der Zerstreutheit während der Fachlektüre begründet, sondern einzig darin, daß sie in zunehmendem Maße dem Forschergeist selbst entsagte. Wann immer ihre Gedanken um den Sinn und Zweck ihrer Forschungen, die Kartierung der Hefegene, kreisten, erfüllte sie banges Unbehagen, ähnlich dem eines Rehs, das um den Wolf an seiner Wasserstelle weiß, und sie suchte rasch nach einer Zerstreuung, bevor sie sich die eine, alles vernichtende Frage stellen konnte ... Doch auch so ruhte das Wissen um ihre Verfehlungen auf ihr wie ein schreckliches Gewicht, ließ sie immer wieder aufs neue straucheln und immer tiefer in Mutlosigkeit versinken.
Gedankenverloren biß sie ein weiteres Stück Brot ab, schluckte süßen Honig, einen dicken Butterklumpen – und hob überrascht den Kopf: Wie gut das geschmeckt hatte! Warm und angenehm bitter floß der Kaffee ihre Kehle hinunter, und die Laborleiterin faßte mit jedem Schluck neuen Mut. Wohlgefällig musterte sie ihre kleinen Pantöffelchen, zimtbraun mit weißen Quasten, aus denen glänzend korallenrot die Fußnägel hervorlugten, den schwanenhalsgleich gewölbten Spann, und glaubte mit einem Mal zu wissen, was sie dem zornigen Götzen Forschung entgegenhalten mußte. Entschlossen erhob sie sich, streifte den Morgenmantel ab, schritt hocherhobenen Hauptes zu dem großen Spiegel im Schlafzimmer hin, fühlte – stolz wie eine Kriegerin, die sich an dem glatten Leder ihres Schwertgriffs freut – Schritt für Schritt die Hüfte schwingen, die Schenkel warm und fest aneinanderreiben.
Ja, es gefiel ihr, was ihr der Spiegel zeigte: Selbstredend wie dunkelblaue Gütestempel zogen sich roten Striemen über die Pobacken, entlockten ihr ein zufriedenes Schmunzeln. Sie grätschte die Beine ein wenig weiter, sah die Wadenmuskeln spielen und die Fußknöchel zucken. Perlschnüre

aus dunkelrotem Blut schmückten ihren Rücken, kurze und lange, kreuz und quer. »Gebrauchsspuren«, ging es Frau Schümer durch den Sinn. Ohne Rücksicht auf ihre Schreie hineingeprügelt, um jeden Fleck ihrer marmorweißen Haut zu zeichnen ... Sie erinnerte sich daran, wie man die zarten Innenseiten ihrer Schenkel malträtiert hatte: Säbelschneiden gleich waren die Metallstäbe niedergefahren. Wie hatte sie gewimmert, immer wieder vergebens versucht, den nächsten Schlag vorherzusehen, bis ihre Schenkel glühten vor Schmerz und vor furchtsamer Erwartung – doch war Furcht das richtige Wort? Als nämlich der letzte Schlag gefallen war, und jemand bemerkt hatte: »Du, das reicht erst mal, ne«, hatte sich der weiße, nackte Leib gewunden wie ein Fisch im Netz, und ein verzerrtes »bitte ...« war über ihre Lippen gedrungen.
Die Erinnerung an diesen Augenblick ließ sie scharf einatmen. Sie faßte sich auf die Pobacken, strich die Leistenbeuge entlang in eine samtige Kuhle, wo unter der dünnen Haut das Blut pulsierte, streifte dabei wie zufällig die aprikosenweiche Lippen, gab dem pochenden Bitten nach und rieb mit leisem Druck darüber hinweg, bis ihre Möse dick und wütend zu werden begann, neckte den festen kleinen Kern mit der Eleganz eines Stierkämpfers und zog sich schließlich, im letzten Moment, in die Leistenbeuge zurück.
Ach, wie da ihr Handgelenk zu zittern begann, wie heftig die zum Platzen gespannten Lippen auf ihr Recht pochten ... Frau Schümer griff sich zwischen die Schenkel, reckte mit einem Gefühl unverhohlenen Triumphes ihrem Spiegelbild, der Wissenschaftlerin, die feucht glänzenden Fingerkuppen entgegen.
Was hatte die Forschung dem entgegenzuhalten?
Ihr Gegenüber schwieg.
Was hätte die Laborleiterin auch zu ihrer Verteidigung vorbringen sollen? Ein ausgehöhltes Gedankengebäude war alles, was sie vorzuweisen hatte. Legionen fleischloser Geisterwesen waren in jedem Winkel der Erde damit beschäftigt, Dinge zu untersuchen, die ohne den Menschen,

den Forscher, der sie zur Kenntnis nimmt, vermißt und benennt, nie existiert hätten. Menschenleben kamen und gingen, Forschungsgelder wurden zugeteilt und ausgegeben, und alles blieb, wie es war. Mit übelkeiterregender Wucht kam Frau Dr. Schümer zu Bewußtsein, wovor sie die ganze Zeit über zurückgeschreckt war, nämlich, daß sie längst und unwiederbringlich jedes Interesse an den Hefegenen und deren Kartierung verloren hatte. Doch nicht mit Panik erfüllte sie diese Erkenntnis, sondern nur mit einer tiefen Ratlosigkeit.

Sie starrte ihren immer noch hocherhobenen Zeigefinger an, als erwarte sie von dort eine Antwort. War sie überhaupt je zufrieden gewesen, früher? Hatte sie nicht oft genug heimlich, ohne es sich eingestehen zu wollen, das Gefühl gehabt, auf eine üble Weise mißbraucht zu werden? Hatte sie nicht manches Mal den Verdacht gehegt, das Leben würde ihr etwas vorenthalten – etwas, das sie zwar nicht zu benennen wußte, das entbehren zu müssen ihr jedoch einen bitteren Schmerz zufügte ... Doch wer weiß schon mit Gewißheit zu sagen, welchen Verlust er nimmer mehr verwinden, auf was im Leben er niemals verzichten könnte? Frau Schümer fiel ein, was ihr vergangenen Montag auf dem Weg zum Autoklaven widerfahren war, und, wie immer, wenn sie sich jene Ereignisse vor Augen führte, spürte sie sogleich eine seltsame Rührung, so frisch und ungebrochen, daß sie ihr die Kehle zusammenschnürte.

Es war der letzte Tag gewesen, bevor Bettina sich auf den Weg in die Eifel machte, und Frau Schümer war im Brutraum am Schüttler beschäftigt gewesen. Plötzlich stand Bettina an ihrer Seite, ohne daß die Laborleiterin sie kommen gehört hätte, und ließ sie wissen, sie wolle sich jetzt von ihr verabschieden. Merkwürdig weh war ihr's ums Herz geworden bei dem Gedanken, Bettina für eine ganze Woche nicht um sich zu haben, und sie glaubte gesehen zu haben, wie bei diesen Worten eine kaum wahrnehmbare Weichheit auf Bettinas Züge trat (ein endlos feines Lächeln, ein sanfter Glanz in ihren Augen), die die Laborleiterin noch nie zuvor bei ihr beobachtet hatte, die sie aber beglückte wie ein kostbares Geschenk.

Einen Augenblick später packte Bettina sie mit festem Griff im Haar, bog ihr den Kopf ein klein wenig zurück, eben so viel, daß die Laborleiterin den Rücken straffte und die Brüste vorwölbte, preßte sich an sie und stieß ihr fest und drängend die Zunge in den Mund. Frau Schümer öffnete sich ihr, gab sich zerschmelzend vor Glück ihrem weichen, tiefen Kuß hin, erwiderte ihn gierig, wollte sie tief in sich aufsaugen – und wurde mit jähem Schmerz an den Haaren zurückgerissen, wimmernd vor Enttäuschung. »Hat Ihnen das gefallen, Frau Doktor?« hörte sie ihre Assistentin fragen und antwortete mit einem dünnen »Ja«. Da strich ihr Bettina über die Wange, sie zärtlich liebkosend, die Laborleiterin schmiegte sich dankbar wie ein Kätzchen an die weiche, fremde Hand, die ihr nun plötzlich, um sie zu necken, entzogen wurde – und da traf sie eine schallende Ohrfeige, so hart, daß ihr Kopf zur Seite flog.

Die Laborleiterin hielt inne, vor Bestürzung bebend. Ungläubig lauschte sie ihren Gedanken, die ihr langsam, in kleinen Schritten, die ganze Ungeheuerlichkeit ihrer Lage enthüllte. So tief, so unvermittelt hatte die Demütigung sie getroffen, daß sie sich für einen Augenblick außerstande sah, eine angemessene Erwiderung zu ersinnen, und sie verharrte unschlüssig, leise keuchend. Sie sah Bettina lächeln, und so viel gnädige Herablassung sprach aus ihren Zügen, eine solche huldvolle Milde, daß Frau Schümer von tiefer Dankbarkeit überwältigt wurde. Es verlangte die Laborleiterin danach, Bettina den Respekt zu erweisen, der ihr gebührte, den jeder Zoll ihres großen, schönen Körpers einzufordern schien. Mit zerfließend weichen Gliedern wollte sie sich ihrer Assistentin darbieten, ihr ein strahlendes, makelloses Opfer sein ... Frau Schümer bot leise seufzend die Wange dar.

»Das hat dir also auch gefallen«, merkte Bettina an, und die Laborleiterin riß die Augen auf, von dem rauhem Lachen ebenso erschreckt wie von dem unvermittelten Duzen. Die

Assistentin trat so dicht an sie heran, daß Frau Schümer eine zwar wohlriechende, doch tierhaft würzige Ausdünstung wahrzunehmen glaubte, bog ihr den Kopf zurück und fragte: »Und auf was könntest du eher verzichten?« Noch heute klang es Frau Schümer in den Ohren, wie sie damals stockend, wie unter Qualen, hervorgestoßen hatte: »Auf das Küssen.«

Aus einem merkwürdigen Grund löste die Antwort kein Erstaunen, ja, nicht einmal besonderes Interesse aus. »Man hatte es sich gedacht«, murmelte Bettina beiläufig. »Na, dann wissen Sie ja Bescheid, Frau Doktor. Und – denken Sie mal drüber nach, wenn ich weg bin ... So, schätze, das war's – ciao dann, Frau Doktor. Man sieht sich«, und schon war sie mit wehendem Kittel davongeeilt.

Frau Schümer wurde sich dessen gewahr, daß jetzt, da sie sich an den merkwürdigen Vorfall erinnert hatte, ihre Finger sich mit sanftem Druck auf ihren Schamhügel gelegt und behutsam damit begonnen hatten, die feuchten Lippen zu massieren, und zu ihrer Erregung gesellte sich ein Gefühl wilden Stolzes.

Sie stellte sich vor den Spiegel, packte die Brüste, wog sie in den Händen und zog sie auseinander. Wie warm und voll sie sich anboten, wie schmetterlingszart die Haut unter ihren Fingern lag ... »Bundfaltenhosen und Aminosäurensequenzen«, dachte sie erbittert, »damit habe ich mich zufrieden geben sollen?! Ich, die ich zu Höherem geboren bin«, und ihr Blick streifte liebevoll die blutigen Striemen, die blauviolett marmorierten Schenkel. Sie erinnerte sich an Professor Wild, wie er gestern zu ihr gesagt hatte: »Ach Marion, ich weiß schon, im tiefsten Ihres Inneren sind Sie ein zartes Pflänzchen ...« – Welch bodenlose Frechheit! Was erdreistete sich dieser Mensch, sie kennen zu wollen! Frau Schümer sah Jabman vor sich, wie er ihr den Schwanz in den Rachen gestoßen hatte, zuckte zusammen und fühlte sich dennoch auf unerklärliche Weise bestätigt. Sie straffte sich und nickte ihrem wachsbleichen Spiegelbild zu, gemessen wie eine Königin.

Wahrlich, sie hatte es nicht nötig, sich Zeit ihres Lebens mit Menschen wie Emil abzuquälen! Zugegeben, am Anfang hatte es ihr Freude bereitet, ihre Mitarbeiter mit pfiffigen Bemerkungen zu irritieren, sie herauszufordern. Dann in letzter Zeit hatte sie sich ihnen so fremd gefühlt, daß selbst dieses bescheidene Vergnügen den Reiz verloren hatte. Warum also sollte sie ihre Zeit nicht mit Sinnvollerem verbringen? Es gab ... Wesen, die es aufs Vortrefflichste verstanden, mit ihr umzugehen, ohne daß es eines Wortes der Erläuterung bedurft hätte (zumal sie jenes ohnehin, gestand sich Frau Schümer mit vagem Amusement ein, nicht verstanden hätten).
Von einer Minute auf die andere war Frau Schümer ausgemacht guter Dinge. Sie schlüpfte in ihren Leinenrock, der sich, kaum daß sie den Reißverschluß geschlossen hatte, dankbar um ihre Hüften schmiegte, das Klacken der Absätze hallte in dem alten Treppenhaus wider, und die Pfiffe der Bauarbeiter waren Musik in ihren Ohren. Schon schnurrte das Auto über die Moselbrücke, wo zu dieser Tageszeit erfrischend wenig Verkehr herrschte, hoppelte über das Kopfsteinpflaster, an den Leuchtreklamen der Atlantik-Bar vorbei, das Fenster offen für Flußluft, für Mövenschreie und Teergestank.
Schon bald hatte Frau Schümer ihr Ziel erreicht, ein flaches Gebäude gleich neben dem Eros Center, von dessen Mauerwerk die bunten, dicklichen Amoren bröckelten. »Fashion-Fit« stand in blaßrosigen Leuchbuchstaben über der Eingangstüre geschrieben, hinter dem Samtvorhang verbarg sich eine Welt aus Chromregalen und blinkenden Kleiderbügeln, aus Gaze, Spitzen und Satin, Ketten, Kacheln und Korsagen.

Im Halbdunkel hinter der Theke erblickte Frau Schümer eine vollbusige Brünette, die, das Schrillen der Türglocke mit Mißachtung strafend, die Linke in eine Chipstüte versenkt, in einem bunten Journal blätterte.
Frau Schümer räusperte sich, erntete einen strafenden Blick, und eine unterkühlte Stimme fragte: »Sie wünschen?«

»Ein Korsett«, klang es forsch zurück.
Mit einem Schlag war die Verkäuferin wie umgewandelt. Sie nickte Frau Schümer zu, wieselte um die Regale herum, fischte einen Armvoll der unterschiedlichsten Exemplare heraus und breitete sie auf der Theke aus.
»Darf's was aus Weichgummi sein oder lieber was aus Seide?«
Frau Schümer hob erstaunt die Brauen. »Seide?«
»Aber ja«, versicherte die Verkäuferin strahlend, »das ist der neueste Clou, wissen Sie?« Sie strich liebevoll über ein lachsrotes, schimmerndes Korsett, mit breiten Rüschen geschmückt, von dem ein Gewirr aus dünnen Samtbändchen herabhing. »Trägt überhaupt nicht auf, wie eine zweite Haut – das merken Sie nicht mal«, erklärte die Verkäuferin stolz.
Frau Schümer atmete tief ein. »Nun ... diese ... Dinger (sie deutete auf die roten Bändchen), halten die denn überhaupt was aus?« und wurde mit tadelndem Unterton belehrt: »Aber ich bitte Sie ... Das wird ganz, ganz locker geschnürt (die Verkäuferin tippte geziert gegen die Verschnürung) – wie ein Geschenk sollen Sie verpackt werden, so liebevoll, nicht wahr ... damit das Vernaschen Freude macht!« Sie zwinkerte der Laborleiterin zu, die in diesem Moment tiefste, peinlichste Verlegenheit empfand, errötend den Kopf senkte – und ein Korsett aus Lackleder entdeckte, glänzend pechschwarz, hart und gemein, über und über mit Nieten besetzt ...
»Also, davon kann ich nur abraten.« Die Verkäuferin hatte ihren begehrlichen Blick bemerkt. »Zu lose sieht es nicht aus, und fest geschnürt ist es die reinste Qual – das will Ihr Liebster doch auch nicht! Wie wäre es denn mit Soft-Latex, hier«, und Frau Schümer bekam ein goldgelbes, rüschenübersätes Gebilde gezeigt.
Da plötzlich wußte die Laborleiterin, daß der Moment gekommen war, Farbe zu bekennen. Sie nahm all ihren Mut zusammen und sprach mit fester Stimme: »Ich nehme das aus Lackleder«, stockte und fuhr dann fort: »Es scheint mir sehr im Sinne meiner Benutzer zu sein.«

Bei diesen Worten spürte sie, wie ihr der Schweiß aus den Poren schoß und die Schenkel zu zittern begannen. Nun war es heraus, jetzt hatte sie sich offenbart ... Gleich würde diese Person sie anstarren, wie man ein Tier im Zoo beglotzt, und ihr nach langem, peinlichem Schweigen mit spotttriefender Stimme anbieten, ihr beim Schnüren behilflich zu sein ... Frau Schümer biß sich auf die Lippen, rang verzweifelt nach Atem, wie benebelt von dem scharfen Geruch nach Gummi, nach Teppichboden und Lackfarbe rings um sie her ...
Die Verkäuferin erwiderte mit einem Achselzucken: »Na, ich will Ihnen da nicht reinreden, die Geschmäcker sind verschieden. Ist übrigens auch preisgünstiger, das Lackleder – Brauchen sie ein Pflegemittel?«
Die Laborleiterin schüttelte matt den Kopf.

11. Kapitel,

in dem das Verhältnis zwischen Frau Schümer und ihrer Assistentin an Klarheit gewinnt

In letzter Zeit wußte Frau Schümer nur allzu genau, was sie wollte. Eines Morgens wollte sie zu nachtschlafener Zeit die Laborarbeit antreten, tags darauf gefiel es ihr, den Vormittag im Bett zu verbringen um dann später, um halb zwei, für eine halbe Stunde ihren Arbeitsplatz aufzusuchen – kurzum, Frau Schümer war launisch, und noch dazu immer seltener in der Lage, sich ihren Launen zu widersetzen.

Doch lag ihr bekanntlich nichts ferner, als vorschnell aufzugeben! Um sich zu beweisen, daß sie die Lage fest im Griff hatte, verbrachte sie zwei aufeinanderfolgende Arbeitstage im Labor – ohne die kleinsten Schwierigkeiten. Freilich, sie langweilte sich dabei fast zu Tode, rang eine um die andere Minute den Wunsch nieder, die Versuche vorzeitig abzubrechen und sich auf den Heimweg zu machen (noch war wenig Verkehr auf dem nördlichen Zubringer!), aber es gelang ihr in jenen Tagen, eine Beobachtung zu machen, die sie frischen Mutes in die Zukunft schauen ließ. Sie fand heraus, daß nicht alle Aufgaben, die sie auf der Universität erwarteten, in gleichem Maße ermüdend waren; anspruchslose Laborarbeiten zum Beispiel waren weit besser zu ertragen als Fachseminare oder das Literaturstudium. So entschloß sich Frau Schümer zu einem klugen Kompromiß: Der Forschung würde sie fortan entsagen (was sprach dagegen, die Koordination der Versuche in die Hände der Doktoranden legen?), sich aber dennoch mit Reihenuntersuchungen und Routinearbeiten einen Platz im Laborleben sichern. Je länger Frau Schümer sich mit ihrer neuen, selbstgewählten Aufgabe beschäftigte, mit den Finessen, die eine gewissenhafte Routinearbeit von einer schlampig ausgeführten unterschied, um so mehr kam sie zu dem Schluß, daß man auf eine exakte Buchführung und einen sauberen, übersichtlichen Arbeitsplatz ebenso stolz sein konnte wie auf ein geschickt konzipiertes Experiment. Diese Beobachtungen erfüllten sie mit Erleichterung, glaubte sie doch endlich einen Weg gefunden zu haben, wie sie sich zwar weiterhin den Lebensunterhalt sichern und ihren Ehrgeiz

befriedigen konnte, ohne dabei gezwungen zu sein, sich für wissenschaftliche Belange interessieren zu müssen.
Doch was sie an ihrem neuen Betätigungsfeld am meisten freute, war das unverhohlene Lob, das Bettina ihren Bemühungen entgegenbrachte. Zu Frau Schümers schönsten Erinnerung zählte es, wie sie ihrer Assistentin das neu angelegte Protokollbuch gezeigt hatte – Seite für Seite fein säuberlich mit Lineal, mit Geodreieck, Kugelschreiber und Rotstift bearbeitet, mit hauchfeinen Randnotizen versehen –, und wie sich Bettinas Augen vor Überraschung geweitet hatten. »Hut ab, Frau Doktor«, hatte die Assistentin mit einem anerkennenden Nicken bemerkt, »da könnt' ich mir 'ne Scheibe abschneiden!«
Und in der Tat ging auch mit ihrer Assistentin eine Verwandlung vor sich. Immer schlampiger wurde jene, oft genug war es Frau Schümer selbst (die »Frau Doktor«, wie sie Bettina nicht ohne Spott zu nennen pflegte – eine merkwürdige Angewohnheit, die sie mit keinem anderen Mitarbeiter teilte), die nach Feierabend den Arbeitsplatz sauberwischte. Doch jedesmal, wenn sie sich vornahm, Bettina zur Rede zu stellen, kam ihr derselbe Gedanke in den Sinn: Der Ehemann war erfunden gewesen, in Wahrheit, das glaubte Frau Schümer nun mit Sicherheit zu wissen, lebte ihre Assistentin allein. Kaum aber hatte sich die Laborleiterin an diesen Umstand erinnert, da fühlte sie sich mit einem Mal auf unerklärliche Weise besänftigt, und nicht mehr Tadel, sondern warme Dankbarkeit mochte sie ihre Assistentin spüren lassen.
Auch was das äußere Erscheinungsbild betraf, hatte sich Bettina verändert. Sie trug das weißblonde Haar nun stoppelkurz, gelgestärkt, sparte nicht mit Gesichtspuder und hatte sich eines Tages sogar – Frau Schümer war erstarrt vor Schreck – einen zierlichen, blinkenden Diamantstecker in den Nasenflügel bohren lassen. Und dann gab es diese Tage, an denen es ihr gefiel, ausnehmend hohe Absätze zu tragen ... Tage, denen Frau Schümer mit vager Beunruhigung entgegensah: »Herrjeh, ist das anstrengend, auf

diesen Dingern«, bekam sie zu hören, und mit einem Augenaufschlag: »Könnten Sie da nicht mal für mich zum Autoklaven ..., Frau Doktor?«

Auch heute wieder, als Frau Schümer gerade voll morgendlichem Schwung einen Enzymtest in Angriff nehmen wollte, vernahm sie von der Eingangstüre her ein feines, wohlbekanntes Klacken und nahm seufzend von ihrem Tagesplan Abschied. An Tagen wie diesem würde ihr keine Zeit zur Laborarbeit bleiben; immer wieder aufs Neue würde sie zum Kühlraum, zur Zentrifuge geschickt werden, mußte Kaffee kochen und belegte Brötchen holen.

Das Geräusch kam langsam näher, und Frau Schümer warf einen Blick zu Bettinas Kaffeetasse hin, befand nach bangen Momenten des Prüfens, daß alles seine Richtigkeit habe. Sie erinnerte sich noch gut daran, wie Bettina sie eines Tages gefragt hatte, ob sie ihre Tasse mitspülen könne (»Sie müssen sie nur auf den Trockenständer stellen ...«), und sie zugestimmt hatte, unter dem Siegel der Kollegialität. Doch dann, mit der Zeit, hatten ihre Pflichten sich ausgedehnt, bis es Frau Schümer schließlich so viel Aufmerksamkeit abverlangte, ihnen ordnungsgemäß nachzukommen, daß sie sich gar nicht oft genug vergewissern konnte, keine von ihnen vergessen zu haben. Nach und nach hatte Bettina sie darum gebeten (in freundlichem, unverbindlichem Tonfall), die Tasse mit kaltem Wasser nachzuspülen, sie abzutrocknen, zu polieren, mit dem Boden nach oben auf den Tisch zu stellen, dann auf ein Papiertuch, auf einen ganzen Stapel derselben – einen Stapel, den sie täglich erneuern mußte. Ein einziges Mal nur, ganz zu Beginn, hatte Frau Schümer sich geweigert, und Bettinas Jadeaugen hatten vor Empörung gesprüht. »Sie haben heute keine Zeit, ja?«, höhnte die Assistentin. »Okay, Frau Doktor, ist gebongt! Mal sehen, wann ich das nächste Mal Zeit für *Sie* habe ...« Seither war das Spülen für Frau Schümer zu einer festen Gewohnheit geworden, zu einem Ritual, das sie nicht hätte missen mögen, zeigte es ihr doch immer wieder auf höchst

beruhigende Weise, daß Bettina keinen Grund zur Klage hatte.
Doch auch der Anblick der Kaffeetasse konnte Frau Schümers Unruhe nicht vertreiben. Sie strich den Laborkittel glatt, zupfte an den Ärmeln, zog ihn dann, einer plötzlichen Eingebung folgend, ganz aus und beäugte kritisch den Kaschmirpullover, der mit liebevoller Genauigkeit ihre Brüste nachformte, schlüpfte rasch in die rosigen Gummihandschuhe und zwang sich, die Hände in den Schoß gelegt, ruhig dazusitzen, von Kopf bis Fuß adrett und arbeitseifrig.
Als Frau Schümer eben darüber nachdachte, daß ihre Assistentin immer später zur Arbeit kam, später als jeder andere Mitarbeiter des Instituts, und daß sie selbst sich längst daran gewöhnt hatte, die morgendlichen Arbeiten ihrer T.A. zu übernehmen (mit sanfter Freude, nicht mit Verdruß führte sich Frau Schümer all dies vor Augen), fegte Bettina zur Tür herein. »Mo'en«, rief sie der Laborleiterin zu, stand auch schon vor ihrem Schreibtisch und packte in aller Ruhe ihre Tasche aus: einen Apfel, einen Joghurtbecher, einen Aktenordner, ein Feuerzeug, eine Schachtel Büroklammern, ein Päckchen Drehtabak ...
Frau Schümer wagte sich nicht zu rühren, sah Bettinas Blick wie nebenbei über einen Stapel Samtläppchen gleiten, die die Laborleiterin, wie ihr gestern abend aufgetragen worden war, nach Größe, Form und Farbe sortiert hatte. »Schön, schön« sprach die Assistentin wie zu sich selbst, und dann lauter: »So, Frau Doktor! Dann kommen Sie mal mit, ich hab' was für Sie«, und bei diesen Worten fuhr Frau Schümer ein eisiger Schreck in die Glieder. Einen Augenblick lang war ihr seltsam mürrisch zumute, so als ob Bettinas Erscheinen eine unwillkommene Störung darstellte, ja, sie war sich recht sicher, daß sie einen normalen, ausgefüllten Arbeitstag den Verwirrungen, die Bettinas Worte verhießen, vorgezogen hätte. Doch als sie ihre Assistentin mit mahnender Stimme sprechen hörte: »Na los, Frau Doktor – das wird Ihnen schon gefallen«, worauf jene eiligen Schrittes das

Labor verließ, zögerte sie nicht, ihr hinterherzueilen. So bang war ihr plötzlich zumute, als fürchte sie, Bettina könne ihr den Moment der Unschlüssigkeit übelnehmen, und in der Tat hatte sie das vage Gefühl, ihr kurzes Zaudern käme einem Verrat an ihrer Assistentin gleich (oder besser gesagt, an der überaus beglückenden ... Kollegialität, die Frau Schümer seit neuestem für Bettina empfand). Im Bemühen, sich fortan mehr Mühe zu geben (wobei auch immer), hatte sie längst zu ihrer Assistentin aufgeschlossen, war nun mit einem langen Schritt an ihrer Seite angelangt.
Bettina blieb abrupt stehen. Sie stemmte die Arme in die Hüften, betrachtete die Laborleiterin nachdenklich von Kopf bis Fuß und schüttelte den Kopf. »Also, ne ... Das darf ja wohl nicht wahr sein!« Sie beugte sich vor und zischte der Laborleiterin ins Gesicht: »Sie glauben doch nicht im Ernst, Sie sollen *neben* mir gehen – Frau Doktor ...?« Obwohl der Laborleiterin für einen Augenblick entfallen war, worauf diese barschen Worte anspielten, ließ ein Blick in Bettinas Gesicht alle Hoffnung versiegen, ihre Assistentin könne sich geirrt haben. Sie wich zögernd zwei, drei Schritte zurück, nach unverbindlichen Floskeln der Entschuldigung suchend, und hörte Bettina sagen: »Marsch hinter mich, und die Hände auf den Hintern! Du lieber Himmel, so viel Verstand müßte man als Doktorin doch haben ...«
Bald schon sah Frau Schümer ein, daß diese neue Regelung ihre Berechtigung hatte. Kaum hatten sie die Tür zu Labor 02 passiert, wo Volker und Emil, so schien es der Laborleiterin, über Gebühr lange von der Arbeit aufgeschaut und die beiden Frauen mit einem erstaunten Blick gemessen hatten, machte es der Laborleiterin plötzlich eine solche Freude, mit hocherhobenem Kopf und straffem Rückgrat, die Hände wie gefesselt aufs Gesäß gedrückt, hinter ihrer schönen Assistentin herzugehen, daß sie nicht umhin konnte, Bettinas Klugheit im Geiste zu lobpreisen. Denn klug mußte man sie nennen – wie hätte sie sonst erraten können, daß es die Laborleiterin so selbstverständlich anmuten würde, in gebührendem Abstand hinterdrein zu schreiten,

als sei diese Regelung der Ausdruck eines naturgewollten Zustands. Ebenso umsichtig war es von ihr gewesen, ein lautes »Guten Morgen« in das Labor hineinzurufen, damit ein jeder auf ihre kleine Prozession aufmerksam würde, befand Frau Schümer in diesem Augenblick nicht ohne ein Gefühl der Bewunderung. Während sie versonnen Bettinas kleinen, wohlgeformten Po musterte, der Schritt für Schritt unter dem Laborkittel schwang, glaubte sie einen Weg gefunden zu haben, wie sie ihr neues Glück, die wundersam verzauberte Beziehung zu ihrer Assistentin, auch in Zukunft hüten könne, ohne daß ihr Arbeitsleben darunter leiden müßte. Gewitzt, wie Bettina war, würde sie Mittel und Wege finden, Frau Schümer auf die ihr eigene, unerklärliche Weise zu *erschüttern* (worin die Ursache für die seltsame Rührung lag, die sie bisweilen, wenn sie mit Bettina zusammen war, verspürte, wußte die Laborleiterin nicht zu sagen, auch drängte es sie nicht, dieser Frage nachzugehen), ohne dadurch Frau Schümers Reputation zu gefährden. Frau Schümer würde unter dem Deckmantel der Laborleiterin arbeiten und leben können wie bisher, dabei nur hin und wieder, wohlüberlegt, ihre spezielle Form der Merkwürdigkeit aufblitzen lassen – zu auffällig, daß es den anderen verborgen bliebe, zu diskret, daß sie sich einen Reim darauf machen könnten. Im übrigen stand zu erwarten, daß man einer Frau ihres Ranges so manche Absonderlichkeit verzeihen würde – es gab keinen Grund, ihrem Ruf zuliebe auf derlei Abenteuer zu verzichten. Zumal, das sagte sich die Laborleiterin nicht ohne Zufriedenheit, ihr dieser Verzicht ausnehmend schwer gefallen wäre: Zu sehr hatte sie es genießen gelernt, – ganz Fleisch und schwingendes Haar – über die Gänge zu schreiten, zu kostbar war es ihr geworden, Bettina mit harten, festen Schritten sich nähern zu hören, als daß sie dieses Erlebnis hätte missen mögen.

Nun näherten sie sich dem Büro von Professor Wild, und die Laborleiterin befand in einem Anflug von Übermut, daß es ihr auch und gerade bei dem alten Wild gefiel, Aufsehen

zu erregen. Doch wie sie durch die sperrangelweit geöffnete Tür sehen konnte, lag der Büroraum verlassen da; enttäuscht folgte die Laborleiterin Bettina einige Stufen hoch, in Richtung auf die Bibliothek zu. Sie waren nun im alten Trakt des Instituts angekommen, wo sich ein langer, dunkler Gang auftat, von ebenholzfarbenen Kassettentüren gesäumt, der vor einer mächtigen Flügeltür endete. Das hohe Tunnelgewölbe, einst schneeweiß gekalkt, war hier und da von Spinnweben behangen, die Kunstdrucke an den Wänden, (darauf Motive der Botanik oder Mineralogie dargestellt), vergilbt und hinter fleckigen Scheiben verborgen. Frau Schümer schritt geräuschlos über den weinroten, abgewetzten Sisalläufer hinweg, und verspürte wie immer, wenn sie den alten Westflügel betrat, ein Gefühl vager Ehrfurcht, das sie, sobald sie es wahrnahm, zu ärgern begann. Es war ihr, als sprächen die altehrwürdigen Räume der ehemaligen Akademie von einer Form der Weisheit und der Erkenntnis, die den modernen Menschen auf immer verwehrt bleiben wird, weil sie nur mit Hilfe alchemistischer Apparaturen und blattgoldgeschmückter Folianten zu erlangen ist. Schon oft hatte Frau Schümer sich auszumalen versucht, was wohl die Wissenschaftler der vergangenen Zeit zu ihren Forschungen sagen würden, und hatte den Verdacht, daß sie nicht mit erfürchtigem Staunen, sondern mit Hohn und Spott ihren Versuchsergebnissen begegnen würden – eine Vorstellung, die sie trotz ihrer Albernheit mit Grimm erfüllte.
Doch da fanden ihre versonnen Grübeleien ein jähes Ende: Sie bemerkte, daß in den Tiefen des Gangs die Tür, die zum Büro von Professor Kamphauser führte, einen Spalt weit offen stand. »Der Chef ist da«, kommentierte auch Bettina und steuerte, ohne den Schritt zu verhalten, auf den wachsgelben Lichtschein zu, der aus dem Türspalt drang.
Frau Schümer brach kalter Schweiß aus. Sie starrte auf die sich nähernde Tür, als könne ihr Blick sie davon abhalten, sich zu öffnen und den Institutsleiter auf den Gang treten zu lassen, und fragte sich, ob ihre außergewöhnliche Lage

(einen Moment lang spielte sie mit dem Gedanken, flinken Schritts zu Bettina aufzuschließen und sich unauffällig an ihre Seite zu gesellen) oder die Person des Professors selbst an ihrer Nervosität schuld war. Denn irritiert, und zwar auf eine unschöne Weise, hatte er sie schon immer, der Leiter des Institus für angewandte Mikrobiologie. Wie überhaupt jeder der Mitarbeiter, gleich ob Doktorand, Sicherheitsbeauftragter oder Dozentin, sich mühte, Arbeitseifer und wissenschaftliche Kompetenz zu verkörpern, sobald sich herumgesprochen hatte, *er* sei wieder da – nur gut, so hörte man immer wieder sagen, daß diese Besuche nicht überhand nahmen.
In der Tat besuchte Professor Kamphauser sein Institut nur selten, bis zu dreimal im Jahr, und bei diesen Gelegenheiten pflegte er durch die Labore zu schlendern, gab sich (zum Schein, darin war man sich einig) freundlich interessiert und brillierte durch seine Fähigkeit, Schwachstellen im Versuchsaufbau ebenso feinsinnig zu erkennen wie Lücken im Grundlagenwissen. Wann immer Frau Schümer ihm begegnet war, hatte sie den Verdacht gehabt, er gehe mit ihr noch schärfer ins Gericht als mit jedem anderen Mitarbeiter; daß er dabei einer persönlichen Abneigung folgte, hielt sie für ausgeschlossen (der distinguierte, nach Pfeifenkraut duftende Herr machte nicht den Anschein eines Menschen, der sich von Animositäten leiten läßt), sondern schob es auf ihre verantwortungsvolle Stellung. So blieb es der Laborleiterin nicht verborgen, daß ihm, während er Volkers und Emils Versuchen mit milder Spöttelei oder sanfter Kritik begegnete, daran gelegen war, sie selbst vor aller Augen bloßzustellen. Noch heute sah sie ihn mit schiefgelegtem Kopf neben ihrem Labortisch stehen, nachdem sie sich über den Gang ihrer Forschungen ausgelassen hatte, über Grundlagenversuche und geplante Folgeexperimente, und hörte ihn bemerken: »Aha. Und Sie meinen, das funktioniert?«, wobei er sich mit spitzen Fingern durch das ergrauende Schläfenhaar gestrichen hatte. Und wie hatte es ihm Freude bereitet, eben, als die Laborleiterin die kühnsten Zu-

kunftspläne vor ihm ausgebreitet hatte, den Satz »In Amerika macht man das schon lange« einzustreuen! Überhaupt liebte es der Institutsleiter, wann immer er mit Frau Schümer sprach, die wissenschaftliche Konkurrenz anzuführen. Eines Tages hatte er sie dann mit der Bemerkung: »Wo Sie gerade Abzission sagen – wissen Sie eigentlich, wie weit die Forschungen von Haberson gediehen sind?« unterbrochen. So beiläufig er diese Frage stellte, so sehr war er darauf bedacht, Frau Schümer durch erwartungsvolles Schweigen in Verlegenheit zu bringen. Denn die Laborleiterin kannte keinen Haberson, und nicht einmal im internationalen Datennetz sollte sie eine Forschergruppe diese Namens finden, so daß Frau Schümer am Ende vermuten mußte, Herr Kamphauser habe diesen Namen erfunden – und zwar eigens zu dem Zweck, sie bloßzustellen. Frau Schümer, wie sie früher war, korrigierte sich die Laborleiterin in Gedanken, und der Schreck fuhr ihr wie ein eisiges Schwert in die Glieder: Was würde Herr Kamphauser erst sagen, wenn er sie in ihrem heutigen Zustand erleben würde?

Die Laborleiterin atmete tief ein und zwang sich zur Ruhe. Die honiggelbe Lichtstreifen rückte unerbittlich näher, schadenfroh hüpfte Schritt für Schritt Bettinas Gürtel auf dem Laborkittel, und im selben Takt schwang ihr kleiner, wohlgeformter Po unter dem fleckigen Leinen. »Guten Morgen!« würde sie auch diesmal ausrufen, womöglich noch ein »Herr Professor« hinzufügend, und Herr Kamphauser würde erstaunt von seiner Arbeit aufsehen.

Frau Schümer senkte den Kopf und fühlte ihr Herz wie rasend pochen. Und weiter folgte sie Bettina, trug bleichen Gesichts ihren bebenden Busen vor sich her, die Hände von unsichtbaren Fesseln gebunden, als schritte sie zum Schaffott.

Näher und näher kam die Tür – und schließlich lag sie hinter ihnen. Bettina hatte nicht einmal den Kopf gewandt, sondern setzte unbeirrt ihren Weg in Richtung Bibliothek fort. Doch bevor Frau Schümer Zeit fand, sich von dem Schreck

zu erholen, blieb die Assistentin vor der letzten der Kassettentüren stehen, kommentierte knapp: »Hier sind wir.«
Die Laborleiterin runzelte die Stirn. Der letzte Raum auf der linken Seite, das war doch nicht die Putzkammer, nein ... Das waren die Toiletten! Doch schon hielt man ihr die Türe auf, und Frau Schümer blickte in einen großen, leeren Raum. Mildes Licht drang durch die alten Milchglasscheiben, zwei der mannshohen Kippfenster standen offen, so daß man den Geruch, den Frau Schümer erwartet hatte, mehr erahnen als wahrnehmen konnte. Zwei Schritt hoch waren die Wände mit elfenbeinfarbenen Kacheln bedeckt, die hin und wieder feine Risse zierten, am Boden unterbrachen vier Abflußgitter unter den Waschbecken das Fliesenmeer. Aus den gelb und rostrot schillernden Schlieren, die sich den von Armaturen aus über das Email der Becken zogen, der festen Kruste halbvermoderter Haare über den Abflußgittern und den fleckigen Spiegeln, die bis hinauf zur Decke reichten, sprach eine Form des Verfalls, die Frau Schümer halb mit Abscheu, halb mit Faszination erfüllte. Ein merkwürdiger Modergeruch stach ihr in die Nase, den der grabeskühle, ehedem prächtige Raum selbst zu verströmen schien, und einen Augenblick lang fürchtete die Laborleiterin, auszurutschen und schwer auf die Kacheln zu schlagen, so sehr zitterten ihr die schlanken Knöchel. Im Schein einer Glühbirne sah sie das Gesicht einer Fremden, von wächserner Blässe und makellos geformt, mit weiten, schwarzen Pupillen, fein geschwungenen, haselnußbraunen Brauen und blau geäderten Schläfen.
»Hier spielt die Musik!« Bettina hatte sich an ihr vorbei in eine der hochwandigen Kabinen geschoben, und Frau Schümer mühte sich, ihr nachzukommen.
So grazil, als packten sie ein wertvolles Geschenk aus, legten sich Bettinas sorgsam manikürte Finger auf den hornfarbenen Deckel und hoben ihn langsam, sehr langsam an – und Frau Schümer schlug ein Geruch entgegen, der sie leise aufstöhnen ließ.

»Keine Angst, es beißt nicht! Na los, gucken Sie es sich ruhig an!«
Die Laborleiterin gehorchte und erblickte eine dunkelbraune Wurst, die irgendjemand entpellt zu haben schien, war das Gebilde doch bereits in Auflösung begriffen, zeigte hier und da Risse und Sprünge, zerfloß, wo es im Wasser lag, zu dunkelroten und gelblichen Schlieren.
Ein dumpfer Stoß traf Frau Schümer im Rücken. Sie keuchte erschreckt, biß die Zähne zusammen und sank in die Knie, dem widerlichen Gestank entgegen. Ehe sie es verhindern konnte, fingen ihre weit geblähten Nasenflügel einen süßlichen Geruch auf, der ihr auf eine so schamlose Weise vertraut war, daß es ihr den Speichel unter der Zunge vorschießen ließ. Würgend vor Ekel krümmte sich die Laborleiterin über den Beckenrand, schamrot, die Lippen weit geöffnet im Bemühen, durch den Mund zu atmen. Doch schon hatte ihre Nase einen weiteren Hauch eingefangen, bot ihn ihr stolz und merkwürdig lauernd dar. Frau Schümer nahm voller Befremden das tierhafte Keuchen wahr, das aus ihr hervorbrach, und hörte Bettina sagen: »Kann es sein, daß Ihnen das gefällt?«
Frau Schümer war sich unschlüssig, ob auf diese Frage eine Antwort erwartet wurde. Erst als auf Bettinas Satz ein bedrohliches, immer länger währendes Schweigen folgte, begann sie fieberhaft nach einer Erwiderung zu suchen und sagte schließlich: »Es ... verwirrt mich.«
Bettina lachte heiser. »So, es verwirrt Sie. Und wie äußert sich diese ... Verwirrung?«
Die Laborleiterin schwieg.
»Frau Doktor, verstehen Sie mich nicht falsch«, hörte sie ihre Assistentin in schärferem Tonfall fortfahren. »Ich hab' keinen Bock, mich hier zum Affen zu machen. Wenn ich Ihnen eine Frage stelle, dann erwarte ich eine Antwort!« Sie trat an Frau Schümer heran, die sich über die Schüssel duckte, wie ein Kaninchen sich unter dem Schatten eines Habichts duckt, sich fest an den unsäglichen Gestank schmiegen wollte und langsam mit den Pobacken wippte, legte ihr die

Hand ins Genick und begann ihr den Nacken zu kraulen, was der Laborleiterin ein ersticktes Wimmern entlockte.
»Also, Frau Doktor ... Was meinen Sie mit Verwirrung, hm?« flüsterte Bettina mit samtweicher Stimme.
»Ich fühle mich so ... matt. Zu matt, um meiner Pflicht nachzukommen.«
»Ihrer Pflicht ...?« Bettina kraulte ein wenig fester, so daß Frau Schümer ihre spitzen Nägel fühlen konnte.
»Ach ... Ich kann mir doch so etwas nicht gefallen lassen«, murmelte die Laborleiterin leise, und sogleich ritzten ihr die Nägel krallengleich über die Haut. Frau Schümer neigte den Kopf, bot ihre empfindlichen Wirbelknochen dar.
»Nein, das sollten Sie sich eigentlich nicht gefallen lassen. Aber wissen Sie was, Frau Doktor? Ich finde es sauscharf, daß Sie es trotzdem tun. Ich meine, so wie ich mich benehme, da hätten Sie mich doch eigentlich schon längst zusammenscheißen müßten ...« Frau Schümer keuchte auf und begann wie in rhythmischen Stößen mit dem Becken zu schlagen.
»Eine fiese Vorstellung, hm? Sie könnten es wagen, sich gegen mich zu wenden ... Wird Ihnen nicht allein bei dem Gedanken schon kotzübel?«
Als die Laborleiterin nur stumm nickte, lachte Bettina leise auf, trat dicht an sie heran, zog ihr mit der Linken den Kopf zurück, so daß Frau Schümer mit dem Po auf ihren Fersen zu sitzen kam, schob ihr die Rechte unter den Pullover und begann, ihr mit sanften, kühlen Fingern die Brüste zu streicheln. »Aber keine Angst, mein Liebchen ...« – die Laborleiterin stöhnte gequält auf – »Selbst wenn du wolltest, du kannst einfach nicht nein sagen. Das liegt dir nicht. Ein feiner Zug, Frau Doktor, ein sehr feiner Zug ...« Die Assistentin rieb die festen Knospen zwischen den Fingern, so fest, daß es ein klein wenig wehtat, und Frau Schümer verspürte eine tiefe, unerklärliche Sehnsucht, hob flehend die Brauen, erntete ein zweites, rauhes Lachen, wurde mit jähem Schmerz in die Knospe gekniffen. »Sie ahnen nicht, wie gut Sie mir gefallen, Frau Doktor ... Wenn ich Ihnen jetzt

sagen würde, sie sollten da reingreifen, was würden Sie da denken?«

Frau Schümer zuckte zusammen. Wie auf ein geheimes Signal hin ließ ihr Geist einer Flut von erschreckenden Bildern freien Lauf: Sie sah ihren Zeigefinger geradewegs auf die stinkende Tiefe zielen, sich unter dem glänzenden Purpur-Panzer des Nagels vorsichtig hinabsenken, sah durch den gläsernen Handrücken ein Netzwerk aus Adern und schneeweißen Sehnen schimmern. Da stellte sie sich vor, wie die Fingerkuppe gegen etwas Kühles tippten, ebenso nachgiebig wie eine geschälte Banane – und ein dumpfes Stöhnen drang über ihre Lippen. »Also, Frau Doktor, was würden Sie empfinden?« hakte Bettina unerbittlich nach.

»Es wäre mir eklig«, flüsterte die Laborleiterin mit ersterbender Stimme.

»So, so ... eklig.« Bettina beugte sich vor, schob ihre Hand unter Frau Schümers Rock, zwischen den Pobacken hindurch, und zwängte einen Finger zwischen ihre samtigen Lippen, hinein in die fließenden Säfte. »Nennen wir das Ekel, Frau Doktor?« fragte sie wie zum Scherz, und die Finger rieben fester über die harte Wurzel hinweg. Frau Schümer atmete stoßweise und begann sich der Hand entgegenzudrücken, fühlte ihren Schoß weich und warm werden, dem schmerzvollen Zerfließen nahe ... Doch sogleich zog Bettina die Hand zurück, stellte kühl fest: »Ich bin mir sicher, sie meinen etwas anderes ... Frau Doktor, *wie* heißt das Wort?« Als Frau Schümer hartnäckig schwieg, griff sie ihr ins Haupthaar, drückte ihr das Knie ins Kreuz und zog mit brutaler Gewalt den Kopf zurück, daß das Rückgrat gespannt wurde wie ein Bogen. Die Laborleiterin, jeden Augenblick darauf gefaßt, ein gräßliches Knacken zu hören, hörte sich mit fremder Stimme wimmern: »Geil ...« – eine Antwort, mit der die Assistentin zutiefst zufrieden war.

»Okay ... Und wenn das stimmt, daß Sie so eine Sauerei aufgeilt, Dr. Schümer, wäre es da nicht an der Zeit, sich ein bißchen anders zu verhalten, hm? Sollten Sie nicht besser

damit aufhören, sich permanent selbst verarschen zu wollen? Denn – unter uns: Ich hab' die Schnauze gestrichen voll.«
Dieser Satz schwebte in der Luft wie ein Henkersbeil, und die Laborleiterin erschrak bis ins Mark. Sie schüttelte benommen den Kopf, blinzelte über die Schulter, sprach in das gleißende Licht, wo sie irgendwo, in ferner Höhe, Bettinas Gesicht vermutete: »Aber ich ...«
»Halt den Mund!« schnitt man ihr das Wort ab. »Sie wollen einfach weitermachen wie früher, bauen drauf, daß die andern zu blöd für Sie sind, Frau Doktor – stimmt's?«
Dem konnte Frau Schümer in keinem Punkt widersprechen. Und doch, so sagte sie sich, saß ihre Assistentin einem schrecklichen Irrtum auf. Mag sein, daß die Laborleiterin es vermieden hatte, über die dunkle, böse Lust nachzudenken, die Bettina in ihr zu wecken verstand, mag sein, daß Frau Schümer es infolgedessen versäumt hatte, ihrer Assistentin den ihr gebührenden Dank zu entbieten – doch ganz gewiß nicht in der Absicht, sie zu beleidigen (und so viel kalter Zorn hatte aus Bettinas Stimme gesprochen, als sei sie auf eine gräßliche Weise gekränkt worden), sondern ganz allein, um der Unordnung Herr zu werden, die sich mehr und mehr in allen Bereichen ihres Leben auszubreiten begann. Dies alles galt es nun in freundliche, versöhnlich stimmende Worte zu kleiden – eine Aufgabe, die Frau Schümer schwer seufzen ließ.
»Es ist doch so einfach, mein Täubchen«, hörte sie wie zur Antwort Bettina raunen. »Wir machen einfach einen kleinen Deal, hm ...? Hör zu: Ich erkläre dir jetzt ein paar Dinge, die so einfach sind, daß sie sich auch ein Doktor merken kann. Und alles, was du tun mußt, ist, dich zu gegebener Zeit an meine Weisungen zu erinnern. Traust du dir das zu?«
Kaum hatte Frau Schümer genickt, kaum voll wonniger Genugtuung gespürt, daß Bettina ihr nun wieder gewogen war, da begann die Assistentin so freundlich, wie man einen guten Rat erteilt, sie in die wunderlichsten Instruktionen einzuweisen, und die Laborleiterin klebte gebannt an ihren Lippen. Sie mußte einige Redewendungen auswendig ler-

nen, bis sie sie Wort für Wort ohne Stocken aufsagen konnte, und sich dann merken, was von ihr erwartet wurde, wenn eines der Sätzchen gefallen war. Diese Handlungen waren von einer so alltäglichen, nebensächlichen Art, daß Frau Schümer es zu anderen Zeiten vielleicht sogar als albern empfunden hätte, sie einstudieren zu müssen, nun jedoch, als sie sie mit weihevollem Ernst rezitieren mußte, vor Anspannung bebte. Einzig der Gedanke, daß allem Anschein nach nichts von ihr verlangt wurde, dessen sie sich hätte schämen müssen, tröstete sie ein wenig – nicht eben lange, denn als Bettina sich vergewissert hatte, daß die Frau Schümer ihre Lektion zur Genüge beherrschte, fügte sie noch ein letztes, geheimes Signal hinzu: »Und wenn ich sage: ›Auf Wiedersehen, bis zum nächsten Mal, Herr Kamphauser‹« – dieser Name fuhr der Laborleiterin wie Eis durch die Glieder – »dann lassen Sie Ihren Rock fallen.« Als die Laborleiterin, anstatt zu antworten, leise zu zittern begann, fuhr Bettina belustigt fort: »Aber Frau Doktor ... Kein Grund, sich zu gruseln – ist schließlich alles bestens in Schuß«, und ihre Hand glitt erneut zwischen Frau Schümers Schenkel.

Dann schob sie die lustschlaffe Frau Schümer vor sich her, geleitete sie mit sanftem Druck auf Herrn Kamphausers Büro zu. Erst als die Laborleiterin Bettina vor dem Türspalt »... Herr Kamphauser?« fragen hörte, so zaghaft bittend, wie es einer Assistentin anstand, gewann sie ihre alte Beherrschtheit zurück. Festen Schrittes folgte sie Bettina in das Zimmer voll süßlichem Pfeifenqualm (mochte man sie ruhig nach ihren Experimenten fragen, Frau Schümer war noch nie um eine Ausrede verlegen gewesen!), sah – und das war zu erwarten gewesen! – Herrn Kamphauser hinter einem Wall aus dicken, lederbespannten Buchrücken thronen, mit einem Lächeln, das halb Interesse, halb nonchalante Herablassung ausdrückte, auf sie blicken.
»Guten Morgen, die Damen!« wünschte der Institutsleiter mit volltönendem Baß, faltete erwartungsvoll die schlan-

ken, bleichen Hände und fragte: »Was kann ich für Sie tun?«
»Wir möchten von unseren Fortschritten berichten«, antwortete Bettina mit einem angedeuteten Knicks. »Meine Chefin hat sich so darauf gefreut, von Ihnen gelobt zu werden, daß ich es nicht ertragen habe, sie noch länger auf die Folter zu spannen.«
»Fein, fein«, nickte der Institutsleiter. »Wenn es Ihnen so viel bedeutet, Frau Doktor Schümer, dann erzählen Sie mir doch einmal, wie weit Ihre Forschungen bislang gediehen sind.«
Erst stockend, dann flüssiger begann Frau Schümer von ihren Untersuchungen zu berichten (oder besser gesagt, von der Arbeit ihrer Doktoranden, wobei sie darauf bedacht war, Emils und Volkers Namen durch das kollegiale »wir« zu ersetzen), und zu ihrer Überraschung schickte sich keiner ihrer Zuhörer an, ihren Redefluß zu unterbrechen: Herr Kamphauser enthielt sich jeder Zwischenbemerkung, und Bettina hatte sich nun schon so weit von der Laborleiterin abgewandt, daß sie ihr den Rücken zudrehte. Dieses Desinteresse auf beiden Seiten begann Frau Schümer skeptisch zu stimmen, und die Worte quollen ihr zusehends hastiger aus dem Mund, bis sie schließlich nicht mehr wußte, worauf ihre Ausführungen überhaupt abgezielt hatten, sich immer tiefer in Wiederholungen und halb verschluckten Entschuldigungen verstrickte und verwirrt innehielt.
»Das klingt ja ganz hervorragend, Frau Doktor Schümer«, bemerkte der Institutsleiter mit einem Unterton, den Frau Schümer geneigt war, als Spott zu interpretieren. »Ein selten gelungener Versuchsansatz ... Wie sagten Sie noch, haben Sie die Mutanten erzeugt?«
»Mit UV-Strahlung«, antwortete Bettina an ihrer Statt, und die Laborleiterin warf ihr einen überraschten Blick zu. Wieso kannte sich ihre Assistentin auf einmal mit der Mutagenese aus? »Und mit Geduld ...«, hörte sie Bettina unsinnigerweise fortfahren. »Sie müssen wissen, Herr Kamphauser, meine Chefin beweist in letzter Zeit einen Einsatz, an dem wir alle unsere helle Freude haben.«

Da war das erste Stichwort gefallen! Frau Schümer spreizte die Beine, legte den Kopf in den Nacken und rieb sich mit geschlossenen Augen über die Kehle. »Woran ich nicht den kleinsten Zweifel hege, Frau Sölter«, bemerkte Herr Kamphauser trocken und fuhr fort, Frau Schümer zu Details der Mutantensuche zu befragen.
Es hätte der Laborleiterin nicht eben leicht fallen sollen, ihm zu antworten. Zum einen hatte sie die Untersuchungen ihrer Doktoranden in letzter Zeit nur mehr mit Desinteresse verfolgt, zum anderen war Bettina jetzt dazu übergegangen, ihr unverwandt ins Gesicht zu starren, den Ellbogen auf einen Schreibschrank gestützt, derart lauernd, daß die Laborleiterin immerfort an die letzte, unheimlichste ihrer Vereinbarungen denken mußte und vor Aufregung keinen klaren Gedanken mehr fassen konnte. Und doch sprudelten lateinische Fachbegriffe aus ihrem Mund, die sie mit geheimem Entzücken zur Kenntnis nahm, formulierte ihr Geist wie von selbst die brilliantesten Schlußfolgerungen aus, und Herr Kamphauser zündete sich zufrieden schmunzelnd eine Pfeife an.
Es rauchte nun auch Bettina, warf Frau Schümer unter halbgeschlossenen Lidern verschwörerische Blicke zu, ergänzte ihre Erläuterungen durch einen knappen Kommentar, wo es Sinn machte, oder berichtigte sie, wenn ihr ein Fehler unterlaufen war. Hatte es die Laborleiterin zu Anfang noch gefreut, daß ihre Assistentin sich in letzter Zeit ein erstaunliches Fachwissen erarbeitet zu haben schien, so begannen ihr diese Kenntnisse allmählich Furcht einzuflößen, ja, sie ertappte sich dabei, immer länger nach Wörtern zu suchen aus Angst, die Assistentin könne sich zu einer Korrektur gezwungen sehen.
»Ja, die Genetik ist ein hartes Brot«, hörte sie Bettina eine besonders lange, peinliche Redepause unterbrechen, »Frau Doktor, erzählen Sie doch mal von unserem neuen Gradiententest! In aller Bescheidenheit, da sind wir auf eine geniale Idee gekommen ...« – Das nächste Stichwort! Schon wollte sich die Laborleiterin an das Gelernte erinnern, da

sah sie den Institutsleiter sich interessiert vorbeugen, hörte ihn »Ach was – Gradiententest?« murmeln, und warf Bettina einen verzweifelten Blick zu. Die Assistentin blinzelte, und so ungut glomm es in ihren Augen auf, daß es der Laborleiterin wie ein scharfer Schmerz ins Herz stach. Eine süße, unerklärliche Kraftlosigkeit rann durch ihre Glieder, und während sie aus den Augenwinkeln wahrnahm, wie Professor Kamphauser sich, ungeduldig einer Antwort harrend, das Kinn rieb, zog sie einen Kugelschreiber aus ihrer Rocktasche, schloß die Augen und begann, von erwartungsvollem Schweigen umgeben, ihn abzulecken. Erst war ihr noch ein bißchen zögerlich zumute – schließlich stand jeden Augenblick zu erwarten, daß der professorale Zorn über sie hereinbrach –, doch bald schlug sie ihre Tätigkeit so sehr in den Bann, daß sie sie all ihre Nöte vergessen ließ. Wieder und wieder fuhr das flinke Himbeerzünglein über das Plastik, schlängelte sich neckisch von der Kappe an aufwärts, stipfte auf das gallenbittere Kügelchen, und schließlich, nach einem Moment des Zögerns, schlossen sich die Lippen weich und behutsam über der silbrige Spitze, saugten den Stift, von einer plötzlichen Gier befallen, auf halbe Länge auf. »... genauer gesagt, Nitrosid-Gradienten. Das Gefälle wird beim Gießen erzeugt, gleich nach dem Autoklavieren«, hob Bettina zu einem detaillierten, fachlich kompetenten Vortrag an, der mit den Worten »Soviel zu unseren bescheidenen Bemühungen ... Nun erzählen Sie uns doch einmal, was es Neues in Genf gibt, Herr Professor Kamphauser« schloß.
Es schien, daß diese Wendung des Gesprächs dem Institutsleiter gelegen kam. Er rieb sich wonnig die Hände, lehnte sich in die dicken Lederpolster zurück und begann über seine Arbeitsgruppe in der Schweiz zu plaudern. Je länger Frau Schümer ihm dabei lauschte, um so deutlicher fiel ihr auf, wie er ihrem Blick auszuweichen suchte und bestrebt war, wo immer er nur konnte, das Wort an Bettina zu richten. Diese Beobachtung erfüllte sie mit panischem Schrecken – hatte es ihre Assistentin also fertiggebracht, ihr

den Rang abzulaufen? Und wie ein Schiffsrumpf aus dem Nebel auftaucht, so stand ihr plötzlich eine gräßliche Gewißheit vor Augen: Wenn es ihr jetzt nicht gelang, Professor Kamphausers Gunst zu erringen, dann war es um ihre Position geschehen – Schüchternheit bei einer Laborleiterin, das kam dem Sehnenriß bei einem Rennpferd gleich!

Entschlossen tat Frau Schümer einen Schritt auf den ebenholzfarbenen, von vier samtbespannten Stufen gesäumten Schreibtisch zu, raunte: »Wie faszinierend! Proteinsynthese bei Clostridium – wie ist Ihnen das nur gelungen?«, und schon – Frau Schümer mochte jubeln vor Glück – war ihr die Aufmerksamkeit des Institutsleiters sicher. Als wolle er sich für ihr so plötzlich erwachtes Interesse erkenntlich zeigen, schloß er mit knappen Worten die Schilderung seiner Versuche ab und holte zu einer Anekdote aus dem Genfer Laborleben aus. Just, als sich die Pointe abzuzeichnen begann, bemerkte Bettina, gleichsam flüsternd: »... Wo gibt's denn das?«

Der dritte Schlüsselsatz! Frau Schümer maß den Professor mit festem Blick, der, durch Bettinas Einwurf einen Moment lang irritiert, seine Erzählung wiederaufgriff, und fühlte eine merkwürdige Überheblichkeit in sich keimen. Sie erinnerte sich, wie sie eben noch vor dem Toilettenbecken gekniet hatte, hörte Bettina sagen: »Wenn das stimmt, daß Sie so eine Sauerei aufgeilt, Dr. Schümer, wäre es da nicht an der Zeit, sich ein bißchen anders zu verhalten?« Nicht Verachtung hatte diesen derben Worten beigeschwungen, sondern tiefe, zärtliche Anerkennung – die gleiche Anerkennung, die aus den gellenden Pfiffen der Motorradfahrer sprach und aus den Unflätigkeiten, die der Frau namens Lilly über die Lippen gekommen waren ... Konnte es sein, daß ihre Bereitschaft, sich in weicher Ergebenheit in das Unsägliche gleiten zu lassen (denn dies war das Gefühl, das all den beunruhigenden, aufwühlenden Erlebnissen der letzten Monde gemein war), eine seltene Gabe darstellte, die sie mehr als jedes andere ihrer Talente über ihre Mit-

menschen erhob? Und war die rauschhafte Begeisterung, die sie in solchen Momenten erlebte, nicht Beweis genug für diese ihre Einzigartigkeit? Bei dieser Erkenntnis fühlte Frau Schümer lodernden Stolz in sich wachsen, der wie ein Stachel in ihrem Fleisch saß und sie nicht ruhen lassen würde, bis sie ihm durch Taten Ausdruck verliehen hatte. Durch außergewöhnliche, nicht mehr gut zu machende Taten ... Ganz langsam, und ohne den Institutsleiter aus den Augen zu lassen, schob sie ihre Hand unter den Pulli, und die feine Kaschmirwolle zeichnete jeden einzelnen Finger nach, rückte sich mit gemessenen Bewegungen, erst rechts, dann links, die Brust zurecht.
Herr Kamphauser brach ab. Das Blut wich ihm aus dem Gesicht, spitz stach die Nase aus seinem wächsernen Antlitz, und nun, allmählich, begannen ihm die Zornadern wie Würmer zu schwellen. Es war ihm anzusehen, daß er, wäre ihm Frau Schümers Gebaren nicht gar so absonderlich erschienen, schon längst die Beherrschung verloren hätte. So aber, da er die ihm widerfahrene Insultation weder zu benennen noch in irgendeiner Weise einzuordnen wußte, verharrte er starr und steif, mit funkelnden Augen, und ein böses Schweigen legte sich über den Raum. Und noch bevor es ihm gelungen war, die rechten Worte zu finden, war ihm Bettina durch ein Räuspern zuvorgekommen.
»Tja – dann wollen wir Sie mal nicht länger von der Arbeit abhalten, Herr Professor! Vielen Dank für die Aufmerksamkeit, und – bis nächstes Mal, Herr Kamphauser.«
Die Laborleiterin keuchte laut vernehmlich auf. Das war zwar nicht wortwörtlich der gleiche Satz, den sie verabredet hatten, aber dennoch gab es für sie keinen Zweifel, was nun als nächstes von ihr verlangt wurde ... Doch, ach – warum hätte sie sich widersetzen sollen? Bettina hatte recht: Was war schon dabei, ihre rosige Pflaume zur Schau zu stellen? Um ihre Reputation war es ohnehin geschehen – eine Gewißheit, die, zu ihrer eigenen Verwunderung, nicht Angst, sondern Schauer des Entzückens über ihren Rücken jagen ließ. Und jetzt, wo sie alles geopfert hatte, was ihr in

ihrem früheren Leben wichtig gewesen war, begann sie sich allmählich danach zu sehnen, den letzten, schrecklichsten Schritt in Angriff zu nehmen, und ihr war, als habe Bettinas Anordnung dem geheimsten ihrer Wünsche vorausgegriffen ... Noch während Frau Schümer mit energischen Griff an der Taille gepackt und hinaus auf den dämmrigen Gang geschubst wurde, war sie damit beschäftigt, Öse für Öse ihren Rock aufzuhaken.

12. Kapitel,

in dem Frau Schümer an einem Volksfest teilnimmt

Dr. Marion Schümer starrte durch das Gefuchtel der Scheibenwischer hindurch auf den glänzenden Asphalt und konnte sich von Wegbiegung zu Wegbiegung besser erklären, warum der Taxifahrer sie so ungläubig angestarrt hatte, als sie ihm eröffnete, sie wolle zum ›Milestone‹ fahren. Wie wenig wollte doch ihr lachsrotes Wildseidenkleid, die bis zum Ellenbogen reichenden Satinhandschuhe und die rauchfarbenen, über dem Spann geschnürten High-Heels zu dieser verlassenen Gegend passen, zu all den Lagerhallen, Autowracks und leeren Parkplätzen ...

Dann schließlich hatten sie ihr Fahrtziel erreicht (aus Groll – was scherte es den Chauffeur, wo seine Kunden den Abend verbringen wollten? –, entschied sich Frau Schümer, auf das Trinkgeld zu verzichten), das Taxi war mit wütendem Motorengeheul um die Ecke verschwunden, und ließ Frau Schümer unter einem von Regenwolken und der nahenden Dämmerung bleigrau gefärbtem Himmel zurück. Die Laborleiterin blickte sich ratlos um: ›Werktor 3‹ war auf dem rostfleckenübersäten Schild zur Hofeinfahrt zu lesen gewesen, und nun stand sie vor einem alten Fabrikgebäude. Hier und da klebten noch Scheibenreste an den Fenstersprossen, die schwarz-grünen Efeuranken, die sich bis zur Dachrinne vorgearbeitet hatten, waren mit Taubenmist überkrustet. Zur Rechten des Hofs ragte eine bröckelige Ziegelmauer, zur Linken eine wild wuchernde Ligusterhecke auf, mit Brombeeren und Knöterich durchsetzt. Von der Kneipe fehlte jede Spur, und einen Augenblick lang befürchtete die Laborleiterin, einem Streich zum Opfer gefallen zu sein – doch dann erblickte sie die Motorräder, die hinter dem alten Gemäuer hervorlugten. Sie atmete auf und stöckelte flink um die Fabrik herum.

Dort standen dicht an dicht die schwersten Motorräder, lehmig, staubig und ölig zwar, aber mit blankgeriebenen Sätteln und warmem Krümmer. Mitten unter ihnen konnte die Laborleiterin (mit einem Gefühl heimeliger Vertrautheit) vier ihr wohlbekannte Maschinen ausmachen, darunter

Jabmans Honda – ein untrügliches Zeichen, daß der Anführer der Bande nicht weit war. Auch bemerkte Frau Schümer soeben, daß ihr von allen Rädern, die zur *Horde* gehörten, die Kennzeichen bekannt waren: ein Relikt aus der Zeit, da sie noch beabsichtigt hatte, Anzeige zu erstatten. In angenehmen, teils belustigenden Erinnerungen an jene Tage der Wirrnis versunken, steuerte Frau Schümer die gegenüberliegende Seite des Gebäudes an, wo von einer Kellertreppe dumpfe Baßschläge herüber drangen – da nahm ihre Unbekümmertheit ein jähes Ende. Drei pechschwarze Gestalten, in Helme, dick gepolstertes Lederzeug und zottelige Halstücher gemummt, waren soeben dem Kellerloch entstiegen und schickten sich an, Frau Schümer entgegenzutreten. Der Laborleiterin huschten die wüstesten Befürchtungen durch den Sinn: Was, wenn diese Groblinge sie hier, auf der Stelle, überwältigen würden, bevor sie noch zu Jabmans Leuten gelangt wäre? Lilly würde ihr die Unpünktlichkeit schrecklich übel nehmen, und sie vielleicht auch schon jetzt ein klein wenig vermissen. Schon begann ihr das Herz wie rasend zu pochen, und sie zwang sich verzweifelt zur Ruhe: Auch, wenn sie wollte, hätte sie auf diesen Absätzen nicht fliehen können ... Doch zu ihrer großen Erleichterung ließ man es bei ein paar mißtrauischen Blicken und einigen Rippenstößen gut sein, und Frau Schümer eilte mit wehenden Haaren auf den Niedergang zu, zwängte sich an einem Rockerpärchen vorbei, das eng umschlungen auf dem Treppenabsatz stand. Sie passierte hocherhobenen Hauptes den Türsteher, der ihre Erscheinung mit unartikulierten, gutturalen Laute zu kommentieren suchte, schlüpfte durch einen Filzvorhang, der nach Moder und kaltem Rauch roch, in einen spärlich beleuchteten Gang. Diesen schritt sie nun entlang, den Blick am brandfleckenübersäten Teppichboden und allerlei abgewetzten Stiefelpaaren verhaftet im Bestreben, so wenig Aufsehen wie möglich zu erregen – mit zweifelhaftem Erfolg, folgte ihr doch ein Chor aus gellenden Pfiffen und unflätigen Bemerkungen.

Durch eine Tür am Ende des Gangs gelangte sie in den Tanz- und Tresenraum. Unter schillernden Facettenlampen, in rauchschwangerer Luft, zuckten und bogen sich die langhaarigen Leiber, saßen vornübergebeugt vor der schwarzlackierten Theke, hockten zwei und zwei am Boden und lungerten, Bierflaschen schwenkend, auf Cordmöbeln. So angestrengt Frau Schümer auch ins Halbdunkel starrte, es war nirgends ein bekanntes Gesicht auszumachen. Doch je länger sie Ausschau hielt, die Hand über die Augen gehoben, um so mehr der Gäste standen plötzlich, in der Bewegung erstarrt, wie Wachspuppen da, mit weit aufgerissenen Mündern, bis schließlich, nach einer geraumen Weile, die Lähmung auch den vierschrötigen Wirt erfaßt hatte, dessen letzte, gleichsam mechanische Handbewegung der Musikanlage galt – und mit einem Schlag herrschte ehrfürchtiges Schweigen.
Der Laborleiterin brach unterm Seidenstoff der Schweiß hervor angesichts dieser Front aus Augenpaaren, aus dümmlich-verschleierten und neugierig starrenden Blicken, die mal unter dick getuschten Wimpern hervorblitzten, mal durch wirre, filzige Strähnen stachen. Unwillig, wie zur Flucht bereit, tat sie einen weiteren Schritt auf die Menge zu, als aus deren Mitte eine dunkle, ihr wohlvertraute Frauenstimme erklang: »Hey ...!« Sie erbebte, erleichtert und doch beunruhigter denn je, und schon löste sich Lillys hochgewachsene Gestalt aus der Masse, die raunend eine Gasse bildete. Langsam schlenderte die Blonde heran, blieb, eine Mannslänge von Frau Schümer entfernt, breitbeinig stehen, die ersten beiden Fingerglieder in die hautengen Jeanstaschen gezwängt. Dem pelzigen Gefühl auf ihrer Zunge zum Trotz rang sich Frau Schümer ein Lächeln ab: »Guten Tag.«
»Tach!« erwiderte ihre Gastgeberin und fuhr so leise, als gälten ihre Worte nur der Laborleiterin, fort: »Das nenn' ich scharf, daß das Ficktierchen zu uns gefunden hat.« Sie trat dichter an die Laborleiterin heran, starrte ihr fasziniert auf die fliegende Brust, den bebenden Rippenbogen, das wie

von Ameisenfüßen kribbelnde Becken, und murmelte: »Cooler Fummel ... Hast dich aber mächtig in Schale geworfen für uns, was?« Dieses Lob ließ Frau Schümer alle Scheu vergessen; ehe sie es sich versagen konnte, hatte sie Lilly ins Gesicht geblickt und sah jene – es ließ ihr einen heißen Schreck zwischen die Schenkel fahren – anerkennend lächeln. Auf einen Wink hin drehte die Laborleiterin sich um, hörte Lilly raunen: »Arschgeil. Das kann sich sehen lassen«, und spürte die Blicke der anderen so deutlich auf dem Gesäß brennen, daß es ihr die Nackenhärchen sträubte. Im Bemühen, der lobenden Aufmerksamkeit gerecht zu werden, begann Frau Schümer leise, wie angedeutet, mit dem Becken zu stoßen, worauf Lilly nicht ohne Zärtlichkeit vernehmen ließ: »Hm, hm ... Also wieder mal höchste Eisenbahn, du geiles Luder ...«
Zu den Zuschauern gewandt, fuhr die Blonde mit lauter Stimme fort: »Ey Leute, aufgepaßt«, wobei sie ihre Worte mit einer weitausholenden Geste unterstrich, »Hier gibt's zur Feier des Tages was ganz Besonderes ... Unsere Unisau!« Von der Theke her durchdrang wildes Gejohle die Stille – für einen Augenblick glaubte Frau Schümer, Paule und Jabman erkannt zu haben.
»Dieses Weib nämlich«, sprach Lilly weiter, »verfolgt uns jetzt schon seit Monaten.« Sie blickte herausfordernd in die Runde, um sich der Wirkung ihrer Worte zu versichern. »Okay, Dinky, ich seh' schon, du kommst nicht ganz mit«, sagte sie und erntete die ersten Lacher, »verfolgen, das heißt, daß die«, und wieder deutete sie auf Frau Schümer, die längst leise zu zittern begonnen hatte, »immer wieder bei uns aufkreuzt und verwöhnt werden will.«
»Was – *die* Schnalle?« kam es ungläubig aus der Menge.
Lilly lächelte mild. »Da guckt ihr, was ...? Ist übrigens Akhadeh-miker, unsere Fotze. Also ...«, sie musterte Frau Schümer mit schiefgelegtem Kopf, »zuerst haben wir uns natürlich gedacht, die will uns verarschen. Oder sogar, die wär vonne Bullen. Bis wir gemerkt haben, daß die das braucht. Und weil's so ein Prachtstück ist, haben wir sie halt

bei uns behalten, gelle ...« Zu Lillys Zufriedenheit sprach aus den Mienen der Zuschauer Fassunglosigkeit und vage Empörung, und sie fuhr, der Laborleiterin ein beiläufiges »Sitz!« zuraunend, fort: »Ihr könnt euch nicht vorstellen, was wir mit der schon eine Freude hatten. – Hab ich recht, Jabby?« Ein fröhliches »worauf du einen lassen kannst« war die Antwort.
Mit dem Augenblick, da der erste Befehl gefallen war, ging durch die Zuschauermenge eine kaum wahrnehmbare Veränderung. Es herrschte plötzlich bedrückendes Schweigen, das Rudel war noch ein klein wenig näher aufgerückt, aus neugierigen Blicken war ein lauerndes Stieren geworden. Und in diesem Moment wurde der Laborleiterin klar, daß sie all die Monde einem fatalen Irrtum aufgesessen war: Die ganze Zeit über hatte sie angenommen, die Horde sei etwas Außergewöhnliches, ein Geheimnis, von dem nur sie allein wußte und das sie, wollte sie ihm nicht den Zauber nehmen, vor aller Welt zu hüten hatte. Ihre Bekanntschaft zu den Rockern hatte so den Charakter einer Verschwörung erhalten, den Beigeschmack eines gegenseitigen Einverständnisses erhalten, und das hatte ihr geholfen, die Unmenschlichkeit ihrer Peiniger zu ertragen. Nun aber kam ihr mit einem Schlag zu Bewußtsein, daß Lillys Leute mitnichten einzig in ihrer Art waren, daß es Dutzende, ganze Kellerräume voll gleichermaßen zerlumpter, aufgedunsener Gestalten gab. Wie ein Kind, das seine Lieblingspuppe in vielfacher Ausführung im Spielzeuggeschäft erblickt, kam sich Frau Schümer auf eine stille, schmerzliche Art betrogen vor. Und doch, so peinlich es ihr auch war (denn kam es nicht einem Verrat an der Horde gleich?), wurde sie sich dessen gewahr, daß eben diese Häufung von gierigen, rohen Wesen sie erbeben ließ vor Rührung. Sie sah sich selbst, Blüte der Schönheit und der Intelligenz, einer unüberschaubaren Masse von menschlichem Abschaum gegenübergestellt, erinnerte sich daran, wie sie damals das Hundefutter aufgeleckt hatte. Plötzlich war ihr, als wüßte jeder der Anwesenden um die merkwürdige Verwandlung, zu der Frau Schümer in

der Lage war, als hungerte die Menge danach, sie in hilfloser Lust zerfließen zu sehen. Diese heimliche Vertrautheit ließ sie leise aufseufzen, sie beugte den Nacken, sank weich auf die Knie – die Schenkel weit genug gegrätscht, um den prächtigen Strumpfsaum vorblitzen zu lassen.
Einen Schritt von ihren Handschuhen entfernt, erblickte sie Lillys Lackstiefel, der sich mit fremdem, tückischem Glanz von dem fleckigen Teppichboden abhob. Von der Seite betrachtet, konnte man die scharfen, harten Profilrillen der Sohle erkennen – Frau Schümer zuckte unwillkürlich zusammen, wußte sie doch nur zu gut darum, mit welcher Rücksichtslosigkeit man damit ihre Pobacken malträtieren konnte. Die Erinnerung an erlittene Qualen war auf einmal so präsent, daß ihr Schoß unter dem Seidenstoff zu glühen begann und sie zu spüren glaubte, wie er warmes Blut aus Lenden und Leisten sog. Frau Schümer glitt auf alle Viere – ein überraschtes Raunen lief durch die Menge –, fühlte ihre Pomuskeln zucken, so heftig und frech, daß sie es unmöglich vor der neugierigen Meute verbergen konnte, die nun mit scharrenden Sohlen ein, zwei Schritte heranschlurfte ...
Dergestalt in Bedrängnis, beschloß die Laborleiterin, sich dem Hüftschwung hinzugeben, verglich sich im Geiste mit einer Bartänzerin, die im rauchverhangenen Rotlicht ihr Bestes gab – ein Gedanke, der ihr ein wohliges Seufzen entlockte –, und krabbelte zu dem Stiefel hin. Dort angelangt, beugte sie sich vor, reckte unter einem Vorhang aus pechschwarzen Haaren das Zünglein und begann, sanft und sorgfältig das Leder abzulecken. Lilly knurrte ein leises »brav«, und prompt schoß Frau Schümer das Blut in den Kopf vor Freude, sie fühlte ihre steifen Nippel über den Teppich streichen, vor und zurück.
»Ne, das ist doch praktisch«, hörte sie die Blonde sagen, »kommt doch immer gut. Zumal die nicht nur *Stiefel* lecken kann ...« – man pfiff und rief derbe Kommentare aus. – »Aber jetzt, Puppe«, fuhr Lilly fort, packte Frau Schümer ins Haar und zog sie hoch, »kriegste erst mal was zu saufen. – Theo, 'nen Doppelkorn!«

Um sich keine Blöße zu geben, trank Frau Schümer das ganze Gläschen in einem Zug aus, versagte sich das Husten und zwang mit zusammengebissenen Zähnen die Tränen zurück. Und wirklich, ihr Ringen um Fassung wurde belohnt: »Ey, cool ... Die säufte ja wie'n Loch!« bemerkte einer der Umstehenden bewundernd.
»Ja, ja ...«, gab Lilly schwer seufzend zur Antwort, »ist manchmal gar nicht so einfach, die sattzukriegen – schon gar nicht, was das Spritzen angeht ... Hab ich recht, Jungs?«, worauf sich Paule zu einem brummigen: »Na, bisher ha'm wir's noch immer hingekriegt« gezwungen sah.
So bitter der Kornbrannt auch schmeckte, war er erst einmal im Magen angelangt, fühlte es sich so wundersam kribbelig an, daß die Laborleiterin minutenlang, in sich gekehrt, dem Brennen und Glühen nachspüren mochte. Es strahlte die Speiseröhre hoch, als wolle es ihr die Anatomie ihres Körpers veranschaulichen, wob mit Myriaden trippelnder Fliegenkrallen ein dichtes Netz, einen schillernden Panzer über ihre Brust. Von fremder Hand gestärkt, gab sie sich einer wohligen Mattheit hin, die Schultern sackten ihr herab, die Nackenmuskeln flossen dahin wie Butter in der Sonne. Entrückt lächelnd, lauschte sie Lillys Worten: »Und weil du immer so schön geil warst, hab' ich dir was mitgebracht«, versuchte mit zusammengekniffenen Augen, das Plastikbeutelchen zu fixieren, das vor ihrer Nase hin und her pendelte: Kleine, dunkelbraune Drops hoben sich hinter der grau verschmierten Folie ab. Nach langem Grübeln kam die Laborleiterin zu dem Schluß, es handele sich allem Anschein nach um ... – »Hundeschokolade« bestätigte da auch Lilly wichtigtuerisch, »aber nicht für lau, du Dreckstück!«
So unvermittelt erschreckend trafen Frau Schümer diese Worte, daß sie scharf die Luft einsog. Da nahm das Unsägliche also wieder seinen Lauf – und nicht nur Lillys Leute hatte sie als Zeugen, sondern Dutzende fremder Menschen ... Von plötzlicher Furcht übermannt, formte sie tonlose Worte und sah zu gleicher Zeit Lilly hämisch grinsen.

»Weil ...« fuhr die Blonde fort, »wir führen jetzt hier die Nummer mit den Kippen auf, ne? Damit unsere Freunde mal so richtig sehen, was die Alte drauf hat ...«

– Kippen?! Frau Schümer brach kalter Schweiß aus. Eine Flut von Erinnerungen kam ihr in den Sinn: Damals, in der Reithalle, wie die glühenden Finger auf ihren Körper gegriffen hatten, einzeln, zu zweit oder dritt, sich kunstvoll von der derben Hüfthaut über den straffen Bauch zum blütenzarten Busen vorangearbeitet hatten ... Sie hatte sich gekrümmt, laut geschrien, wollte sich am liebsten zusammenkugeln, um dem feurigen Biß nichts als festgekrampfte Rückenmuskeln entgegenhalten zu müssen – doch ihre Peiniger hatten es sich längst zur festen Gewohnheit gemacht, sie spreizbeinig und mit erhobenen Armen unter den Dachbalken zu hängen, so zugänglich wie ein ausgeweidetes Tier. (Ja, es gab *Besuche,* da nichts anderes geschah, als daß sie dergestalt gebunden wurde und darauf wartete, daß hin und wieder ein Rocker zu ihr herüberschlenderte und in sie eindrang – mehr oder minder lang und heftig, in Anus, Möse oder in beides – um sich nach vollbrachter Tat wieder zu seinen Kumpanen zu gesellen.) Bei der Sache mit den Zigaretten jedoch hatte wahre Fetenstimmung geherrscht: Man hatte sich gegenseitig angefeuert, in die Hände geklatscht, im Rhythmus der Musik die Kippen auf ihre Lenden gestippt, hatte immer abwechselnd einen drallen Schwanz in ihre Pforte gestopft und einen Nippel, mal rechts, mal links, versengt ... Schon recht früh hatte sich Frau Schümer mit dem Gedanken abfinden müssen, daß jede Bitte um Schonung vergebens war! Glühender Schmerz, der feine Geruch nach verschmorter Haut, hatte sich mit dem gequälten Saugen ihrer glitschigen Möse vermischt, mit wässrigem Duft nach saftspuckenden Schwänzen, bis sie nichts anderes mehr tun konnte, als mit jedem Zoll ihres zuckenden Körpers Feuerstiche und Schwanzstöße aufzufangen, laut stöhnend vor Dankbarkeit, und sich windend in der Gier nach mehr.

»Jungs, schiebt mal 'n paar Tische zusammen, wir brauchen Platz!« rief Lilly, und Frau Schümer verfolgte mit klopfendem Herzen, wie muskelbepackte Arme Cordmöbel stemmten und Tischbeine lüpften, wie Motorradhelme beiseite gekickt wurden und über den Boden kullerten wie abgehackte Köpfe.

Da plötzlich löste sich ein schmächtiger Jüngling aus der Zuschauermenge, dessen sanftmütige Kohleaugen so wenig zu seiner kettenbesetzten Schweinslederjacke passen wollten wie das wallende, kleingelockte Engelshaar. Frau Schümer starrte den Näherkommenden an, erntete einen verführerischen Wimpernschlag und schluckte angewidert einen bitteren Geschmack hinunter.

»Sach ma, Lilly«, der Neuankömmling baute sich mit verschränkten Armen auf »die kann gut lutschen, ja?«

Lilly, die noch immer die Aufbauarbeiten überwachte, wandte sich nur kurz um, streifte ihn mit einem hochmütigen Blick und erwiderte: »Klar.«

Ohne ein weiteres Wort zu verlieren, zog der Neue langsam und genüßlich den Reißverschluß seiner speckigen Jeanshose auf. Frau Schümer sah vor ihrer Nase kurzgliedrige Finger in einem Leopardenfellhöschen herumwühlen, und schließlich einen riesigen Schwanz zum Vorschein bringen, die Adern darauf fetten Würmern gleich. Die Hand packte energisch zu, schob die wulstigen Hautfalten zurück und ließ eine glänzende Eichel zum Vorschein kommen, bei deren Anblick sich Frau Schümers Schamlippen fest zusammenpreßten.

Und im nächsten Moment – sie schloß rasch die Augen – zwängte sich der warme Fleischstab in ihren Mund, zwang sie, die Kiefer weit zu öffnen, und schwemmte einen bitteren Uringeschmack durch ihren Gaumen. Sie würgte, schluckte unwillkürlich mehr von dem Gallensaft und wollte sich angeekelt entziehen, als der Schwanz so brutal in ihren Gaumen vorstieß, daß er das Zäpfchen beiseitedrängte. Frau Schümer überkam panische Erstickungsangst, die erst nach zwei weiteren Stößen nachlassen sollte und der Vorstellung wich, der Schwanz wolle durch Rachen und Nasenhöhle bis in ihr Gehirn vordringen, um endlich die weiße Pracht mit seinem Saft zu überschwemmen ... Sie versuchte zu stöhnen, doch war ihre Kehle fest zugestopft. Tränen schossen aus ihren Augen, sie riß die Kiefer noch weiter auf, fühlte die Eichel sich fest an ihrem Rachen reiben und schluckte, saugte, schluckte ...

Durch das Rauschen von Blut in ihren Ohren drang Fluchen, fern und unwirklich. Erst als jemand den Fleischpropf aus ihrem Hals riß, kam sie allmählich wieder zu sich, schüttelte mit wild pochenden Leistengruben den Kopf und atmete kalte rauchige Luft ein.

»Du verdammte blöde Sau!« hörte sie eine Männerstimme brüllen, dann einen dumpfen Schlag und ein lautes Keuchen. Frau Schümer riß die Augen auf und sah eben, wie Jabmans Faust ein zweites Mal in die Magengrube des Neuen sauste.

»Ich sag dir, die ist *unser* Gast, du Arschloch, und da läßt du gefälligst die Finger von ...« – da flog mit einem dumpfen Schrei das Kinn des Buben hoch – »sonst hau ich dir die Birne matschig!«

Der feingliedrige Körper sackte in sich zusammen wie eine Gummipuppe, aus der die Luft entweicht. Jabman richtete sich auf, strich sich die schweißnassen Stränen aus der Stirn und war mit zwei großen Schritten bei Frau Schümer angelangt, die, die Knie an den Körper gezogen, am Boden kauerte und immer heftiger zu zittern begann.

Sie starrte ihn aus kugelrunden Augen an, öffnete zaghaft die Lippen zu einem ersten Satz – und schon warf ihr eine Ohrfeige die Wange zur Seite; ein feines Sirren schien Sekunden darauf einen Trommelfellriß melden zu wollen.

»Du miese, dreckige Schlampe« – irgendwie war es dem Koloß gelungen, mit einem Tritt von der Seite ihre Pobacken zu erwischen – »du undankbares Dreckschwein! Das soll dir noch leidtun, du ...« – ein noch härterer Tritt ließ Frau Schümer laut aufschreien – »Schleimfotze!«

»Ey, hoh, Alter – laß sie!« fuhr Lilly dazwischen, und endlich hatten zwei mutige Händepaare Jabmans Oberarme gepackt, hielten ihn mühsam von neuen Taten ab ... »Hooh ... reg dich ab, Mann! Das mit Dinky war Scheiße, okay, aber unsere Fotze nimmt halt, was sie kriegt, ist so ihre Art.« Die Blondine feixte Frau Schümer an. »Bist dir für keinen Schwanz zu schade, was? Klar ... Hier, friß!« – und ehe die Laborleiterin wußte, wie ihr geschah, fühlte sie die Hundeschokolade auf ihrer Zunge zergehen.

»Na bitte. Und wo wir gerade so gemütlich zusammen sind«, fuhr Lilly versöhnlich fort, »kann's ja dann losgehen ... Also komm«, und sie zerrte Frau Schümer auf die Beine, »marsch rauf da!«
Es fehlte nicht an eifrigen Helfern, die Frau Schümer an Gesäß und Schenkel packten und sie auf die Tischplatte schubsten. Die Laborleiterin richtete sich mühsam auf, stand spreizbeinig da wie ein neugeborenes Fohlen und starrte in die schwankende Tiefe zu ihren Füßen. In der Tat, es war schockierend, wie viele dieser Wesen sich hier versammelt hatten .... Und seit dem Zwischenfall war die Meute zu neuem Leben erwacht: Man drängte sich vor, man winkte ihr zu, man quälte sie mit obszönen Gesten – ja, dort hinten vor der Eingangstür hockten gar vier langhaarige Gören rittlings auf den breiten Schultern ihrer Gefährten, kichernd und miteinander tuschelnd.
Frau Schümer preßte erbittert die Lippen zusammen.
Ach, wie anders war sie doch als jene Geschöpfe zu ihren Füßen, um wieviel feiner, sensibler – nie hatte sie es deutlicher gefühlt als in diesem Augenblick! Das seidene Gewand schmiegte sich zärtlich um ihre Schultern, bedeckte den feinen Schweißfilm unter den Achseln und fiel sorgsam gefältelt vom Becken herab. Diskret, charmant, entblößte es nicht mehr als die noble Blässe des Schwanenhalses und eine knappe Handbreit der blaugeäderten Brustfläche, während der matte Anthrazitschimmer der Strümpfe die Waden noch edler, feiner geschwungen erscheinen ließ ...

»Los, mach mal die Muschi frei! Die woll'n was sehen, was richtig Geiles, kapiert?« herrschte Lilly die Träumende an. Frau Schümer zuckte zusammen.
Es war der barsche Tonfall, der ihr den Schweiß aus den Poren brechen, sie hastig die Handschuhe abstreifen und zu Boden gleiten ließ, dann ihre Hand zum Rocksaum leitete, um diesen langsam höher zu schieben. Dabei kam, wie sie sich mit Blick auf ihre zitternden Hände versicherte, Zentimeter für Zentimeter mehr von dem Kunstwerk aus hauchfeinem Stoff und warmem Fleisch zum Vorschein – wie hätte sie da nicht stolz sein sollen, als sie sich nun, plötzlich, von grellem Johlen umfangen sah. Obwohl die schrillen Pfiffe ihr in den Ohren schmerzten, fühlte sie nichts als schieren Triumph – was nützten die schönsten Strumpfbänder, wenn niemand sie je zu Gesicht bekam? Oberhalb der Spitze blitzten ihre nackten Schenkel hervor, so weiß und saftig wie das Fleisch eines frisch zerteilten Apfels. Sie atmete tief ein: Bei der nächsten Handbewegung würde sie den Rockwulst so weit hochschieben, daß die weiße Aprikosenhaut der Scham zum Vorschein kommen würde, nach feinem Puder duftend wie das Brustfell einer frisch geleckten Katze.
Lilly blinzelte, steckte sich eine Zigarette in den Mund und zündete sie an.
Als sei ein Funke von dem aufflackernden Licht auf sie übergesprungen, schnürte es Frau Schümer mit einem Ruck die Kehle zu und schoß feurig glühend in ihr Becken: Die Zigarette – galt ihr!
Ach, wie fern war mit einem Schlag jeder Gedanke an Chanel-Düfte, Seidenstoff und noble Diskretion ... Unter den Fingerspitzen erst, dann unter der ganzen Handfläche fühlte sie warme Haut, atmendes Schenkelfleisch, und packte gierig zu. Schob hastig den Rock hoch, warf den Kopf in den Nacken, spreizte weit die Beine und schloß die Augen. Wie ein Fels in der Brandung stand der Kneipentisch in einem Meer aus Gebrüll und Geklatsche, die Frau in dem roten Kleid lauschte staunend dem Ausruf »arschvoll-geil«

nach, der sich auf wunderbare Weise mit dem Zucken in den Leistengruben, mit der hauchdünnen Haut unter ihren Nägeln deckte: Sie zwickte, zog, bis endlich ein scharfer Schmerz hochzuckte, griff dankbar nach, öffnete die festen Schamlippen, behutsam, wie man ein Geschenk öffnet, und legte grellrotes Mösenfleisch frei.
Eine Welle der Begeisterung schlug über dem Tisch zusammen, und die Gischt spritzte auf Frau Schümer zurück: Sie stöhnte auf, ließ die Finger in die feuchte Höhle gleiten, überrascht, wie trotzig fest doch die feuchten Wände waren, über und über mit feinen Knospen bedeckt. Wunderlich, wie viele Finger darin Platz hatten – ja, sie beobachtete, wie rings umher die Augen aufgerissen wurden vor Staunen, als sie endlich bis zum Handgelenk eingesunken war. Sie knickte mit den Knien ein, lehnte sich vorsichtig gegen ihre Hand und horchte auf: Ein jubelndes Pochen ward ihr zum Lohn, Blitze der Dankbarkeit zuckten hoch, bis in den Bauch – nun denn ... Frau Schümer warf sich erneut gegen den Widerstand, rieb sich daran, so fest sie konnte, und schwang vor Wonne die Hinterbacken.
»Ne, da sieht man doch, das hat Hand und Fuß«, kommentierte Lilly zufrieden. »Aber aufgepaßt, Jungens – das Beste kommt erst noch! Womit man unsere Unisau nämlich so richtig auf Touren bringen kann, ist ganz was anderes ...«
Sie trat dicht an den Tisch heran und zischte Frau Schümer zu: »Los, komm!« Die Laborleiterin trat einen unsicheren Schritt auf die Tischkante zu, hielt nach wie vor den Rock hochgerafft und bot Lilly die nackte Pflaume ihres Schamhügels dar.
»Weil, es ist nämlich so, unser Dreckstück steht drauf, wenn man ihm 'ne Kippe anbietet. Okay, hat 'nen ziemlichen abgedrehten Geschmack, was die Löcher angeht: Mag sie statt in den Mund lieber unten rein ... Na gut, sach ich mir, ich bin da nich' so: Der Gast ist König!«
Frau Schümer drückte die Brüste weit vor, so daß die Nippel das feine Gewebe lüpften wie kleine Knöpfe, und begann,

immer schwerer zu atmen. Feiner Schweiß stand zwischen den Brüsten, klebte unter den Achseln, sie fixierte den glühenden Punkt vor Lillys Fingern.
»So ... Beine auseinander – weiter!«
Die Laborleiterin gehorchte.
Der glimmende Zauberstab senkte sich, weihevoll langsam, deutete nun auf die nackte Scham seines Opfers, und die Laborleiterin spürte voll hilfloser Verzweiflung, wie ihr das Blut aus den Schläfen wich, wie es die Schenkeln hochschoß, sich in den Schamlippen sammelte, wie jene, zum Bersten prall, der drohenden Pein harrten ...
In diesem Moment bohrte sich eine glühende Nadel tief in das Mösenfleisch. Nur für den Bruchteil eines Lidschlags nahm Frau Schümer den Einstich wahr, dann sank die Zigarette mit feinem Zischen ein – und plötzlich war es sehr still.
Ein ungläubiges Keuchen drang über Frau Schümers Lippen – da endlich brach der Schmerz über sie herein. Es war ihr, als schäumte das Blut auf, überspülte, sengend heiß, ihre Scham, schösse als warmer Guß hervor ... Die Laborleiterin schrie markerschütternd auf, krümmte sich und stieß mit dem Hintern, die Hände fest in den Busen gekrallt.
»Ihr Dreckschweine – aufhören! Hört sofort auf!« kreischte eine Frauenstimme, hallte von den Reihen der Biergläser wider, stand noch eine Weile in der rauchigen Luft, »ihr verdammten Säue!«
Mechanisch wich man zur Seite und ließ eine zierliche Person mit langen Mahagonihaaren passieren, die wie eine Furie herbeischoß, sich durch umgestürzte Stühle hindurch schlängelte, geradewegs auf die kreidebleiche Frau Schümer zu.
»Du ... Du Miststück«, fauchte die Neue Lilly an, schrie, zu den Zuschauern gewandt: »Und ihr steht da und glotzt!«
Frau Schümer stutzte: War das nicht das Mädchen von damals, die mit den »fast hüftlangen Haaren«, wie es auf ihrem Notizblock vermerkt stand? Erst jetzt fiel ihr auf, wie lange sie die Kleine schon nicht mehr gesehen hatte!

»Ich hab endgültig die Schnauze voll von deinem Theater! Zum Kotzen, ey ... Geilt dich wohl an, die Alte fertigzumachen, nur, damit du im Mittelpunkt stehst ...« Die Langhaarige hatte sich vor ihrer Widersacherin, die sie um gut eineinhalb Kopf überragte, aufgebaut wie ein fauchendes Kätzchen, unter den viel zu langen Jeansärmeln die Fäuste geballt. »Du, das ist nicht nur hundsgemein, das ist nicht mehr normal ... Du bist doch pervers!« spie sie hervor.
Lilly hob stumm die Brauen. Sie musterte das Mädchen von Kopf bis Fuß, halb verwundert, halb angewidert, so, als habe sie ein erstaunlich großes Insekt erblickt – und sog tief an ihrer Zigarette. Dann ließ sie ihren Blick zu Frau Schümer schweifen, blies mit halbgeschlossenen Augen den Rauch aus und raunte: »Faß!«
Man hielt den Atem an und sah die Laborleiterin sich hinhocken, das rote Kleid hochraffen, in Zeitlupentempo vom Tisch gleiten und sich die schwarzen Haare glätten. Mit bebenden Nasenflügeln starrte sie das Mädchen unverwandt an, die blaßroten Lippen fest zusammengepreßt, und schritt auf ihrem zerbrechlichen Schuhwerk durch die Grabesstille zu ihr hin.
Es flatterten die dick getuschten Wimpern der Kleinen, aufgeregten Vögelchen gleich, es glänzte ihr Lipp-Gloss wie Orangensirup – und eine Ohrfeige klatschte in das Schweigen, ließ das Köpfchen mit wehendem Mahagoni-Schleier herumfliegen.
Langsam, sehr langsam richtete sich das Mädchen wieder auf. Die rechte Wange glühte feuerrot, die schwarzbraunen Augen funkelten im spärlichen Licht. »Du altes Arschloch!« brach es aus ihm hervor. Ehe die Laborleiterin recht wußte, wie ihr geschah, hatten sich weinrote, ausnehmend spitze Fingerchen in ihre Haare gekrallt, zogen ihren Kopf auf die Seite und bohrten sich in ihre linke Schulter. Sie riß sich los, so daß der verdutzten Kleinen nur mehr ein schwarzes Strähnchen in den Fingern blieb, trat einen Schritt zurück und schlug ein zweites Mal zu. Doch dieses Mal war das Mädchen geistesgegenwärtig genug, den Kopf blitzschnell

zur Seite zu drehen, so daß der Hieb nur samtweiches Haar streifte. Es fluchte, duckte sich und schnellte, geschmeidig wie eine Wildkatze, vor.
Die Händchen packten einfach alles, was sie erwischen konnten, und Frau Schümer war so erstaunt über den schamlosen Griff an ihre linke Brust, daß sie die – bitter nötige – Abwehr vergaß: Schon zerrte eine zweite kleine Hand an ihrem Kragen, und mit einem letzten Klagelaut gab der Seidenstoff nach.
Bei diesem Geräusch freilich kannte die Laborleiterin kein Halten mehr: Sie bekam ein ganzes Büschel Wildlederfransen zu fassen, zerrte ihre Widersacherin nach unten und trat so hoch in die Luft, daß ihre Schuhspitze mit voller Wucht die Brüste traf, die schwer und glockig unter dem weißen T-Shirt baumelten.
Das Mädchen heulte auf, krümmte sich in Frau Schümers Armen. Wie rasend kickten seine hellbraunen Westernstiefel durch die Luft, die Silberkettchen rasselten auf dem Spann – vergebens. Rings umher brüllte man um die Wette, feuerte in Sprechchören mal diese, mal jene Kämpferin an.
Frau Schümer rang erschöpft nach Luft. Einen Atemzug später hörte sie ein schrilles Aufheulen, sah ein Händchen nach ihrer Gurgel hangeln. – Nach der Gurgel?! Das Gör war wohl zu allem bereit ... Frau Schümer überkam eiskalte Wut. Sie riß den Mund weit auf und schnappte nach den roten Fingerchen, daß die Backenzähne klackend aufeinanderschlugen.
Das hatte den Zuschauern gefallen! »Scheiße, die Olle hat Tollwut!« und »Ey Jabman, Hundesteuer ...!« kam der Laborleiterin zu Ohren. Da packte sie auch schon wieder in das dunkelrote Seidenhaar. »Los, gib's ihr!« hörte sie jemanden rufen – Lilly?! Sie wickelte die Strähne energisch ums Handgelenk, sah die Kleine vor Schmerz die Zähne blecken und verzweifelt mit den Armen rudern – recht so! Jetzt hieß es die Nerven bewahren: Die Rechte loslassen, nur den Bruchteil einer Sekunde, und blitzschnell einen Faustschlag

unters Kinn landen, wie sie ihn es eben bei Jabman beobachtet hatte – das dürfte genügen ...
Das Händchen patschte auf ihre Schulterkugel und krallte sich fest. Frau Schümer sah keine Möglichkeit, es abzuschütteln, ohne ihr Opfer loszulassen – andererseits, was konnte ihr dieser Griff schon an Schaden zufügen? Sie atmete noch einmal tief durch und konzentrierte sich ...
Es ratschte der Seidenstoff, es knirschten gellend die Nähte – vor Schreck ließ die Laborleiterin locker und und taumelte laut keuchend einen Schritt zurück. Die Rufe der Zuschauer waren um eine Spur schriller geworden, schien es, Hetzrufe ... Frau Schümer wischte sich verwirrt über die schweißbedeckte Stirn. Merkwürdig kühl wehte es über ihre Schultern, an den nassen Achseln entlang ... Sie biß sich entsetzt auf die Lippe: Da hatte es das Bist doch glatt geschafft, ihr schönes Kleid zu zerfetzen! Dort, wo früher die Schulternaht saß, schimmerten nackte Rundungen im Schummerlicht, ein Riß klaffte quer über dem Rumpf, die aufgefransten, lachsroten Wundränder klappten bei jeder Körperbewegung auseinander: Mal lag das bebende Dekolleté bloß, mal dralle Brüste, mit einer feinen Gänsehaut überzogen und braunen, wütend zusammengeballten Nippeln vor den schweißglänzenden Rippen – das sollte die Göre ihr büßen!
Mit unvermittelter Wucht warf sich die Laborleiterin auf ihre Widersacherin, so daß diese mit einem Angstschrei hintenüber kippte und schwer zu Boden schlug. Wieder glaubte Frau Schümer, Lillys Stimme zu hören: »Mach's ihr, Fotze!«, und sie stürzte sich über das giftspeiende Geschöpf, boxte drauflos ... Die Faust traf weiches Schenkelfleisch. Die Kleine quiekte auf, trat wild um sich – und ihr scharfkantiger Absatz fuhr mit einem feinen Ratschen an Frau Schümers Strümpfen entlang. Die Wissenschaftlerin hockte nun rittlings auf ihrer Gegnerin, atmete stoßweise und hielt ihr mit eisernem Griff die Handgelenke auf den Boden gepreßt. – »Eins ... Und zwei ...« zählte jemand, ein anderer rief: »Maul halten! Das gilt noch nicht!« dazwischen.

Er sollte recht behalten: Da hakten sich zwei kräftige Turnerwaden um Frau Schümers Taille, mit einem Ruck verlor die Laborleiterin das Gleichgewicht, rollte über den Teppich, schlug mit dem Schienbein gegen einen Stuhl und lag plötzlich reglos auf der Seite, die Hände von Klammerfingern auf den Rücken gezwungen.
Die Wissenschaftlerin stieß böse, schmutzige Worte hervor, wie sie ihr noch nie zuvor über die Lippen gekommen waren – doch vergebens. Wie angegossen hockte das Gör auf ihren Rippen, vergnügt gickelnd, und der Kaugummigeruch aus ihrem Mund traf Frau Schümer wie ein Keulenhieb.
Blitzschnell, unter schrillem Johlen, fuhr das Händchen vor, riß einen breiten Streifen aus dem Cocktailkleid, legte den nackten Körper der Feindin frei, Brustkorb und Bauch bis zur Nabelgrube. Es zuckte verzweifelt die kleine Hautperle, den Zuschauern zugewandt, es krümmten sich die Bauchmuskeln unter der Alabasterhaut, stießen scharf gegen den Schatten des Beckenknochens – und da, als der Laborleiterin endlich bewußt wurde, daß sie diesen kurzen Moment, da die Kleine ihren Griff gelockert hatte, zur Flucht hätte nutzen können, schlossen sich die dünnen Finger erneut um ihre Handgelenke.
»Biggi, Biggi!« feuerte man das Mädchen an, und Frau Schümer heulte laut auf vor Wut, schnappte in die Luft, erntete dröhnendes Gelächter und hörte die Langhaarige krähen: »Gib auf, olle Schachtel!«
Diese Worte ließen die Laborleiterin leise, gleichsam verwundert, aufseufzen. Mühsam verdrehte sie den Hals, bis sie dem Mädchen in die Augen schauen konnte – und spuckte ihm mitten ins Gesicht. In diesem Augenblick hörte sie Lillys rauchiges Lachen, und eine wilde Freude durchströmte ihre Brust. Mit neuer, nie geahnter Kraft zog sie die Fersen ans Gesäß, stemmte den Po hoch und warf die Kleine ab, ließ sich, kaum daß jene den Boden berührt hatte, so schwer auf sie fallen, daß Frau Schümer fast überrascht war, kein Knirschen zu hören, rutschte mit dem Gesäß nach

vorne und saß endlich auf dem Brustkorb. Wenngleich es unter ihr auch zappelte und bockte, daß ihr nackter Busen hüpfte, hockte sie doch fest, kerzengerade und mit ausdruckslosem, wachsbleichem Gesicht auf der Göre, die gurgelnde Flüche ausstieß, wie von Sinnen mit den feuerroten Haaren schlug, bis es endlich »Drei!« aus der Menge schallte, man klatschte und brüllte, von allen Seiten auf die Frauen zustürzte, sie mit kräftigen Armen auseinanderzog. Das Mädchen ließ man am Boden liegen, reglos wie eine Stoffpuppe und mit dahingegossenem Seidenhaar, die Laborleiterin wurde vor den Tresen geschleift, wo jemand – ein Blinzeln zeigte, daß es Jabman war – neben ihr niederkniete, lobte: »Saugut, Puppe! Hast echt was drauf ...« und ihr unbarmherzig Korn einflößte.

Traurig betrachtete Frau Schümer den lachsroten Stoffetzen, der auf ihre Oberschenkel herabhin, und als habe er ihre Blicke gemerkt, sprach einer der Umstehenden mit einem bedauernden Achselzucken: »Tja, Babe, das war's dann mit dem Edel-Lappen« – und in der Tat, was blieb der Laborleiterin anderes übrig, als sich von den jämmerlichen Resten ihres Kleides zu befreien? Und von den Strümpfen, die, mit Laufmaschen übersät, befremdlich weit und faltig an ihren Beinen hingen, gleich obendrein. Mit einem resignierten Seufzen streifte sie das geschändete Gewebe ab, schnürte die Stöckelschuhe auf ...

»Ey, die Dinger da werden wieder angezogen, daß wir uns da nicht falsch verstehen!« knurrte ihr Lilly zu, und die Laborleiterin zog es vor, ihr zu gehorchen. Während sich die Menge langsam wieder zerstreute, betrachtete Frau Schümer nachdenklich ihre Knöchel. Weiß und dünn wie Papier hob sich die Haut von dem rauhen Wildleder ab, die Schnüre über dem Spann schnitten sich tief in das weiche Fleisch, ließen es zu feinen Wülsten hochquellen, an den Innenseiten ein Netzwerk kleinster Äderchen hervortreten. Die Brust vom Schnaps gewärmt, fand Frau Schümer, daß es ihren Füßchen trefflich zu Gesicht stand, so gemein behandelt zu

werden – wie es ihr überhaupt einen Augenblick lang schien, als sei ihr ganzer, makelloser Körper dazu bestimmt, von derber Hand gezeichnet zu werden.
»Na Alte, n' bißchen Frischluft?« Jabman stieß sie an der Schulter an, und bevor Frau Schümer ihm antworten konnte, fragte er in Lillys Richtung: »Können wir?«, erhielt ein Nicken als Antwort und rief durch die Kneipe: »Okay, Aufbruch! Wer Bock hat, mitkommen!«
Prompt setzen sich die Männer und Frauen in Bewegung. Überall ringsumher klapperten Schnallen, knirschte Leder und ratschten Reißverschlüsse zu, schlugen klimpernd Schlüssel gegeneinander, und schon, viel flinker, als Frau Schümer es den schlaffen, halbtrunkenen Gestalten zugetraut hätte, waren alle bereit zum Aufbruch. Die Laborleiterin folgte Lilly in die Nacht hinaus, fühlte, wie sich ihr in der Regenkühle die Nippel ballten, Po und Schenkel sich mit einer feine Gänsehaut überzogen, und wischte sich mit klammen, knochigen Froschfingern die Strähnen aus der Stirn.
Paule bedeutete ihr, auf seiner Maschine Platz zu nehmen, wobei er sie mit einem festen Griff an die Taille unterstützte. Diese Geste schien freilich nicht rudimentärer Höflichkeit zu entstammen, sondern dem Wunsch, sich vor den anderen großzutun – wie auch sein breites Feixen und die lauter als nötig gebrummten Worte: »Keine Angst, mein Zuckerpüppchen ... Bei mir bist du gut aufgehoben!« einzig darauf abzielten, ihm neidische Blicke einzubringen. Doch bedeutete sein prahlerisches Gebaren nicht zugleich, daß die zartgliedrige Laborleiterin den Rockern eine hochgeschätzte Beute war? Nach dieser Erkenntnis war Frau Schümer zumute, als müsse sie bersten vor Stolz. Sie preßte die nackte Scham auf den glitschigen Ledersitz, legte die Waden auf das regennasse Metall und verspürte den heftigen Drang, laut aufzulachen. Ein Windstoß wehte ihr den scharfen Geruch von altem Schweiß in die Nase – sie zuckte zusammen und rieb sich fester an dem Leder, sah über dem Nietengürtel Paules bleiche Haut hervorquellen und schloß, halb peinlich berührt, halb aufgewühlt, die Augen.

Das Motorrad sprang mit einem mächtigen Satz in die Luft und jagte heulend der Meute nach. Dicht an dicht brausten die Maschinen durch die Nacht, es zappelten unter den Helmen die Haare im Wind, es fuchtelten die Arme der Beifahrer in der Luft herum und es schmiegten sich Mädchen eng an ihre Vordermänner.

Mit tränenverschleiertem Blick sah die Wissenschaftlerin endlose Mauern vorbeihuschen, stacheldrahtgekrönte Zäune, einsame Fabrikhöfe, ganz in gelbrotes Licht getaucht, Palettengebirge, von schwarzen Planen umflattert, gähnende Lagerhallentore und einen zerschundenen VW-Bus, der traurig vor dem verschlossenen Werkstor stand. Zwei Schäferhunde lagen im Dunkeln zwischen Pfützen und schlammigem Gestrüpp am Boden, hoben nur kurz und mürrisch den Kopf, als die Horde mit dröhnenden Motoren vorüberflog, und auf den roten Plastiksitzen der Busstation hockte ein besoffener Landstreicher. Er starrte über die Straße hinweg ins Leere, nahm einen Schluck Kornschnaps und kratzte sich nachdenklich den faltigen Nacken – war da nicht eben ein spitternacktes Weib vorbeigeflogen?
Die Autofahrer hingegen, die zu dieser späten Stunde noch den Verteilerkreis benutzten, sahen nur hin und wieder einen bloßen Arm, eine weiße Wade durch das Wirrwarr aus Leder, Chrom und Gummi blitzen, so dicht waren die Maschinen nun zusammengerückt. »Daß denen nicht kalt wird«, kommentierte diesen Anblick eine grauhaarige Mercedesfahrerin, nicht ohne Entrüstung.
So näherte man sich in Windeseile der Innenstadt. Frau Schümer flog an der gläsernen Front des städtischen Hallenbads vorbei, an dem alten Kinogebäude, an spiegelnden Schaufenstern – mit schneeweißen Gazellengliedern und schwarzem Flatterhaar, die Brüste frei wie Möven über eiskaltem Wasser. Es hatten ihr die rasende Fahrt, der Nachtwind auf nackter Haut und nassen Wangen die Sinne verwirrt, und das Porzellangesichtchen auf der Schau-

fensterscheibe lächelte entrückt. Sie duckte sich tiefer über den Sattel, schnalzte ganz leise mit der Zunge – und das Motorrad schnellte vor wie ein Vollblutpferd.
Dann ging es mit wippenden Spiegeln mitten durch den Freitagnacht-Verkehr, und schon preschte Frau Schümer im harten Schein der Straßenleuchten auf die Porta Nigra zu. Bunte Blumenrabatten zur Rechten, den baß erstaunten Portier des ›Eurener Hofes‹ zur Linken, sah sie das dunkle Sandsteingemäuer groß und größer werden. Man bog von der Straße ab, knatterte den Fußgängerweg hinunter, an den kreideverschmierten Betonwänden entlang, donnerte durch die Unterführung, ließ Touristen und späten Schmuckverkäufern das Blut in den Adern gefrieren, und war schließlich wieder unter freiem Himmel angelangt, bremste, daß die Grasbrocken flogen.
Paule zog die steifgliedrige Frau Schümer vom Sitz, schleifte sie hinter sich her auf das alte Stadttor zu, wo eine schwere Eisenkette den Weg versperrte. Schritt für Schritt sank die Wissenschaftlerin, gleichsam gepanzert mit kühler Haut, tief in den Rasen ein, blickte noch im Gehen an dem Gemäuer hoch, sah gelblich-weißen Stein überall dort hervorblitzen, wo man Namenszüge, Herzen und andere Schrammen in die schwarze Hülle hineingeritzt hatte. Paule stieß sie über einen der Kettenpfeiler, daß sie auf einem rostschartig, eisigen Ring zum Liegen kam, und knurrte ihr zu: »Stillgehalten« – als ob die Laborleiterin sich noch hätte regen können! Frau Schümer verspürte vage Verwunderung, war jedoch zu träge, dem Gefühl nachzugehen, und ließ, flach atmend, den Blick auf der grünspanbedeckte Tafel neben dem Torbogen ruhen. Paule packte ihre Schenkel mit festem Griff, zwang sie in eine weite Grätsche, so daß sie die Absätze fest in den Rasen stemmen mußte, und drang in sie ein.
Dankbar hielt ihre Scham das Geschenk umklammert, das sich wie wild zu gebärden begann, ihr tief ins Becken stieß, sich aus den saugenden Lippen herausriß und sie wieder von neuem auseinanderzwang. Mal rechts, mal links traf

der Eisenring Frau Schümers Rippen, es hüpfte die grüne Tafel auf und ab, bis sie leise wimmernd die Augen schloß. Noch ein unbarmherziger Stoß, und ein zweiter, und Frau Schümer strammte die Kniekehlen, beschloß, sich ein wenig fester gegen den Schwanz zu drücken, da begann dieser heftig zu zucken, brach mit einem dunklen Stöhnen auf und zog sich wieder hervor.
Am ganzen Leibe zitternd, fühlte Frau Schümer den Saft an ihren Schenkeln herunterrinnen. »So. Das hat gut getan. Weißte, so 'ne Tour geilt mich immer voll auf«, bemerkte Paule zufrieden und schleppte die Laborleiterin zurück zu der wartenden Schar. »Ey, Mann«, sprach er dann zu dem Anführer, »jetzt käm'n Bier so richtig gut.«
»*Wein*. Das da is'n Weinfest, du Prolo«, berichtigte ihn dieser, und jetzt erst fiel Frau Schümer auf, daß von jenseits des Tores, aus der Innenstadt, Tanzmusik, Stimmengewirr und Lachen herüberdrang. »Willst du mich verarschen, ich stell' mich doch nicht an so'n bescheuerten Weinstand – wer bin ich denn ...« gab Paule empört zurück, und ein bunt geschminktes Mädchen setzte hinzu: »Und wir haben sowieso keine Zeit, ne.«
»He?« Pitt runzelte die verpickelte Stirn.
»Na, wegen der da« – das Mädchen deutete auf Frau Schümer.
Lilly zuckte die Achseln. »Piß dir mal nich' ins Hemd, Kleines. Wir haben zwanzig Minuten, wie immer. Allein trauen sich die Bullen ja doch nichts.« Sie packte Frau Schümer am Arm, zischte ihr zu: »Und du sei brav – und mach uns keine Schande«, und man setzte sich in Bewegung. Schon von weitem konnte Frau Schümer die Ketten bunter Birnchen und die runden, dunkelgrünen Dächer der Weinstände erkennen. Mit jedem Schritt der klackenden Absätze war sie den Häuserfluchten ein klein wenig näher, deren Stuckpracht jetzt von rosig-buntem Licht überflutet wurde, dem Duft nach knusprigem Backfisch, Popkorn und billigem Parfum – und den Menschenmassen. Die Stadt wimmelte nur so von Men-

schen, da war sich Frau Schümer gewiß. Aus den entlegensten Dörfern waren sie herbeigeströmt, Scharen aufgeregten Landvolks, das Auge und Mund offenhielt für zuckrigen Wein, Bockwürste und Sensationen – ein Gedanke, der die Laborleiterin mit Grausen erfüllte.
Einem zum Kampf bereiten Heer gleich, rückten die Rocker heran, mit rasselnden Ketten, hochmütigen Mienen und spöttisch grinsenden Mündern. Die Art und Weise, wie sie einander immer lauter zugröhlten, mit Bierflaschen und Taschenmessern durch die Luft fuchtelten, sich anrempelten und ihren Mädchen in den Hintern kniffen, war Frau Schümer neu und schnürte ihr die Kehle zu. Immer flinker tippelte sie über das glatte Pflaster, die Brüste bebten über dem weit geblähten Brustkorb, der Nacken war gespannt wie eine Feder, und ihre Augen flogen gehetzt über das grellbunte Treiben, den schweigenden Nachthimmel und ihre Begleiter, die sie umzingelten wie ein erbeutetes Tier.
Mag sein, daß die Laborleiterin eine Freude dabei empfunden hatte, sich vor Lillys Leuten zu entblößen, mag sein, daß es ihr gefallen hatte, sich im Milestone zur Schau zu stellen – doch nun, als sie auf die pulsierenden Gassen zugeführt wurde, fühlte sie nichts als Angst – und Trotz. Und wirklich, je länger sie darüber nachdachte, um so klarer kam ihr das Außerordentliche ihrer Lage zu Bewußtsein. Während sie bisher aus freien Stücken (das hatte Frau Schümer nun plötzlich eingesehen) ihre Peiniger aufgesucht hatte, so war dies das erste Mal, daß sie von fremder Hand ins Verderben gezwungen wurde, und in eben diesem Umstand – das glaubte die Laborleiterin mit Gewißheit sagen zu können – lag ihr Groll begründet. Doch an Flucht war nicht zu denken, und so schritt sie, zunehmend aufgebrachter, hinter Lilly her.
Bei den Weinständen angelangt, senkte sie den Kopf, sah Plastersteine, rot, grau und beige, Kabelgewirr, zertretene Brötchen, Hundekot, Zigarettenstummel, und wartete mit angehaltenem Atem, ohne zu wissen, worauf ... Immer wieder klappten die großen Stiefel nieder, traten Fritten platt

KUHR
BIS
M.Sommer

und kickten scheppernd Coladosen beiseite, immer wieder setzten sich grazil, mit hochaufgebogenem Spann, die marmorweißen Füßchen auf das Pflaster. Die Lautsprecher dudelten Volksmusik, man lachte, man schwatzte und zeterte; es kläfften kleine Hunde schrill, es blafften würdevoll die großen, es quengelten die Kinder um die Wette – überhaupt hatte es, den Geräuschen nach zu urteilen, den Anschein, daß niemand von der Laborleiterin Notiz nahm. Diese Erkenntnis ließ Frau Schümer zusammenfahren, als sei ihr eine derbe Beleidigung zu Ohren gekommen. Dieses trunkene, lärmende Volk scherte sich also einen Kehricht um ihre Entblößtheit, ging mit dumpfer Wonne seinen Vergnügungen nach, während die Laborleiterin Blut und Wasser schwitzte im Bemühen, ihrer absonderlichen Lage gerecht zu werden! Wie um ihre Nacktheit auszugleichen, war sie mit aller Sorgfalt darauf bedacht gewesen, die Brüste zur Schau zu tragen, hatte die Hinterbacken geschwungen und dann und wann das blauschwarze Haar zurückgeschüttelt, sich bei alledem im Zentrum der allgemeinen Aufmerksamkeit gewähnt – eine fehlerhafte Annahme, wie sie mit einem Mal wußte. Diese Mißachtung ihres schönen, schutzlosen Körpers ärgerte sie so sehr, daß sie plötzlich den Kopf hob, mit zornig funkelnden Augen in die Menge blickte ...

Der wütende Blick klatschte in das Gesicht einer Fünfzehnjährigen, mit lila Wimperntusche und rosig glühenden Wangen, deren Mündchen spaltweit offenstand. Die Finger klammerten sich fest in den Ärmel ihres Freundes, der Frau Schümer anstarrte wie vom Schlag getroffen, eine angebissene Bratwurst vor dem Mund schwebend. Erst jetzt sah die Laborleiterin, daß sich rings herum eine Gasse gebildet hatte. Wie eine Herde Schafe waren die Menschen auseinandergewichen, hatten Kinder, Luftballons und Hunde beiseite gezerrt und sich im Schutz der Weinstände, der Markisen und Vordächer zusammengedrängt, während sich die Rocker in breiter Front durch die Straße wälzten, durcheinanderbrüllten und Flaschen auf den Asphalt schmetter-

ten, daß es in den hohen Häuserfluchten widerhallte. Da fiel Frau Schümer mit Schrecken auf, daß ihre Begleiter, anstatt sie wie bisher in einem dichten Kreis zu umringen, weiter von ihr weggewichen waren, so daß die Laborleiterin nun ungeschützter denn je durch die stierende Menge schritt.
Grelle Blitze zuckten plötzlich auf, zwei-, drei-, viermal, das helle Winseln eines Kameramotors, und wieder eine Serie von blendenden Lichtexplosionen. »Hab' ich sauber draufgekriegt«, sagte eine heisere Stimme in der Nähe. »Gleich hole ich mir noch den Hintern auf die Platte ...«
Frau Schümer zwinkerte, um die roten Flecken vor den Augen zu vertreiben, dann schaute sie sich vorsichtig um. Den Fotograf konnte sie nirgendwo entdecken. Weiter hinten, vor den Plastikpalmen des ›Starlight‹, stand eine Gruppe Halbwüchsiger, mit weiten Hosenschlägen und mächtigen Schnürschuhen.
Die Wissenschaftlerin blickte sich hilfesuchend nach Lilly um, die ihr fröhlich: »Cool, was?« zurief, und so vergnügt dabei lächelte, daß Frau Schümer mit einem Mal ganz ruhig zumute war, als habe man ihr eine warme, weiche Decke umgelegt. Unter wild toupierten Mähnen sah sie die Girls ihre hohen, gepuderten Stirnen runzeln, unter frühreifem Lidschatten standen ungläubig-verwirrte Kleinmädchenblicke. Nur ganz selten, hier und da, nahm eine davon all ihren Mut zusammen, kicherte nervös und schrill, stupste Freundin oder Freund an und wurde mit einem wütenden Zischen zur Ordnung gerufen; und die Laborleiterin merkte, daß sie die Verwirrung, die ihr Anblick hervorrief, zusehends zu erheitern begann. Sie hob die Nase in den Wind, schnupperte übermütig den Duft von heißem Bratfett, reckte die Nippel einem plattnasigen Pickelgesicht entgegen und tänzelte auf zerbrechlichen Absätzen weiter. Fast mußte sie es sich versagen, Schritt für Schritt dem Takt der Tanzmusik zu folgen – doch halt, warum eigentlich nicht ...?
Einem plötzlichen Impuls folgend, lächelte sie einen der Jungen an, sah ihn stutzen und betreten zu Boden schauen – und Frau Schümer mußte sich auf die Lippen beißen, um

nicht loszuprusten. Plötzlich glaubte sie die Ausgelassenheit der Horde ein bißchen verstehen zu können, ihren Übermut, ihre Lebenslust ...
»Feix hier nicht rum, sonst setzt's was«, knurrte Lilly ihr zu, und die Wissenschaftlerin senkte erschreckt den Kopf, fühlte bald darauf ihre Hände zittern. Doch nicht gram war sie Lilly für die barsche Ermahnung, nein, auf wunderbare Weise dankbar, so als habe die Blonde ihr eine überraschende Zärtlichkeit zuteil werden lassen. Weich wie Butter waren auf einmal ihre Schenkel, trugen sie geschmeidigen Schrittes voran. Eine sanfte Wärme strahlte von der leise klopfenden Möse hoch, und Frau Schümer bedachte Lilly mit einem dankbaren Hundeblick – ja, einen Moment lang sehnte sie sich danach, deren samtigen Handrücken unter ihrem Zünglein zu spüren. So unbändig stolz war sie plötzlich auf ihre schöne, wilde Begleiterin, daß sie sich ihren Zuschauern überlegen fühlte, sich allein aus huldvoller Gnade entschied, sie an ihrer Blöße teilhaben zu lassen. Wie genoß sie doch die begierlichen Blicke auf ihre warme, weiche Haut, wie gefiel es ihr, daß die fremden Frauen vergebens versuchten, ihre versonnen lächelnden Gatten zur Ordnung zu rufen ... Von den Lichterketten herab floßen Regenbogenfarben über ihre weißen Schultern, stießen rosa auf himmelblau am Nabel zusammen und tauchten die fleischige, glattrasierte Möse in ein sanftes Honiggelb.
Da gab es dumpf glotzende Opfer des zuckersüßen Rebensafts, sprachlose Mütter und, hinter Glasscheiben, kußhandwerfende Pizzabäcker, irritierte Hausfrauen, belustigte Greise und leichenblasse Feministinnen, ja, sogar einen Benediktinermönch konnte die Laborleiterin erkennen, der jedes Busenwippen mit versteinerter Miene verfolgte.
Inmitten all der Weinstände erblickte Frau Schümer einen einsamen Sektstand. Zwischen gold-weiß geringelten Balken wippten Reihen von schillernden Halogenlämpchen in der Luft, Tigerlilien und schneeweiße Rosen standen neben Schälchen mit Pistazien, Gorgonzolakugeln und Krabbenbrot auf der chromblitzenden Kühltheke. Zierliche

Geschöpfe mit Häubchen und Rüschenschürzen huschten hierhin und dorthin, polierten Gläser blitzeblank, reichten randvolle, perlende Kelche über die Theke und empfingen zerknitterte Scheine. Vor der Theke stand ein Liebespaar; eine glutäugige Schwarzhaarige schmiegte sich eng an einen Herrn mit sandfarbenem Hut und glänzenden Schuhen. Frau Schümer erblickte die beiden – und stutzte. Etwas an der Art, wie sich die Frau nun mit zuckendem rehbraunem Handgelenk eine Zigarette anzündete, wie sie sich geziert durch die langen Haare strich, berührte die Laborleiterin mehr, als ihr lieb war. Oder war es der Mann, bei dessen Anblick Frau Schümer plötzlich eine schreckliche Furcht packte – allein der Gedanke daran, daß er sie jetzt gleich anschauen würde, ließ gallebittere Übelkeit in ihr hochsteigen. Mit einem Schlag haßte sie die Rocker rings um sie herum, haßte ihre dreckigen Ausdrücke, ihre langen Zungen und die schmutzstarren Kutten.
Ach, wie gerne hätte sie selbst dort gestanden, Sekt genippt, sich den Geschmack nach frischen Pilzen auf der Zunge zergehen lassen ... Sie begann, immer heftiger zu zittern, die eisige Luft brannte auf ihrem ganzen nackten Körper. Jetzt hob der Mann den Kopf, jetzt verengten sich seine Augenschlitze ... Frau Schümer biß sich auf die Lippen und starrte angespannt auf ihre Schuhspitzen. Doch bei jedem Schritt, den sie tat, sah sie das Gesicht des fremden Mannes vor sich. Nicht allein Überraschung hatten in diesen Zügen gestanden nein, auch ... Hochmut, und diese Erkenntnis zischte ihr zwischen die Brüste wie ein Brandeisen, ließ sie in hilfloser Wut die Fäuste ballen. Sie schaute zu Lilly hin, die ruhig an ihrer Seite schritt, die Brüste in ihrer ganzen drallen Pracht hochgeschnürt. Dann und wann zuckte es verächtlich um ihren Brombeermund, die Pupillen stachen wie Nadeln aus dem Jadegrün in das bunte Treiben hinein. Und da hörte Frau Schümer die Blonde murmeln: »Meinetwegen verpiß dich, du Akademikerarsch!«, so scharf, daß sie zusammenfuhr. Glühend heiß schoß ihr die Schamesröte ins Gesicht, in ihren Schläfen pochte das Blut.

Wie peinlich, daß Lilly ihre Gedanken erraten hatte! Und doch, war es nicht ganz natürlich, sich zu schämen, wenn man sich von jedermann verachtet fühlt, wenn man sich plötzlich eingestehen muß, jede Form des Ansehens und der Würde verloren zu haben? War es da nicht allzu verständlich, daß sich die Laborleiterin nach Zeiten sehnte, da ihre Welt noch in Ordnung gewesen war? Womöglich war es ein schrecklicher Fehler gewesen, sich Regungen, die sie nicht einmal zu benennen wußte, derart zügellos hinzugeben, ein Fehler, der sie schon jetzt bitter zu reuen begann ... Wie zufällig glitt ihr Blick zu Boden, wie zufällig streifte er dabei Jabmans Hose, dort, wo der Reißverschluß sich in Falten verlor. Einen Augenblick lang glaubte die Laborleiterin die starre Jeans unter der Zunge spüren zu können, sah sich mit geschlossenen Augen das Gewebe einspeicheln, die Sinnesknospen fest über stoffbespannten Schwanz reiben, immer auf der Suche nach dem gallebitteren Geschmack. Ah, wie es stickig und scharf im Gaumen geklebt hatte, wie es ihr in die Pobacken gefahren war und sie zum Tanzen gebracht hatte – so sehnsüchtig hatte sie die alte Pisse aufgesaugt, daß sie selbst ein leises Schlürfen gehört hatte, durchdringend wie das Sirren einer Stechmücke.
Frau Schümer hob den Kopf, schaute dem eleganten, fremden Mann ins Gesicht und traf auf einen sanften, ja, mitleidigen Blick. Auch fielen ihr plötzlich seine weichen, gepflegten Streichelhände auf, eine goldene Armbanduhr und eine weite, braunkarierte Bundfaltenhose, die ganz gewiß – es ließ einen süßlichen Geschmack unter ihrer Zunge hervorschießen – nach nichts als nach frischen Waschpulver roch. Da wußte die Laborleiterin, daß sie es nie mehr ertragen könnte, mit diesen sauberen, kultivierten Menschen zusammenzuleben, daß die mitleidigen Blicke, die man ihr zuwarf, einer Beleidigung gleichkamen. Was maßte sich dieser Fremde an, sie zu kennen und zu wissen, was ihr zum Glück gereichte? Ins Gesicht hätte sie ihm spucken sollen, für diese Unverschämheit – nicht nur ihre eigene Person hatte er geschmäht, sondern auch den großen, den starken Jabman

und Lilly, seine strenge, stolze Gefährtin ... Sie schämte sich ihrer Feigheit und drängte sich unversehends näher an Jabman heran, nahm seinen bitter und salzigen Schweißgeruch wahr, und immer schwerer fiel es ihr, den Blick von der alten Jeans zu lösen. So interessiert sie auch Weinstände und Schaufenster betrachten wollte, immer wieder aufs neue irrte ihr Auge ab, liebkoste die abgewetzten, hellblauen Kuppen. Immer mehr Anstrengung kostete es die Laborleiterin, die schmerzliche Sehnsucht zu unterdrücken, die dieser Anblick in ihr auslöste, das feiste Spannen der Mösenlippen zu ignorieren, das all die bunten Lichter und Schwenkbratendüfte zu überlagern drohte ... Bevor sie es hätte verhindern können, traf ihr verzweifelter Blick auf Lilly. Die Blonde blinzelte. Dann schüttelte sie, gleichsam resigniert, den Kopf und blieb wie angewurzelt stehen.
»Was is'n«, knurrte Paule, einen Kronkorken zwischen den Zähnen, und Lilly seufzte schwer. »Die wird hibbelig! Wie die schon guckt, ich wette« – ohne auf die Umstehenden zu achten, trat sie an Frau Schümer heran, bückte sich und hatte ihr blitzschnell zwei Finger in die Möse geschoben. »Na bitte« – es reckten sich die Finger triumphierend dem Nachtwind entgegen, und Frau Schümer stöhnte auf vor Entsetzen, nahm ohnmächtig das Zittern ihrer Kniekehlen und den festen Krampf in den Nippeln zur Kenntnis – »Trieft. Sag ich doch« – Die höhnischen Fratzen der Umstehenden verschwanden hinter wabernden Schwaden, und Frau Schümer begann, langsam vor und zurück zu schwanken, wie eine Trunkene, die jeden Augenblick zu Boden schlägt. »Keine ruhige Minute hat man mit dem Weib, zum Kotzen« klagte Lilly weiter – mit schlecht gespielter Entrüstung, klang ihre Stimme doch nicht tadelnd, sondern merkwürdig (durch Leidenschaft?) gebrochen und konnte es sich nicht verwehren, bei diesen Worten Frau Schümers Hinterteil zu streicheln. »Was, die kriegt schon ihr Fett ab, mal abwarten«, verkündete Paule voll Zuversicht, »müssen jetzt sowieso weg, sonst hab'n wir die Bullen am Hals.«

Man gab ihm Recht, verabschiedete sich mit einigen obszönen Gesten von den Weintrinkern, packte die leichenblasse Laborleiterin am Handgelenk und zerrte sie durch düstere Gassen und über Kopfsteinpflaster zu den Maschinen zurück, stieß sie in den Sattel und – »Maßarbeit« bemerkte Pitt zufrieden – brauste mit Triumphgeheul den Sirenen der Polizeiwagen davon.

Die Laborleiterin wunderte sich ein wenig, als niemand daran dachte, sie bei der Flucht vor der Polizei auf dem Rasen, wo die Motorräder standen, zurückzulassen. Sie wunderte sich auch, als sie Jabman später, als die Rocker unter den morschen Balken der alten Reithalle zusammensaßen, anmerken hörte: »müssen der Fotze noch Futter kaufen«. Irgendwann im Verlauf des kommenden Tages war ihr das Sich-Wundern jedoch vergangen – und in den Stunden darauf das Denken als solches. So kam es auch, daß sie von dem, was damals geschah, nur noch bruchstückhafte Erinnerungen besaß, verworren wie Hundegedanken. Was bleibt, ist der Eindruck einer amöbenhaften Ungeschütztheit, ein Traum von allzeit elektrisierten Sinnesknospen, von einem triefendem Kinn und einem Mund, der nicht einmal mehr ein trockenes Keuchen hervorbringen konnte. Doch welche Taten genau es waren, durch die ihr bebendes, zuckendes Fleisch in jenen Tagen immer wieder aufs neue gezeichnet wurde, ob es der Saft der Schwänze, Schlick, Unrat oder Schlimmeres war, das Mund, Pforte, Möse und Nasenlöcher zum Überquellen brachte, darüber hatte Frau Schümers Erinnerungsvermögen einen schützenden Mantel gebreitet ...

13. Kapitel,

in dem es zwei Ordnungshüter versäumen, Ordnung in Frau Schümers Leben zu bringen

Wachtmann Hibbert vom Dezernat 5 seufzte. »Herrgott noch mal, da muß man durch, mein Junge, da muß man durch. Was meinst du, in was für Dreckslöchern ich schon war,« – der Blonde mit dem dünnen Schnauzbärtchen kicherte – »seit ich hier bin. Uns bleibt nix erspart, dafür werden wir ja schließlich bezahlt. Und dabei – nur Undank: ›Fängst du dir 'nen Gummiknüppel, hau den Bullen mit zum Krüppel‹, und wie die Sprüche alle heißen ...«
Der Blonde, ein schlaksiger Kerl von etwa dreißig Jahren, kicherte schon wieder dazwischen: »Auf Ihren Gummiknüppel lassen Sie nichts kommen, was? Na, keine Angst, ich bin da tolerant: Jedem Tierchen sein Plaisierchen; und was dem einen sein Gummiknüppel, das dem anderen ...«
»Vorsicht, Kollege Winter!«, zischte Wachtmann Hibbert ihn an, und ein tückisches Grinsen huschte über sein Gesicht. »Sonst werd' ich mal an höherer Stelle auf die Affaire mit der Amerikanerin zu sprechen kommen, ja?«
Der Schlaksige brummelte vor sich hin und schob ein paar Papierstöße in die Schreibtischablage aus schwarz lackiertem Streckmetall. Doch Polizist Wibbert, ein trübsinnig dreinblickender Mittfünfziger mit dicken Tränensäcken und einem Strickpullunder mit Zopfmuster, gab sich noch immer nicht zufrieden: »Und überhaupt, der Herr Casanova, keinen Pieps hat die bei Ihnen gemacht, wenn ich mal daran erinnern darf ... Bei mir dagegen – na, Sie haben's ja mit eigenen Ohren gehört.«
Der Blonde hob nicht einmal den Kopf, als er leise »Wasserwerfer« murmelte – ein Einwurf, den sein Gegenüber nicht gehört zu haben schien, denn der verschränkte die feisten Hände vor dem Bauch und fuhr mit träumerischem Blick fort: »Ah, und dieser Arsch, wie die mit dem Arsch gewackelt hat ... Einfach sagenhaft! Dreimal ist die bei mir gekommen, ganze dreimal – so wahr ich Ludwig heiße! Ach ja ...« Er hielt inne, den Blick noch immer auf die fernen Spiegelglasscheiben des Finanzamtes gerichtet, und verkündete mit volltönendem Baß: »Merken Sie sich das für die Zukunft, mein lieber Dieter: Wir stehen immer hinter

dem Bürger, immer dahinter! Von vorne könnens Sie's meinetwegen mit Ihrer Freundin machen, die ist wohl mehr fürs Hausbackene.«
»Na, Sie müssen's ja wissen ...«, knurrte der Blonde. Nach zwei, drei hingebungsvoll gelochten Blättern hob er von neuem an: »Denke ja nur, wo wir die schon zwei Tage hier haben, Herr Hibbert – nicht, daß wir Ärger kriegen ... Die Kosten, für den Steuerzahler, Sie verstehen?«
»Nun reißen Sie sich mal am Riemen, Kollege Winter! Kosten hin, Kosten her: Erstens ißt sie so gut wie nichts, und zweitens ist immer noch nicht klar, ob sie was mit den Autoknackern aus Bitburg zu tun hat. Da muß man hart bleiben, wenn ich mal so sagen darf!«
»Na, daran soll's nicht fehlen« sagte der andere mit breitem Grinsen, und fügte hinzu: »Also, bisher ist die ja nicht zu kurz gekommen, oder?«
»Man tut, was man kann«, Wachtmeister Hibbert schlug sich die spärlichen graugesträhnten Haare zurück. »Obwohl ... Genug ist nie genug, wie die Weiber halt so sind. Keinen Verstand, als ob unsereins nicht noch andere Sorgen hätte – da sind noch die ganzen Anträge für Dezernat 7 zu tippen, da haben wir noch das Ermittlungsverfahren Holzenrat aufgehalst bekommen ... Aber wem erzähl ich das.«
Der Schlaksige trat näher und klopfte ihm kameradschaftlich die Schulter: »Vitamin B2, mein Lieber. Stand im Stern. Hefetabs und Brottrunk. Das mit den zehn Eiern täglich, von früher, ist längst wiederlegt.«
Über den Tränensäcken blitzten zwei wässrige Äuglein auf: »Winter, ich habe Sie gewarnt! – Ach, was reg ich mich auf? Ist doch eh der schiere Neid, der den Herr Kollegen umtreibt ... Bei mir hat die geschrien wie am Spieß und rumgestöhnt wie bei Emanuelle, und sich sogar über den Mund geleckt – Herrgott, wenn das nicht Beweis genug ist ...!«
»Weiber, die laut stöhnen, mogeln. Hat auch im Stern gestanden. Überhaupt, jede Dritte ...«

»Winter, Sie langweilen. Kümmern Sie sich lieber mal um das Protokoll: Formblatt 42-Strich-5, Kennziffer 206-Strich-A26. Schreiben Sie ...«
»Moment, Moment ...«, der Blonde wühlte noch immer in der Schreibtischunterlage, zog einige Bogen grünen Papiers hervor und runzelte die Stirn: »Strich-A26 – sind Sie sicher? Nicht Strich-N3, wegen der Erregung, äh, dem öffentlichen Ärgernis, meine ich.«
»Nichts da. Immer eins nach dem anderen, sonst sitzen wir noch morgen hier. Strich-A26, und bei Betreff: Unterlassung der Ausweispflicht.«
Der Blonde kicherte: »Das ist gut, das ist gut! Was ist mit Amtsanmaßung, hm? Ich meine, die Sache mit dem Forschungsinstitut ...«
»Kommen wir noch zu, Herr Kollege, kommen wir noch zu«, brummelte Wachtmeister Hibbert gutmütig. »Aber jetzt schreiben Sie. Datum der Tat: 12.11.. Tatort: Trier, Palastgarten.«
»Ecke Kinderspielplatz«, fügte der andere hinzu, »das spielt doch später noch eine Rolle, bei ... na, der Kleidung. Stellen Sie sich mal vor, wenn ein paar Kinder die vor uns gefunden hätten! So wie die ausgesehen hat, und dann die blitzeblanke Muschi – die hätten einen Knacks fürs Leben gehabt!«
»Jawohl, Kollege Winter, stimmt. Also: Ecke Kinderspielplatz/Liegewiese ... Was kommt jetzt?«
Der Blonde kicherte schrill: »Soll Anzeige erstattet werden – Sollen wir, Herr Hibbert, sollen wir?«
Wachtmeister Hibbert wiegte nachdenklich das Haupt. »Schwer zu sagen ... Widerstand gegen Staatsgewalt, Beleidigungen ... Ne. Lassen wir mal, trotzdem. Vielleicht können wir ja noch was aus ihr rauskitzeln, gelle?« bemerkte er verschmitzt. »Also, dann schreiben Sie mal, bei Tathergang: Bei einem Streifengang in Dienstbereich 14-Strich-08 mit Diensthund Alex ...«
»Seien Sie mir mit diesem Köter ruhig!« stieß der Blonde mit gebleckten Zähnen hervor, »Diese mißgünstige Töle! Mann,

der hab ich daheim noch ordentlich den Arsch versohlt! Wirft sich die ganze Zeit dazwischen und winselt rum wie nicht gescheit ... Sauhund!«
»Na, na, keine Beleidigungen von Staatsdienern, wenn ich bitten darf! Unter uns, Winter ...« – der Wachtmeister legte seinem Gegenüber die warme, weiche Hand auf die Schulter – »der Hund hat doch recht gehabt. Wollt halt'n bißchen mitmachen, klar. Und, wissen Sie, was? Wir hätten ihn lassen sollen, verdammt!« Des Wachtmeisters Gesicht spiegelte bitterste Selbstvorwürfe wider, doch fuhr er mannhaft fort: »Jawohl. So wie die drauf war, die hätt's uns hundert- und tausendfach gedankt. Die hätt' sich einfach breit gemacht, und sich das Hundeschwänzchen in die Muschi geschoben, so als kleinen Leckerbissen – zumal wo, wie gesagt, auch Diensthund Alex immer hinter ... Na, Sie wissen schon.« Er rieb sich müde die Tränensäcke und fuhr sich über die Stirn. »Ja, ja, mein Lieber ... Wenn man's streng nimmt – und das muß man –, dann war das sozusagen unterlassene Hilfeleistung, den Hund zurückzuhalten.« Der Wachtmeister Hibbert seufzte schwer. »Ach, Winter, was will man machen ... Genug ist nie genug, habe ich ja eben schon gesagt.«
Der Blonde räusperte sich, und der Inspektor Hibbert fuhr dienstbeflissen fort: »Schreiben Sie: Name des Täters, äh, der Täterin: ›Annegret Marion Schümer‹, Ausweis-Nr. 007384/30BT1. Hergang der Tat: Die Täterin wurde zur O-Punkt-G-Punkt Zeit an dem O-Punkt-G-Punkt Ort aufgefunden.«
»... in bemerkenswertem Zustand aufgefunden« fügte der Blonde hinzu.
»Wollte ich gerade schreiben: Die Täterin lag in auffälliger Weise auf einer öffentlichen Grünfläche. Bei einer näheren Untersuchung vermißte man sowohl ihre Bekleidung als auch die Ausweispapiere.«
»Also die Bekleidung, die wär doch nur im Weg gewesen«, lautete ein Einwurf, den Wachtmeister Hibbert mit einem unwirschen Abwinken zur Kenntnis nahm. »Weiter. Die Täterin erwies sich als hilfebedürtig.«

»Woll'n wir mal meinen«, grunzte der Blonde zufrieden, »das hat der doch gepaßt wie Arsch auf Eimer, mal wieder ordentlich durchgevögelt zu werden. Sagen Sie doch selber: Wie die da rumlag, mit nix als Stöckelschuhen an ... Wer weiß, vielleicht war vor uns'n Penner dran? Ach ja, geht doch nichts über 'ne moderne Frau, eine, die weiß, was sie will!«
Sein Gegenüber schmunzelte. »Schon, schon. Da gibt's jedenfalls keinen Zweifel, bei der: Die hat sich einem ja so richtig auf den Erwin geworfen – bei dir auch?«
Der Blonde schnaufte. »Aber hallo ... Hab's schon fast mit der Angst zu tun gekriegt, du. Na, der werden wir das Mütchen schon kühlen, denk ich mir ... Und die Schrammen sind schon viel besser geworden!«
»Gute Pflege, Herr Doktor!« Der Inspektor grinste. »Meinst du erst, wie die in ein paar Tagen aussieht ... Aber ich finde, wir könnten ihr mal einen Rasierer reinstellen. Machen wir mit den Männern ja auch, und glatt hat die mir richtig gut gefallen.«
»Ich weiß nicht ... Ist das nicht zu gefährlich? Ich meine, wenn die jetzt auf falsche Gedanken kommt, oder so ... Würde sagen, wir setzen sie unter die Birne und gucken zu.« Der Blonde strahlte übers ganze Gesicht.
»So ist's brav, Winter«, lobte ihn eine sonore Stimme, »Dein Freund und Helfer, immer besorgt, immer bereit – so soll es sein. Aber jetzt schreiben Sie: Zu einer Identifizierung wurde die Täterin mit auf die Wache genommen – ne, sagen wir lieber: zu einer Beobachtung ...« – er zwinkerte dem Blonden zu – »denn es schien, als sei die Täterin in einem geistig verwirrten Zustand, Punkt. Dort angekommen, sind wir in sie gedrungen« – der andere lachte schrill auf – »... um herauszufinden, wie die Täterin an den Tatort gelangt war und ob sie unter Umständen mit dem Autodiebstahl in Trier/Olewig zu tun hatte.«
»Hä?«
Wachtmeister Hibbert zuckte die Achseln. »Ja, weiß man's? Können Sie das ausschließen, hm? ... Na bitte – und ich auch nicht, mein Freund, ich auch nicht ... Wär nicht das erste

Mal, wo ich der Sache erst durch hartnäckiges Bohren auf den Grund gekommen bin!« fügte er altklug hinzu. »Tja ... Aber wie dem auch sei, jetzt machen wir erst mal dieses Ding hier fertig, nicht? Nachdem die Täterin auf wiederholte Aufforderung hin nicht lockergelassen hat ...«
»Moment, Moment, das heißt doch ›den Aufforderungen nicht nachgegeben hat‹, oder nicht?«
»Herrgott Winter, nun werden Sie mal nicht kleinlich! Hat sie nun lockergelassen oder nicht? Ich bin schließlich kaum reingekommen, beim ersten Mal.« Er musterte sein schmächtiges Gegenüber von Kopf bis Fuß und murmelte nachdenklich, wie zu sich selbst: »Das heißt, wenn ich mir's recht überlege, da haben Sie's da vielleicht auch ein bißchen leichter – ohne daß man Ihnen zu nahe treten wollte, schließlich kommt's ja vor allem drauf an, wie man ihn gebraucht, gelle?«
Der haßerfüllte Blick prallte wirkunglos an Hibberts wässrigen Augen ab. »Ja – ... lockergelassen hat, waren wir gezwungen, sie in eindringlicher Weise auf ihr Fehlverhalten aufmerksam zu machen und auf die zu erwartenden Folgen, Punkt.«
Der Satz drohte in lautem Prusten und Japsen unterzugehen. Erst nach Minuten, so schien es, konnte der Blonde unter Tränen hervorstoßen: »... Fehlverhalten«.
»Jawohl, Fehlverhalten.« sagte Inspektor Hibbert mit todernster Miene, »oder wie sonst würden Sie Beleidigung von Amtspersonen nennen? Auch das mit dem ›eindringlich‹ hat auch schon so seine Richtigkeit« – er löste unwillkürlich einen besonders heftigen Lachanfall aus – »schließlich haben wir sie bestens informiert. Exakt, präzise, und Schlag auf Schlag. Nur einmal, als sie nach dem ›Sauhund‹ ›Scheißwichser‹ gerufen hatte, da haben Sie sich geirrt, mein lieber Winter: Scheißwichser – im weiteren Sinn ein zusammengesetztes Verbalinjurium – kostet keine 150, sondern 185,75 DM. Und weil wir bei Scheißwichser bei 653 angekommen waren, schuldet sie uns jetzt logischerweise keine 854, sondern 889,75 DM insgesamt! Tja – man sollte es sich besser überlegen, bevor man sich Diensthabenden gegenüber im Ton vergreift ...«

Der Blonde keuchte. »Ich war halt abgelenkt«, entschuldigte er sich, noch immer ganz außer Atem, »Die hat gerade auf meinem Schwanz rumgezappelt wie ein Wurm am Haken, da soll sich ein Schwein konzentrieren! Dabei, normalerweise sind die Verbalinjurien wirklich meine Stärke ... Unmittelbar vor ›Dreckschwein‹ – Sie erinnern sich, das war bei 436 DM – war's übrigens am schlimmsten. Ich hab wirklich Anst gehabt, die würde kommen ... und hätte dann keine Lust mehr.«
Wachmeister Hibbert lachte schrill auf. »Keine Lust! Bisher ist noch niemand gefragt worden, ob er für eine Rechtsbelehrung Lust hat. Ts, ts ... Ihr jungen Hüpfer habt vielleicht eine Arbeitsmoral! – Na, sei's drum. Wo waren wir stehengeblieben?«
»... und über die Folgen, Punkt.«
»Genau. Nachdem die Belehrung dankend angenommen worden war – kann man doch sagen –, wurde die Täterin darüber unterrichtet, daß es ihr freigestellt wäre, eine Anzeige zu erstatten, sei es gegen Unbekannt oder gegen eine bestimmte Person.« Der Wachtmeister wischte sich erschöpft die Stirn.
»Warum wollte die eigentlich nicht? – Ob die jemanden decken will?«
»Toll. Das merken Sie jetzt erst? Hut ab, Winter!« bemerkte Hibbert spöttisch. »Aber eins lassen Sie sich gesagt sein: Wir werden unser Vögelchen schon noch zum Singen bringen!« Er warf einen Blick auf das Prokoll und nickte zufrieden. »Hm, hm. Ja. Schreiben Sie: Nachdem die Täterin erklärt hatte, sie würde darauf verzichten, wurde sie darüber unterrichtet, daß es ihre Pflicht sei, die weiteren Untersuchungen abzuwarten und sich in deren Erwartung jenen bereitzustellen, Punkt.«
Der Schmächtige las den Text wieder und wieder durch und himmelt schließlich sein Gegenüber aus runden Bubenaugen an: »Herr Hibbert, Ihre Protokolle sind ein Gedicht!«
»Erfahrungssache«, konnte sich der Wachtmeister ein stolzes Schmunzeln nicht verkneifen.

14. Kapitel,

in dem die Geschichte ein konsequentes Ende findet

Die blütenweiße Filtertüte war randvoll mit feingemahlenem Kaffee, ganze zehn Tassen frischen, kalten Wassers ruhten im Plastikbehälter der Kaffeemaschine. Frau Schümer wartete. Als sie so dastand, nachdenklich über den Filter gebeugt, konnte sie den würzigen Duft des Pulvers wahrnehmen, und ebenso den von glühenden Kerzendochten und schmelzendem Bienenwachs. Ja, geradezu weihnachtlich wehte es zu ihr herüber, von dem Tischchen in der Ecke, wo kunstvolle Serviettenblüten auf goldumrandeten Porzellan thronten. Veilchenfarbene Papierspitzen lugten unter dem Boden der Kaffeetassen hervor, die erste, zierliche Silberzange steckte in dem Berg aus schneeweißen Zuckerwürfeln, die zweite, prunkvollere, wartete einsatzbereit unter der Gebäck-Etagere: Da hockten geröstete Haselnüße auf Sahnehäubchen, es ruhten dicke Buttercremeschnitten unter Marzipan und Mandelnougat, da gab es duftende, kirschwassergetränkte Biskuitböden, matt glänzende Schokoglasuren und Staubzucker auf luftigem Brandteig.

Ein Fingerdruck genügte, und die Kaffeemaschine würde sich in Gang setzen. Frau Schümer, die sich noch immer nicht bewegt hatte, fröstelte. Sowie sie sich vorstellte, wie die alte, lärmige Maschinen gleich ihren Dienst aufnehmen würde, krampfte sich ihr Magen zu einem festen Kloß zusammen – denn dann mußte sie gleich an das Geräusch denken, das dem Anschalten der Kaffeemaschine vorauszugehen hatte und auf das sie nun schon seit einer halben Stunde vergebens wartete: das Schrillen der Türklingel.

Zur Beruhigung ging sie noch einmal, wie schon so oft, Punkt für Punkt ihre Vorbereitungen durch: Sie hatte die Pflanzen abgestaubt, die Dielen gewachst, Fensterscheiben und Stöckelschuhe auf Hochglanz poliert, muschelförmige Lavendelseifchen in der Besuchertoilette verteilt und sich die Beine mit kostbarstem Parfüm bestäubt. Mit Wohlgefallen erinnerte sich die Laborleiterin auch daran, wie samtig sich ihre frisch rasierte Pforte angefühlt hatte – und in diesem Augenblick traf sie das Türschellen wie ein Stromschlag.

Kreidebleich schaltete sie die Kaffeemaschine an, schritt so vorsichtig zur Wohnungstür, als fürchte sie, den Boden unter den Füßen zu verlieren, und lauschte mit angehaltenem Atem ins Treppenhaus, wo jemand mit hallenden Absätzen die Stufen heraufsprang.

Als Bettina oben ankam, hatten sich ihre Wangen gerötet, und sie schnappte fröhlich grinsend nach Luft, lachte Frau Schümer ins Gesicht und rief: »Hey!«

Die Laborleiterin jedoch stand, zur Salzsäule erstarrt, im Türrahmen und brachte kein Wort über die Lippen, so fremd und schön sah ihre Assistentin aus. Rauchfarben, eisengrau und petrolblau hatte sie sich die Lider gemalt, es leuchteten die Lippen ebenso korallenrot wie ihr Lackmantel.

»Ja, was ist, Frau Doktor, wollen Sie mich nicht hereinbitten?« klang es forsch und unverhohlen tadelnd. Frau Schümer zuckte zusammen, sprach hastig: »Oh ja, bitte sehr, entschuldigen Sie vielmals, Frau Sölter, ich ...«

»Schon gut. Bin nichts anderes gewohnt in diesem Hause. Ihre Nachbarin hat grad vor Schreck fast den Balg hinfallen lassen. Ziemliche Hippe, wenn Sie mich fragen, hätte mir schon guten Tag sagen können«, plapperte Bettina, schlüpfte an Frau Schümer vorbei in die Wohnung und streifte den Mantel ab. Der Laborleiterin erfror das »Ja, die Frau Weiß, die ...« auf den Lippen – stand da die Assistentin doch plötzlich im schwarzen Schnürkorsett vor ihr, mit breiten Strapsbändern auf den honigfarbenen Schenkeln, den haarlosen Hügel von schwarzer Gaze verhüllt, und hochhackigen, kniehohen Lackstiefeln in einem grellen Grasgrün.

Bettina bummelte neugierig den Flur entlang, mit schwingenden Pfirsichbacken und hellblondem Flaum im gebräunten Nacken, hatte nur Augen für die Spiegelfronten der Hausbar und all die Flaschen in dem Wandschrank. »Whow, Tim Jean ...« murmelte sie, »geil, da hab' ich gerade Lust drauf«, und schlenderte lässig ein, zwei Schritte weiter.

Was trieb Bettina um, in dieser Gewandung zu einer Einladung zum Kaffeetrinken zu erscheinen? Und sollte

Frau Schümer es gutheißen, sie auf so reizvolle Weise entblößt vor sich zu sehen (denn der Anblick von Bettinas breiten, wohlgeformten Schenkeln, ihren schimmernden, gut bemuskelten Oberarmen rief bei der Wissenschaftlerin Schauer des Entzückens hervor), oder sollte sie sich ärgern, weil Bettina ganz gewiß nichts anderes bezwecken wollte, als sie zu verwirren und einzuschüchtern? Ein unwirsches: »Wird das heute noch mit dem Whisky?« riß die Laborleiterin aus ihren Gedanken; der fliegende Busen, der in goldbrauner Fülle über den Spitzenrand des Korsetts lugte, sprach von wachsendem Verdruß.

Ehe Frau Schümer noch recht wußte, wie ihr geschah, hatte sie schon das Haupt gesenkt, »Aber ganz gewiß, Frau Sölter ... Entschuldigen Sie bitte, Frau Sölter« geflüstert und sich auf den Weg in die Küche gemacht. Während sie die Eiswürfel aus der Gefrierschale klopfte, die kälteklebrigen Brocken in ein Whiskyglas praktizierte, versuchte sie, ihrer Nervosität Herr zu werden (was war schon dabei, den Getränkewunsch eines Gastes zu erfüllen?), doch es wollte ihr nicht gelingen. Unheilverkündend laut klimperten die Würfel gegen das Glas, bedrohlich funkelten die Halogenbirnen auf der goldenen Flüssigkeit, es kratzte der maisgelbe Lambswool-Pullover, es kribbelten die Strumpfbänder. Frau Schümer balancierte mit angehaltenem Atem auf kippligen Absätzen den Drink über die Kacheln und stellte ihn mit einem kaum hörbaren »Bitte« vor ihre Assistentin hin, die sogleich einen tiefen Schluck nahm. »Ah, das kommt gut«, bemerkte sie, »nett haben Sie's hier, Frau Doktor.«

Bettina Sölter fuhr sich durch die blonden Stoppeln, blinzelte der Laborleiterin unternehmungslustig zu und fragte: »Na und, gibt's Kaffee?« Ohne die Antwort abzuwarten, stürzte sie mit einem Schluck den restlichen Kornbrannt hinunter, leckte sich die Lippen, und richtete den Blick auf die Laborleiterin wie eine Silbernadel.

»Aber natürlich, Frau Sölter« beeilte sich die Wissenschaftlerin zu erwidern – tatsächlich verkündete ein lautes

Gurgeln, daß der Kaffee fertig war – und stöckelte in die Küche, dankbar um jeden Meter, den sie zwischen sich und Bettina legen konnte. Insgeheim hatte sie nämlich gehofft, sie müsse sich nur weit genug von Bettinas fest geschnürter Wespentaille entfernen, von der Hüfte, die sich weich und goldgelb wie eine exotische Frucht unter dem starren Korsett hervordrückte, und alles wäre wieder wie immer ... Doch nicht einmal die kühle Strenge von Mikrowelle, Chromtöpfen und blankgescheuertem Edelstahlbecken konnten den Geruch von fremdem Parfum auf fremder Frauenhaut vertreiben, der hartnäckig an Frau Schümers Gaumen klebte – ja, die ganze Küche bestand nur mehr aus Kaffeemaschine und der Porzellankanne daneben, mit Goldrand und einer Papierspitze am Ausguß, und es gab auf der ganzen Welt nichts Wichtigeres, Dringlicheres zu tun, als so schnell wie möglich und so sauber wie möglich die heiße schwarzbraune Brühe von einem in den anderen Behälter umzufüllen und zu servieren.
Unter der Last dieser Verantwortung begannen Frau Schümers Hände zu zittern wie Espenlaub, es hämmerte ihr das Herz gegen die dünne Rippenhaut ... Was wohl wäre, wenn sie vor Aufregung die Kanne schiefhalten und Bettina auf die nackten Schenkel kleckern würde ...? Die Laborleiterin biß sich auf die Lippe, daß es schmerzte, ordnete mit eisigen Fingern Porzellan und Silber, erst auf dem Tablett, dann auf der Tischdecke, rückte tapfer lächelnd Servietten zurecht, während hinter ihrem Rücken die Assistentin auf und ab spazierte, mit gerecktem Hals und den Händen auf den bloßen Backen, Bücherschränke, Photoecken, Stoff, Musterung und Anordnung der Sofakissen inspizierte.
Dann lud Frau Schümer ihren Gast zu Tisch, schenkte von rechts den Kaffee ein, einen Fingerbreit bis zum Rand, fügte Milch hinzu (eineinhalb Teelöffel Kondensmilch , 4,5 % Fett, wie es ihre Assistentin am liebsten mochte), rührte um, legte den Löffel zurück, wobei sich ein Tropfen weit in die Papierrüschen sog, tippelte hinter Bettinas Rücken auf die

M.Sommer

linke Seite, beugte sich mit klopfenden Schläfen vor und fragte: »Darf ich Ihnen ein Gebäck anbieten, Frau Sölter?«
»Klar doch – so 'ne Buttercreme-Schnitte, das wär's!«
Der Biskuitboden wackelte gefährlich auf der Tortenschaufel hin- und her, landete mit knapper Not heil auf dem Teller. Jetzt endlich durfte Frau Schümer Platz nehmen, sich Kaffee eingießen, und ein Teilchen nehmen: Nach kurzem Zögern entschied sie sich für eine Nußecke, die, trocken und kompakt, um besten zu ihrer aufgewühlten Verfassung zu passen schien.
Während Bettina aber die Creme vom Löffel lutschte, Marzipan und Bikuit auseinanderrupfte, mit geschlossenen Augen eine Mokkabohne zerbiß und »Hm, schmeckt toll« murmelte, saß die Laborleiterin stocksteif vor ihrem Teller, starrte die Nußecke voller Feindseligkeit an und wußte, daß sie eine fatale Wahl getroffen hatte. Sie sollte sich nicht täuschen: Krümel für Krümel wollte der Mürbeteig in ihrer trockenen Speiseröhre steckenblieben, nur mühsam konnte sie die kratzigen Bröckchen hinunterwürgen, und bald hielt sie inne, schob den Teller wie nachdenklich von sich.
Doch: »Nix da, Frau Doktor«, hörte sie sogleich eine schneidende Stimme sagen, »wenn Sie sich schon nichts mit Sahne holen, dann essen Sie das Ding wenigstens auf, und zwar'n bißchen plötzlich!«
Die Laborleiterin hob erstaunt den Kopf, und Bettina fuhr streng fort: »Ja, sonst fallen Sie uns noch vom Fleisch. Solche Strotztitten verpflichten halt, und ein Prachtarsch wie Ihrer kommt auch nicht von ungefähr ... und überhaupt, wir haben heute noch einiges vor – also los, runter damit!«
Frau Schümer schluckte brav Bissen für Bissen hinunter, wobei sie ihre Assistentin nicht aus den Augen ließ – zum Glück, denn nur so bemerkte sie, daß deren Teller sich mittlerweile geleert hatte, nur so konnte sie sie höflich fragen, ob sie denn ein zweites Gebäck wünsche, und ihr einen saftigen Rumkringel mit Pistazien servieren.

»Ach ja, ich hab' Ihnen auch was mitgebracht, Frau Doktor«, ließ Bettina zwischen zwei Bissen vernehmen, »wenn Sie es mir mal holen würden ... Steht in der Garderobe.«
Frau Schümer eilte auf den Flur hinaus, hielt schon von weitem Ausschau nach glänzendem Geschenkpapier, cellophanumhüllter Blütenpracht und winzigen Schmuckschächtelchen – doch dort hinten in der Ecke stand nichts als eine blau-weiße Aldi-Tüte. Darin lag ein eckiger Gegenstand von mittlerer Größe, nicht leicht und auch nicht schwer: Frau Schümer wieselte mit klopfendem Herzen über Schlingenteppich und blankes Parkett zu der Kaffeetafel zurück. Sie setzte sich auf die Stuhlkante, die zitternden Hände in den Schoß gelegt, und starrte Bettina an wie ein Wachhund.
Die Assistentin stupste einen goldgelben, rumgetränkten Brandteigfetzen in den Sahnehügel auf ihrem Teller, nippte gedankenverloren an der Tasse und führte letztschließlich die Gabel zum Mund.
»Können ruhig aufmachen«, murmelte sie beiläufig und abermals mit halbvollem Mund, »ist doch extra für Sie.«
Das ließ sich Frau Schümer nicht zweimal sagen! Schon hielt sie ein längliches Päckchen aus schwarzem Hochglanzpapier in den Händen, mit blutrotem Geschenkband verschnürt. Sie zögerte nicht lange, rupfte mit spitzen Fingern das Band zur Seite, knispelte den Klebestreifen ab und warf Bettina einen fragenden Blick zu: Die Assistentin war voll und ganz in ihren Rumkringel vertieft.
So nahm die Laborleiterin denn tief Luft und all ihren Mut zusammen, hob den Deckel an – und schrie leise auf.
Auf eine Lager schwarzen Samtstoffs lag eine lange Fahrpeitsche, rotbraun, mit lederumwickelten Griff und fein säuberlich zusammengerollt wie eine Schlange, die unter einem Stein zum Vorschein kommt – Frau Schümers Hand zuckte zurück in der Furcht vor dem Biß.
»Gefällt es Ihnen, Frau Doktor?« fragte Bettina aufmerksam.
Frau Schümer nickte, einen starren Kaninchenblick auf die Lederschnur geheftet, und murmelte: »... ja, sehr«.

»Glaub ich. War auch nicht ganz billig«, erklärte die Assistentin stolz, »... aber immer noch kein Grund, nicht weiterzuessen, Frau Doktor«.
Die Laborleiterin nahm sich ein Stück Prinzregententorte, tat einen dicken Klecks Schlagsahne obenauf und aß es geistesabwesend Gäbelchen für Gäbelchen auf. Ihr war, als würden sich ihre Brüste bei jedem Bissen strammen (und schon fielen ihr Bettinas Worte ein), als drängten sich die Pobacken plötzlich feister denn je auf den Stuhlsitz. Ihre Oberschenkel schwollen an wie von einem Wespenstich getroffen, bis sie sich, glühend heiß, fest aufeinanderlegten.
»Ach, ziehen Sie sich doch mal aus«, bemerkte Bettina lässig, »und dann stellen Sie sich vor das Wohnzimmerfenster. Vorhang zurückziehen, klar.«
Endlich von der hellgelben Wolle befreit, sprangen die Brüste vor Lebenslust strotzend ans Tageslicht, es klickte die Lacklederhebe auf und schälte sich von dem Busen. Der Reißverschluß des Wildlederrocks gab seufzend nach, das Becken arbeitete sich langsam frei – viel zu langsam für die drallen Pobacken, die sich ungeduldig gegen das Leder warfen, sich Hüftschwung für Hüftschwung ins Freie drängend. »Strümpfe aus, Schuhe bleiben«, erläuterte die Assistentin knapp und schenkte sich eigenhändig Kaffee nach.
Frau Schümer gehorchte. Weiß und makellos wie frisch gefallener Schnee ragten ihre Beine von zerbrechlichen Absätzen auf, und ein hellrosiger Streifen zeichnete rund um die Taille liebevoll den Sitz des Strapsgürtels nach. Wie von selbst hoben sich ihre Arme, sie legte die Hände hinter den Kopf und fühlte einen Lufthauch über die Achselhöhlen streichen, die von Schweiß betaut waren wie Blütenblätter. So stand die Laborleiterin eine Weile regungslos wie eine Statue vor dem Panoramafenster, vor silbrigen Pappelkronen, nickenden Blautannenwipfeln, schaukelnden orangeroten Dolden der Ebereschen und der fernen Silhouette eines Baukrans in bleischweren Wolken, vor den verwitterten, efeuüberwucherten Steinbögen der römischen Thermen

und vor den grellbunten Blutbahnen des Stadtverkehrs, wo der unablässige Strom von Autos, Lastwagen und Zweiräder, aus aller Herren Länder, grau-löchrigen Asphalt und schmutzig-weiße Markierungsstreifen verdeckte.
Bettina erhob sich, nahm die Peitsche in die Hand und schritt langsam im Zimmer umher, ohne Frau Schümer Beachtung zu schenken. Die Laborleiterin lauschte mit mehr und mehr schmerzenden Armbeugen den knarrenden Dielenbrettern, dem Rauschen der Autos und dem ängstlichen Pochen ihres Herzens, hielt den Blick bei alledem starr auf den leblosen Fernseher gerichtet.
»Schau an«, hörte sie Bettina sagen, und nach einer Weile: »Sie lesen Kristina Wybert-Albrewitz, Frau Doktor?« Obwohl man Bettinas Stimme nicht die leiseste Gefühlsregung anmerken konnte, zuckte Frau Schümer zusammen wie von einem Hieb getroffen. Schon fühlte sie, wie sie puterrot wurde, wie ihre Schenkel auf peinliche Weise zu zittern begannen ...
»Ich ... Nein, das ... Ich hab nicht mal reingeschaut«, stammelte sie mit einer Stimme, so rauh wie Sandpapier.
»Ach«, klang es zurück, und Bettina kam herangeschlendert. Zwei Schritt weit von der Laborleiterin entfernt, blieb sie stehen und zitierte, Wort für Wort betonend: »›Sei sanft zu mir. Geschichten zum Träumen und Aufleben.‹«
Frau Schümer brach kalter Schweiß aus – jetzt hatte die Stimme ihrer Assistentin vor Hohn nur so gestrotzt! Mühsam formten die trockenen Lippen die Worte »ein Geschenk ...« und blieben halboffen, um rasselnden Atem durchzulassen.
»Aha. Ich dachte schon ... Ja dann ...« ließ Bettina vernehmen – ein Klumpen löste sich in Frau Schümers Brust – »Zeigen Sie mir doch mal ihre Titten, Frau Doktor«. Wogen der Erleichterung durchfluteten die Laborleiterin, sie wölbte mit geschlossenen Augen den Busen vor, warf den Kopf in den Nacken und fühlte mit Wonne die fleischige Pracht, stolz zuckten die Mundwinkel im bleichen Gesicht – und noch bevor sie sich auch nur über das scharfe Zischen wun-

dern konnte, traf auch schon ein flammender Schmerz den rechten Nippel.
Vor Entsetzen schrie Frau Schümer gellend auf, bog sich unter den Blitzen, die von ihrem gepeinigten Nippel aus über den ganzen Brustkorb zuckten, bis sie endlich in sanftem Schmerz verebbten und die Laborleiterin nur mehr leise vor sich hin wimmerte. Eine vereinzelte Träne rann sehr langsam und kühl ihre rechte Wange hinunter.
»Und warum haben Sie das Buch noch nicht weggeworfen, hm?« hörte man Bettina fragen.
»Ich ... habe es vergessen«, murmelte die Laborleiterin, und die Träne tropfte kalt vom Kinn auf ihren schlanken Hals.
»So, so.« Bettina stand so regungslos und kühl da wie eine Schaufensterpuppe, die Faust, die den Peitschengriff hielt, auf die Hüfte gestemmt. »Übrigens«, sprach sie an der Laborleiterin vorbei, den Blick aus dem Fenster schweifend, »haben Sie schon einmal Erfahrungen mit einer Peitsche gemacht?«
Unhörbar leise flüsterte es »nein« – die schwarze Schlange auf dem Teppich erwachte, zuckte leise im beigen Flor und schnupperte neugierig frischen Schweiß. Die Laborleiterin, die das Gebilde keinen Moment lang aus den Augen ließ, hatte den Eindruck, daß sich seine Zuckungen, Schallwellen gleich, fortgepflanzt hatten und mit einer winzigen Verzögerung die Luft zwischen ihren Schenkeln erreichten.
Bettina verzog keine Miene. »Warum haben Sie es vergessen, Frau Doktor?« fragte sie freundlich.
»Ich ... Ich weiß nicht« – noch während Frau Schümer die Worte aussprach, tat es ihr leid darum. Dennoch brachte sie es nicht übers Herz, die Augen zu schließen, sah die Fingerknöchel ihrer Assistentin weiß hervortreten, als diese die Peitsche fester packte, sah sie den Arm hoch durch die Luft werfen – da stach es in den linken Nippel, hakte sich fest und schien mit einem Ruck die zarte Knospe aufzureißen. Einen Moment lang war es, als lauschten alle Fasern ihres Körpers zur Brustspitze hin. Dann war der Damm der Sprachlosigkeit gebrochen, der Schmerz schoß

durch das Fleisch, als habe eine riesige Spritze ihren siedend heißen Inhalt ausgespuckt. Gleichzeitig kühl und sengend, erst fein und dünn wie ein glimmender Docht, dann breit wie ein sich wälzender Lavastrom, fuhr es durch ihren Schoß, überspülte den schneeweißen Hügel, die rosigen Lippen, rann die Schenkel hinunter kniewärts. Frau Schümer wand sich wie unter Krämpfen, schnappte nach Luft, stöhnte laut auf und stieß ruckartig mit dem Becken.
»Frau Doktor, ich habe Sie was gefragt«, redete Bettina unbeteiligt dazwischen. »Und zwar, aus welchem Grund Sie vergessen haben, das Teil in den Müll zu werfen.«
Die Laborleiterin brachte unter Keuchen ein »aber wirklich, ich ... ich weiß nicht« hervor, gefolgt von einem bitterlichen Aufschluchzen und noch viel heftigeren Stößen der prallen, milchweißen Pobacken.
»Das glaube ich Ihnen nicht«, stellte Bettina trocken fest, und Frau Schümer wimmerte mit schmalen blaßroten Lippen, es rannen ihr die Tränen die fahlen Wangen hinunter wie eisige Bächlein von schmelzendem Schnee.
»Brüste mehr raus!«
Die Laborleiterin gehorchte, mit zitterndem, tränentriefendem Kinn, und drückte fest die Kniekehlen durch, wo sich unter der durchsichtigen Haut dicke blaue Adern spannten. Sie blinzelte, sah die Peitschenschur aufwippen und schloß mit einem kaum hörbarem Stöhnen die Augen, bot mit durchgebogenem Rückgrat die Nippel dar, von denen zu beiden Seiten eine haarfeine, dunkelrote Tüpfelspur über die Brüste zog.
»Sehen Sie, Frau Doktor, ich bin nicht von ungefähr heute hier. Ich bin zu Ihnen gekommen, weil es einige Dinge gibt, die ich gerne klarstellen würde. Und ich erwarte, daß sie mich bei dieser Klarstellung unterstützen.« Frau Schümer nahm die Worte ergeben, wenn auch ohne Verständnis auf, und warf den Kopf in den Nacken, daß ihr die Haare die Schulterblätter kitzelten. »Sie müssen wissen, ich habe guten Grund, auf Ihre Mitarbeit zu hoffen. Das da« – Es zischte, und bevor sich Frau Schümer zu einer Bewegung entschei-

den konnte, ratzte ein zierliches Messerchen quer über den Brustkorb, vom linken Brustansatz bis hin zur rechten Hüfte. Die Laborleiterin hielt den Atem an und biß die Zähne zusammen, horchte auf die schrecklichen Schmerzen, die da kommen würden – doch nichts geschah außer einem Prickeln, überall dort, wo ihre Nerven gestreichelt worden waren, das sich ganz langsam zu einem flimmernden Netz verdichtete, ihr Becken einhüllte wie eine Wolke aus Schmetterlingsfügeln, die sich endlich samtweich auf der Möse niedersetzte – »... das da ist eine Kunst. Das braucht Jahre, bis man so was drauf hat«, sprach die Assistentin weiter, während Frau Schümer noch immer versonnen lächelnd dem Pulsieren und Flattern zwischen ihren Schenkeln lauschte. »Und Sie brauchen nicht zu denken, daß ich mir hier den Arsch aufreiße wegen nix und wieder nix. Wenn Sie es also in Zukunft noch einmal drauf anlegen sollten, mich zu bescheißen, dann mach' ich einfach – diesen da ...« Bettina riß den Arm hoch, holte weiter aus denn je zuvor, und Frau Schümer sah mit aufgerissenem Mund, wie die Peitsche hoch zur Decke flog, hörte es knallen wie einen Pistolenschuß ... Ihr Gehirn verglich, rechnete und bilanzierte Bruchteilen von Sekunden lang, dann tat es ihr das Ergebnis kund: Dieser Schlag würde sie schlichtweg zerreißen. Frau Schümer stöhnte laut auf, ballte die Fäuste und fühlte das Blut siedend heiß aus klaffenden Wunden strömen, noch während die Peitsche am Niedersausen war. Ihre Nippel strotzten plötzlich hart und brennend vor Gier, die schweren Brüste boten ihr schneeweißes Fleisch dem Schlachtermesser dar, und Frau Schümer durchströmte wilde, stolze Lust wie ein schneidender Schmerz. Sie wartete, verharrte reglos lauschend – und plötzlich, ohne daß etwas geschehen war, gab jede Faser, jeder Muskel die Spannung auf. Eiskalte Luft fuhr der Laborleiterin so überraschend in die Magengrube, daß sie heftigste Übelkeit überkam. Sie keuchte, hustete, öffnete die Augen und sah durch blutroten Nebel hindurch ihre Assistentin wissend lächeln, während sich vor ihrer Stiefelspitze behäbig das Leder ringelte.

»Tja ... Gemein, was? Wie gesagt, Frau Doktor, so geht's auch – aber wenn Sie brav sind, dann laß ich das in Zukunft bleiben, Ehrenwort.« Bettina lächelte ihr, mit übermütigen Grübchen um die Mundwinkel, zu. »So weit, so gut ... Sie haben geile Brüste, Frau Doktor«, stellte sie wie nebenbei fest und packte die Peitsche nach, »wissen Sie das?«

»Ja«, murmelte die Laborleiterin, die noch immer mühsam nach Luft rang. Bleischwer fühlten sich ihre Glieder an, ein pelziger Belag überzog die Zunge, und eine dünne, schwarze Strähne klebte quer über ihre Stirn.

»Überhaupt habe ich den Eindruck«, Bettinas punktförmige Pupillen schweiften in die weite Ferne hinter dem Wohnzimmerfenster, »daß Sie ein sehr triebhafter Mensch sind, Frau Doktor. Würden Sie mir da recht geben?«

Starr wie ein Raubvogel hatte sie den Blick auf Frau Schümer gerichtet, und der unbewegte Blick überzog Arme und Hals mit einer Gänsehaut. »Das mag schon sein«, antwortete die Laborleiterin heiser.

»... aber sicher sind Sie sich da nicht«, spöttelte Bettina, und zu sehen, wie sich ihre Knöchel dabei über dem Peitschengriff spannten, ließ Frau Schümers erbeben. »Übrigens, lesen Sie schon mal die Ehranger Rundschau?« hörte sie ihre Assistentin fragen.

Hatte die Laborleiterin bisher noch verzweifelt versucht, Ordnung in ihre wirren Gedanken zu bringen, so gab sie nun mit einem resignierten Seufzen auf und ließ es bei einem kraftlosen Kopfschütteln bleiben.

»Schade. Dabei sind da manchmal echt coole Bilder drin« – Frau Schümer überlegte, ob man sich wohl an diesen Zustand von Benommenheit wohl gewöhnen könne, und sah Bettina nähertreten, mit einem Papierfetzen hin- und herwedeln: »Zum Beispiel das da.«

Der Fetzen hielt still. Nicht schneller, als ein Sandbild Form annimmt, ordneten sich vor Frau Schümers Augen dunkelgraue, weiße und hellgraue Körnchen: »Trotz winterlicher Temperaturen« stand da fettgedruckt, die folgenden Zeilen waren unleserlich, und darunter waren viele Menschen abgebildet, einige Straßenleuchten, eine Gruppe schwarzgekleideter Männer, die dunkle Halbkugeln unter den Arm geklemmt oder in den Händen hielten, sowie eine weiße Gestalt.

»Nun gucken Sie nicht so, Frau Doktor«, hörte sie Bettina durch einen Wall aus Nebel sagen, »Zeitungsfotos sind immer Scheiße. Die linke Titte zum Beispiel, sieht doch total mickrig aus, ganz anders als in echt ... Und hier, bei dem Bild: daß Ihnen das Rockerweib mitten vor den Arschbacken steht, ist auch Kacke, da hätte der Fotograph doch noch einen Moment lang warten können, bis die rübergeht, ne? Aber Hauptsache, man kann Sie wiedererkennen, Frau Doktor! Und das haut doch hin, bestens – fragen Sie nur mal den Professor Kamphauser, der hat keine zwei Sekunden gebraucht«, zwitscherte ein munteres Stimmchen ihr vor, doch die breiige Leere in ihrem Kopf machte es ihr unmöglich, den Sinn dieser Sätze zu verstehen. »... und da dachte ich mir, es wäre doch nett, wenn Sie mir ein bißchen mehr darüber erzählen würden. Schon wegen Ihrer Pflicht als Gastgeberin, Unterhaltung und so ...«, säuselte es von weither wie Wind in Pappelwipfeln, und die Laborleiterin schloß müde die Lider, träumte mit halboffenen Lippen von brütender Sommerhitze und von Zikadenkonzerten ... Da brandte sich ein Hieb tief in ihren Hals und ließ eine feuerrote Spur zurück; Frau Schümer krallte sich vor Verzweiflung in die Brüste, hob laut wimmernd die Augenbrauen.

»Zähne auseinander, oder ich helfe ein bißchen nach!« fauchte Bettina, und ein zweiter Hieb zischte an den Schamlippen vorbei, eben dicht genug, sie zum Brennen zu bringen.

So kam es, daß Frau Schümer erzählte. Zunächst sprach sie stockend, ja, widerwillig, trieb sie doch vor allem die Angst vor den Hieben zu ihrem Geständnis. Dann jedoch wurden die Fragen zudringlicher, drehten sich immer wieder aufs neue um ihre intimsten Empfindungen, bohrten erbarmungslos nach all dem Unsäglichen und zerrten das ans

Licht, was Frau Schümer so sorgfältig verschnürt und weggepackt hatte, um es irgendwann einmal, im Schutze einer fernen Zukunft, Stück für Stück betrachten zu können. Natürlich nahm sich die Laborleiterin mehr als einmal vor, die Aussage zu verweigern. Doch immer öfter zuckte in diesen Momenten die Peitsche hoch, wie zufällig ... Bald kratzte sie rauh wie eine Raubtierzunge über den glattrasierten Hügel, bald kitzelte sie lockend die duftenden Lippen. Nadelspitz strich sie über den festen Bauch, rahmte mit zwei, drei flinken Hieben spielerisch die Nabelgrube, zerschnitt rechts-links-rechts die straffen schneeweißen Schenkel, züngelte hoch und brannte sich fest in die hellbraune, papierdünne Haut der Leistenbeugen.
Die Laborleiterin wand und krümmte sich, leckte sich laut stöhnend, wie toll, die Hände ab, mit weit gespreizten Fingern, speichelte sich Wangen und Stirn ein, bis sie trieften, und ließ in Strömen den Speichel fließen, bis er ihr über das Kinn tropfte und den Hals hinunter über die Brust lief. Verzweifelt flehte die Alabasterhaut nach mehr, wo immer sie die Peitsche gekitzelt hatte, und dankbar heulte das Fleisch dort auf, wo ein Hieb sich tief und brennend eingebissen hatte, schickte seine Freude in heißen Wellen durch den zuckenden Körper. Die feiste Möse pochte wie ein saftiges Herz und drängte die Laborleiterin, ihre Aussagen danach auszuwählen, wie sie ihr am ehesten die Aufmerksamkeit der Assistentin sichern würden. Sie verlor sich in Geständnissen, zu denen sie bislang nicht einmal vor sich selbst in der Lage gewesen war, erzählte von der Lust, die die brutalen Schwänze ihrer zarthäutigen Pforte bereitet hatten, von ihrer Gier nach Unrat und Schmutz, und von anderen, schamloseren Ausschreitungen. Denn längst wußte sie, daß gerade die peinlichen, die entblößenden Berichte es waren, womit man sich die zärtlichen Bisse erkaufen konnte und die flammenden Umarmungen – und was blieb ihr anderes übrig, mit ihrem pochendem Becken und ihren pulsierenden Schenkeln, als auf dieses Geschäft einzugehen?

Auch die unverfrorene Offenheit, mit der Bettina ihren Ausführungen folgte, wie sie ab und zu innehielt, sich lobend über Frau Schümers Schlüpfrigkeit ausließ, mit runden Augen und taktlosen Zwischenfragen ihr Opfer zu quälen verstand, trugen das ihrige zu Frau Schümers Gemütslage bei: Mit jeder Entblößung wuchs in Frau Schümer eine merkwürdige Überheblichkeit, so als zeichneten sie eben die maßlosesten der Demütigungen auf eine unerklärliche Weise aus, als würde sie durch das Eingeständnis ihrer Verderbtheit selbst edler und makelloser. In gleichem Maße jedoch, da dies geschah, begann sie sich danach zu sehnen, sich in ihrer ganzen glänzenden Schönheit dem Unbeschreiblichen darzubieten, so daß sie, von sicherer Hand geleitet, immer verfänglichere Aussagen ersann.
»Hm ... Alles klar.« Bettina strich über den Griff der Peitsche. »Und Sie waren zu jeder Zeit voll und ganz zufrieden, ja? – Ich meine, nicht, daß Sie je etwas vermißt hätten?«
Frau Schümer nickte eifrig, mit wachsbleichem Gesicht und leuchtenden Augen: »Ja, sicher.«
Es ballte sich die Faust um den Ledergriff, es runzelte sich über den scharfen schwarzen Brauenbögen die Stirn, und Bettina knurrte leise »Scheiße«. Dann blinzelte sie die Laborleiterin an und zuckte die Schultern. »Na ja. Was will man von Ihnen schon anderes erwarten, ne?« Sie ging zum Tisch zurück, zündete sich eine Zigarette an, bemerkte beiläufig: »Stellen Sie sich doch mal da rüber, Frau Doktor« und wies auf den mannshohen Wandspiegel, darin blankes Parkett und ein Rosenholztischchen zu sehen waren.
Frau Schümer stand gesenkten Blickes vor der Spiegelfläche, hörte mit klackenden Absätzen Bettina näherkommen und schrak zusammen.
»Na los, schauen Sie sich ruhig an«, sprach Bettina hinter ihrem Rücken, und die Laborleiterin musterte die nackte, zartgliedrige Frauengestalt vor ihr so verwundert, als sähe sie sie zum ersten Mal. »Gefällt dir, was du da siehst?« flüsterte ihr Bettina ins Ohr, schlang ihr die Arme um die Taille

und rieb sich fest an Frau Schümers Pobacken, stöhnte leise und dunkel auf.
Kreuz und quer ringelten sich der hüschen, fremden Frau im Spiegel die rosigen Striemen über den Brustkorb, der sich hastig hob und senkte, hielten den schimmernden Bauch in ihren Netzmaschen gefangen wie einen schönen großen Fisch, ruhten langgestreckt und sanft gebogen auf den Schenkeln und prangten fleischrot auf dem glatten Hügel – und Frau Schümer nickte, einen dicken Kloß im Hals.
»Und, wie sagt man?« raunte Bettina heiser, und Frau Schümer rang sich mit äußerster Mühe ein »Danke« ab.
»Na also, geht doch!« erwiderte ihre Assistentin darauf in gespielter Unbeschwertheit, und fuhr in ernstem Ton fort: »Aber, die Frage ist doch, haben Sie was verstanden, Frau Doktor? Oder, um es ein bißchen deutlicher zu formulieren« – nun war ihre Stimme schneidend geworden – »wann werden Sie endlich kapieren, was mit Ihnen los ist?!« Sie seufzte auf, als ringe sie um Worte. »Sehen Sie«, sprach sie versöhnlich weiter, packte Frau Schümer an der Taille und drehte sie um – »was das für ein Arsch ist.«
Die Backen glänzten, als habe man sie mit Speck eingerieben. Sie drängten sich zu einer fleischigen Herzform zusammen, sprangen satt unter der glatten, matt schimmernden Fläche des Steiß hervor, die zwei tiefe Grübchen zierten. »Sie müssen zugeben, das ist erste Sahne. So, und jetzt passen Sie auf. Drehen Sie mir noch mal den Hintern zu.« Die Laborleiterin gehorchte und schloß die Augen: Immer härter klang ihr Herzschlag, wie schneller, wie fliegender Galopp.
Mit einem Zischen schnitt der Peitschenriemen quer über beide Hinterbacken, daß Frau Schümer laut aufschrie. Bevor sie auch nur Luft holen konnte, sprach Bettina: »Und nun sehen Sie sich das mal an. – Beine auseinander.«
Während die Laborleiterin noch leise keuchend die geschändeten Backen betrachtete, eine Schnur korallenrot glitzernde Perlchen aus der Haut treten sah, begann der Hintern sanft zu kreisen, ohne daß Frau Schümer imstande

war, der Bewegung Einhalt zu gebieten. »Man beachte die Mösenlippen, Frau Doktor«, kommentierte ihre Assistentin, »da geht's schon wieder los ... « – und in der Tat, so deutlich, daß es Frau Schümer mit eigenen Augen sehen konnte, spannten sich die roten, samtigen Lippen, wurden bei jedem Schwung der Hinterbacken fester, und als die Laborleiterin das sah, ballte sie, von tiefer Sehnsucht ergriffen, die Fäuste, kniff sich fest in die Handballen ... »Nur zu«, bemerkte Bettina, ganz so, als habe sie ihre Gedanken erraten. Doch anstatt sich zu wundern, gab Frau Schümer mit einem Seufzen der Erleichterung nach, krallte sich fest in das weiche, glatte Gesäß. Kaum kam ihr da der Schmerz zu Bewußtsein, packte sie mit einem lauten Stöhnen nach, daß sich die Haut unter ihre Nägel schob.

»Gegen diesen geilen Arsch sind sie machtlos, Frau Doktor, was?« lachte Bettina, und Frau Schümer nickte so heftig, daß ihr die schwarzen Haare gegen den Hals schlugen. Dann beugte sie sich nach vorne, riß die Hinterbacken auseinander und lugte unter zwischen den Beinen hindurch in den Spiegel. Von schlanken Beinen wie Marmorsäulen getragen, legten ihre Hände ein bräunliches, gefältetes Löchlein bloß und flammend rote Mösenlippen – Frau Schümer keuchte, ging leicht in die Knie und zerrte mit brutaler Gewalt die Herzhälften noch weiter auseinander, bis die Pforte zum Zerreißen gespannt war.

»Ätzend, ne? Wenn Sie nicht gleich den Arsch gestopft kriegen, verlieren Sie den Verstand«, sprach die Assistentin Frau Schümers Gedanken aus. »Na dann, man ist ja kein Unmensch – hier«, und etwas Längliches, Schwarzes schob sich von links in den Spiegel hinein.

Frau Schümer stutzte.

Was sollte dieses Ding, und warum knurrte ihr Bettina jetzt mit böser Stimme »Na wird's bald!« zu? Dann lag der Stab kühl und ledrig in ihrer Hand und schwebte wie von selbst langsam näher. Nun tippte er gegen die Pforte, eine harte, riesige Knospe vor dem viel zu engen Loch, und die Laborleiterin begann am ganzen Körper zu zittern.

»Rein damit!« schrie die Assistentin, und Frau Schümer stieß zu. Es riß mit flammendem Schmerz die papierdünne Haut auseinander, stach wie eine Lanze hoch und rieb mit energischem Druck gegen den harten, festen Knoten, der sich tief ihrem Schoß gebildet hatte.
Frau Schümer erstarrte, horchte dem furchtsam Klopfen ihrer Mösenlippen nach und hörte Bettina flüstern: »Na los – zeig's mir ...!« Da warf sich die Laborleiterin gegen den Stab, der sich wie ein riesiger, knochenloser Finger tief in ihre Pforte bohrte. Ein Ruck noch, und der Knoten sprang auf, goß Glut hervor, brachte den Schoß zum Überlaufen. Wie litten die Lippen unter dem feurigen Strom, krampften sich fest zusammen und spuckten kühlen Saft hervor ...
Es dauerte lange, bis Frau Schümers Schreie endlich einem leisen Wimmern gewichen waren. »Und, haben wir uns jetzt eines Besseren besonnen? Wissen wir jetzt, was wir wirklich brauchen, um glücklich zu sein?« drang es durch Rauschen und Brummen an ihr Ohr, doch anstatt zu antworten, seufzte die Laborleiterin nur selig.
»Mach's Maul auf, du Dreckstück!« – die Peitsche ringelte sich über die Hüftknochen und klatschte fest auf den weichen Bauch. Die Laborleiterin riß verwirrt die Augen auf.
»Frau Doktor, ich habe Sie etwas gefragt. Wenn Sie nun bitte die Güte hätten, mich wissen zu lassen, was Ihnen in den letzten Monaten bitterlich gefehlt hat ...?« Ein unguter Ton schwang Bettinas Stimme bei, und die Laborleiterin strich sich hektisch die Strähnen aus der Stirn. »Ähem ... Ehrlich gesagt, ich ...« hob sie an, sah Bettinas Augen wütend aufflammen sah und brach ab.
Eine knisternde Stille senkte sich über den Raum, wartend, lauernd. Da stand der Laborleiterin plötzlich, so klar, als sei ein Vorhang zerissen, vor Augen, was ihre Assistentin gemeint hatte, und sie begann mit halblauter Stimme zu erzählen: »Es war mir immer nicht genug. Was sie auch mit mir gemacht haben, wie sehr sie meinen Körper geschunden, meinen Geist gebrochen haben, irgendwie war es nie

genug. Nachher, ich meine, wenn ich wieder daheim war, war alles wieder wie früher, verstehen Sie? Nehmen wir zum Beispiel das Buch ... Natürlich hätte ich es weggeworfen, wenn ...« Frau Schümer brach ab und rieb sich unschlüssig den rechten Nippel.
»Wenn Sie gewußt hätten, wofür. So ist es doch, Frau Doktor, oder? Mir brauchen Sie nichts zu erzählen ... Dieses Rockerweib, die Lilly, zum Beispiel: Kein schlechter Kerl, bestimmt, aber nichts für Sie, Frau Doktor – die ist viel zu nachlässig. Sie brauchen jemanden, der Ihnen keine freie Minute läßt, jemanden, der immer für Sie da ist – und der sich nicht scheut, das letzte bißchen Verstand aus Ihnen rauszuprügeln. Alles andere wäre die schiere Verschwendung. Habe ich recht?«
Frau Schümer nickte benommen. »Es war so endlos mühselig, zu alle dem ... eine Einstellung zu gewinnen. Ich meine, wenn ich wenigstens nur in der Erinnerung hätte leben können, an die Horde und all das, was mir dort widerfahren ist, das wäre noch zu ertragen gewesen. Aber es mit meinem täglichen Leben in Einklang zu bringen, mit meiner Arbeit, mit meiner Freizeit, damit habe ich mich irgendwie überfordert gefühlt. So sehr ich auch gegrübelt und nachgedacht habe, ...«
»Ach was, Quatsch!« wurde sie unwirsch unterbrochen. »So ein Blödsinn! Denken, denken ...« – Die Assistentin lachte laut auf – »Das ist ja wohl die Höhe! Was muß man mit so einem hübschen Arsch noch groß denken? Ich will Ihnen einmal was sagen, Frau Doktor. Sie sollen feucht und offen sein, vorne und hinten, und tun, was man von Ihnen verlangt, und zwar sofort, und damit hat sich's – zu was anderem taugen Sie eh nicht. Und all das Denken und Deuten, das sollte jemand anderes für Sie übernehmen.«
Die Laborleiterin schwieg und strich sich nachdenklich übers rosig gestriemte Becken. Dann hob sie plötzlich den Kopf, den Blick klar und kalt wie ein Gebirgsbach, sprach mit glockenheller Stimme aus: »Da gebe ich Ihnen voll und ganz recht, Frau Sölter.« Kaum waren diese Worte über ihre

Lippen gekommen, da begann sie zu zittern. Es rauschte das Blut in ihren Ohren, und wie durch einen Samtvorhang hindurch hörte sie ihre Assistentin sagen: »Was also wäre, wenn sich jemand – sagen wir, ich – Ihrer erbarmen würde, Frau Doktor?«
Die Laborleiterin wimmerte gequält. Die heißen Schenkel preßten sich gar zu fest aufeinander, ihr Mund war trocken und sandig, die Brüste schweißnaß ... Unter Mühen öffnete sie die Lippen: »Ich wäre Ihnen mit Leib und Seele dankbar«, und sogleich begann ihr Becken wild zu stoßen.
»Mit Fotze, mit Titten und mit Arschloch, und bis Ihnen die Schmerzen die Sinne verbrennen, Frau Doktor?«
»Gerade darum bitte ich Sie«, stieß Frau Schümer keuchend hervor, und es packte sie ein so heftiger Schüttelfrost, daß ihr die Zähne klapperten. »Ich ... ich flehe Sie an, benutzen Sie mich, für was Sie wollen ...«, der Kloß in ihrer Brust löste sich in einem trockenen Schluchzen, und eh die Laborleiterin wußte, wie ihr geschah, preßten sich ihre Brüste fest auf das kalte Parkett, und ihre Zunge fuhr wieder und wieder über Bettinas Stiefel.
»Tja dann ...«, ließ die Assistentin gnädig vernehmen, »dann wollen wir das mal üben, nicht?«
In den folgenden Stunden bekam Frau Schümer gezeigt, wozu ihr weicher, willfähriger Körper in der Lage war. Es folgte ein Befehl auf den anderen, und die Assistentin überwachte jede Bewegung, jede Lautäußerung, ohne daß je ein Lob oder ein Tadel über ihre Lippen kam – hatte sie doch weit bessere Mittel als Worte zur Hand ... War sie nämlich unzufrieden, so ließ sie in gemeiner Weise die Peitsche niedersausen, striemte die Rippen, klatschte auf Knöchel, Handgelenke, Kniescheiben, Hüftknochen und Nackenwirbel, und hielt erst dann ein, wenn sie irgendwann die Lust verlor, ganz unabhängig davon, wie sehr die Laborleiterin sich bis dahin auch gewunden und geschrien hatte, wie sehr sie mit tränenüberströmtem Gesicht und gebleckten Zähnen um Gnade gewinselt hatte. Machte Frau Schümer ihre Sache aber gut, so wurde ihr die schiere,

beißende Leidenschaft und schneidende Zärtlichkeit zum Lohn, blutige Umarmungen und zerreißende Liebkosungen. So meisterhaft verstand sich die Peitsche darauf, sie zu verwöhnen – besser als der umsorgteste Liebhaber es je vermocht hätte –, daß die Laborleiterin sich mehr als einmal in der unbeschreiblich beglückenden Gewißheit suhlte, den Verstand verloren zu haben, und sie zitternd vor Erregung die Dielen einzuspeicheln begann, sich mit brutaler Gewalt an den Nippeln riß und sich mit weit gespreizten Beinen, mit gähnender Pforte und schmatzend dicker Möse den Hieben darbot.
In wilder Folge wechselten Anordnungen, die Frau Schümer leicht fielen oder ihr gar Freude bereiteten, mit solchen, die sie verwirrten oder sie mit Ekel erfüllten. So kam es zum Beispiel vor, daß, kaum, daß sie mit wohligem Stöhnen die Mösenlippen ihrer Assistentin liebkost hatte, sie an den Haaren zur Toilette geschleift und gezwungen wurde, den Rand der Schüssel auszulecken, wo sich der Unrat von Jahren und von Generationen von Vormietern angesammelt hatte. Bald darauf mußte sie sich auf den Balkon stellen und ihren bloßen Hintern den Autofahrern zur Schau stellen, um zwischendrin sich immer wieder von neuem Möse, Mündchen und Pforte zu stopfen, mit Dildo, Eigelb oder allerlei Küchenabfällen, Zehen, Nippel und Löchlein ihrer Assistentin zu verwöhnen oder sich mit Krokodilklemmen, Nagelscheren oder Zigarettenstummeln zu martern. Bei all diesen Taten wurde streng darauf geachtet, daß Frau Schümer imstande war, sie jederzeit – auf Befehl hin – abzubrechen, wozu sie nach einer kurzen, anfänglichen Verwirrung und nach einigen wohlgezielten Hieben mehr als gerne bereit war: Bald hatte die Laborleiterin gelernt, aus dem schieren Vorgang des Gehorchens eine solche Lust zu schöpfen, daß sie jede Tat, ob Erniedrigung oder Liebesdienst, mit gleichem Eifer, mit gleicher Leidenschaft durchführte. Schließlich kam es so weit, daß allein die immer heftiger werdenden Lustlösungen Bettina zwangen, das Training abzubrechen und

zu einem weiteren, dem letzten Punkt ihres arbeitsreichen Tagesprogramms überzugehen.
Die Assistentin musterte Frau Doktor Schümer, die sich bäuchlings auf den Boden preßte, die schweißglänzenden, rotgestriemten Backen auseinanderriß und, bis in die Kniekehlen zitternd, den nächsten Befehl erwartete. Ihr Blick streifte dabei wie zufällig die Spitzen ihrer Lackstiefel, die so blank waren wie eine frisch geschliffene Klinge – hatte ihnen doch oft genug das emsige Zünglein seinen Dienst erwiesen –, und die Assistentin stellte fest, daß sie zufrieden war.
»So, wir sind fertig«, sprach sie zu der Laborleiterin, die liegenblieb, ohne daß auch nur das Zittern ein wenig nachgelassen hätte.
»Frau Doktor, ich habe eine Frage.«
Frau Schümer überkam ein Welle der Übelkeit. Sie rollte sich mühsam auf die Knie, verharrte dann regungslos, mit gesenktem Haupt, und atmete schwer – wie lange war es her, daß die Assistentin in diesem Tonfall zu ihr gesprochen hatte, mädchenhaft verzagt, mit langen blonden Haaren und bittenden hellgrünen Augen vor dem Laborregal gestanden und schüchtern auf eine Nährlösung getippt hatte: »... darf man die nehmen?«
Doch während Frau Schümer noch merkte, wie die Rührung ihr die Nippel steifte, schlug Bettinas Tonfall schon wieder um, energisch, kalt fuhr sie fort: »Sie sollen sich nämlich entscheiden. Sie müssen wissen – schauen Sie mich gefälligst an« – Frau Schümer hob das Gesicht, dessen Züge so sehr verklärt waren vor Lust und vor Schmerz, daß sie die schneeweiße Unschuld einer Madonnenstatue widerspiegelten – »Sie müssen wissen, ich bin nur eine einfache T.A., und noch keine vier Jahre bei der Uni angestellt. Was das heißt, wissen Sie ja selbst: Ich werde nach T3 bezahlt. Hinzu kommt, daß die Ersatzteile für meine Corvette sauteuer sind, und die Dachsuite in Biewer schluckt auch ihr Sümmchen ... Mit einem Wort: Auch wenn ich allein mit der Knete ganz gut über die Runden komme, um Sie mit durch-

zufüttern, reicht's beim besten Willen nicht.« – Frau Schümer folgte den Ausführungen mit Augen, die grünblau und tief waren wie ein Gletschersee – »Und deshalb schlage ich einfach vor, daß Sie mir diesen Wisch unterschreiben.«

Schon hielt Bettina einen Papierbogen in der Hand und las hastig vor: »Blablabla ... ich, Frau Doktor rer. nat. Marion Schümer damit einverstanden bin, mich fortan folgender Person zur freien und uneingeschränkten Verfügung zu halten: Blablabla – geben Sie nichts auf den Namen, den habe ich eh geändert, aus Sicherheitsgründen, Sie verstehen –, und daß ich mich mit Körper, Geist und Leben zu absolutem, uneingeschränktem Gehorsam verpflichte. Als Gegenleistung für die mir zuteilwerdende Nutzung erkläre ich mich dazu bereit, mir meinen Lebensunterhalts durch käuflichen Liebesdienst zu verdienen – ein Klacks, Frau Doktor: bei Ihrer Begabung! –, wobei Art und Dauer der erbrachten Leistungen vom zahlenden Kunden – damit sind Ihre Freier gemeint – zu bestimmen wären, Punkt. Datum und Ort habe ich schon eingesetzt, und unterschrieben wird hier, wo das Kreuzchen ist.«

Sie warf Frau Schümer einen fragenden Blick zu. Der Laborleiterin zuckten die Schultern wie im Krampf, sie ließ den Kopf baumeln, und ein dünner Speichelfaden tropfte auf das Parkett.

»Also, was ist?« fragte Bettina spürbar ungeduldig nach.

Da zuckte die Laborleiterin zusammen wie von einem Peitschenhieb getroffen, spreizte die Beine weiter, kreiste ganz, ganz langsam mit dem Hintern, und stieß endlich ein tonlos krächzendes »Ja« aus. Ihre schlanke Hand zitterte so stark, daß sie den Stift ein, zwei Mal verfehlte. Von dem Moment an jedoch, da Frau Schümer den Kugelschreiber in den Fingern hielt, brach das Zittern ab, und auch das Herzklopfen hatte ein abruptes Ende, das Hämmern auf den Schläfen und das zwischen den Schenkeln. Die Laborleiterin atmete tief ein, beugte sich vornüber und setzte mit fester Hand einen formvollendeten Schriftzug dorthin, wo Bettina unter den Bogen ein Kreuz gezeichnet hatte: Marion Schümer. Dann stöhnte sie leise auf und sackte auf die glänzenden Dielen, wo ihr Körper regungslos liegenblieb, schimmernd, als sei er ganz aus poliertem Elfenbein.

Blut und Rosen

19 erotische Schauergeschichten und 33 Federzeichnungen von Barbara Büchner in der besten Tradition der »Gothic Novel«. Vampire und Werwölfe, Boudoirs und Grüfte, Zofen und Lakaien bilden den Stoff, aus dem diese Märchen für Erwachsene sind.

167 Seiten, gebunden; DM 30.–

ISBN 3-931406-04-0

Das SM-Handbuch

Matthias T. J. Grimme schildert umfassend und verständlich alles, was der sadomasochistisch liebende Mensch über diese zugegebenermaßen nicht ganz unkomplizierte Form der Sexualität wissen sollte. Über 60 Fotos, Gruppenadressen und Buchtips runden das Buch ab.

250 Seiten; gebunden; DM 36.–

ISBN 3-931406-01-6

Böse Geschichten 3

Die unregelmäßig erscheinende Sonderausgabe der SCHLAG-ZEILEN ist garantiert werbefrei. 17 Geschichten und 32 großformatige Fotos erzählen vom sadomasochistischen Alltag, von Liebe, Lust und Leiden, vom Wünschen und Begehren.

84 Seiten; A4 broschiert; DM 30.–

ISBN 3-931406-06-7